JN284988

芳村弘道解題

分類補註李太白詩（一）

古典研究會叢書　漢籍之部 33

汲古書院

原本所藏

分類補註李太白詩　尊經閣文庫

第三期　刊行の辭

古典研究會は、影印による叢書漢籍之部第二期の事業として、平成八年春から始めて國寶、南宋黃善夫版刻の史記竝びに後漢書の刊行を圖り、十二年末に至る五年間で、二史計十五卷の刊行を無事完了した。幸いにしてこの第二期の事業も第一期に續いて好評を博し、所期以上の成績を收めることが出來た。これひとえに原本所藏の國立歷史民俗博物館のご好意によることはもちろん、また學界・圖書館界等各方面から絕大なご支援・ご協力を頂いた賜で、まことに感銘に堪えないところである。

ここに第二期の完了に伴い、引き續いて第三期の事業を發企することとなった。すなわち第三期においては、別記のように、王維・李白・韓愈・白居易の唐代、四文人に關する著作六種を、現存最善の宋・元刻本中から選んで影印覆刊することとした。珍藏祕籍の使用を許可された諸機關の盛意に對し、また繁忙の中、解題執筆を賜った諸先生に對し、深甚の謝意を表する。この第三期の事業が第一期・第二期におけると同樣、幅廣いご支援、ご鞭撻を得られるよう願ってやまない。

この影印叢書の制作・發行の事業は、もとより汲古書院によって擔當推進されるが、汲古書院においては、事業開始當初から率先ご盡瘁を頂いて來た坂本健彥氏が平成十一年に社長の職を退かれ、石坂叡志氏がその後を襲がれた。ここに坂本初代社長の永年にわたるご功勞に對し衷心から御禮を申し上げるとともに、石坂第二代社長によってこの事業が立派に繼承され、更に一層の伸張發展が導かれるよう期待するものである。

平成十四年五月一日

古典研究會代表

米　山　寅　太　郎

古典研究會叢書　漢籍之部　第三十三卷　目　次

第三期　刊行の辭……古典研究會代表　米山寅太郎　一
總目次……四
凡　例……五
分類補註李太白詩　(一)
本文影印……一
缺損・不鮮明箇所一覽……三六五

分類補註李太白詩　全三冊　總目次

〔第33巻㈠〕

序例……五
序……一一
年譜……二三
目錄……三一
卷之一……七三
卷之二……一五一
卷之三……二四五
卷之四……三一一

〔第34巻㈡〕

卷之五……五
卷之六……五一
卷之七……九三
卷之八……一三七
卷之九……一七七
卷之十……二二九
卷之十一……二六七
卷之十二……三一九
卷之十三……三五三
卷之十四……三七七
卷之十五……三九七

〔第35巻㈢〕

卷之十六……五
卷之十七……三三
卷之十八……六一
卷之十九……八九
卷之二十……一三一
卷之二十一……一七一
卷之二十二……一九七
卷之二十三……二三七
卷之二十四……二六五
卷之二十五……三〇九

凡例

一、本書は、尊經閣文庫所藏元版『分類補註李太白詩』を影印收錄するものである。影印にあたり原書を約八十八％に縮小した。

一、原本の錯簡（巻二十　第十五丁と第十六丁）は訂して影印收錄した。

一、巻末收錄の「缺損・不鮮明箇所一覽」は、汚損や蟲害などによる文字の缺損、原本印刷の際に生じた不鮮明箇所のうち判讀困難と思われる部分を他本（龍谷大學圖書館所藏・天理大學圖書館所藏の元版、および靜嘉堂文庫所藏明修本、中華再造善本影印明版）によって補ったものである。漢數字は頁、算用數字は行を表し、雙行注については左・右行を分けて示した。圏點を附した部分が當該箇所である。……は中略を表す。なお復原した文字は原本通りの字體にできなかったものもある。

分類補註李太白詩
(一)

分類補註
李太白詩集
一

序例

唐詩大家數李杜為稱首古今注杜詩者幾千家注李詩者曾不一二見非詩家一欠事歟僕自弱冠知誦太白詩時習舉子業雖好之未暇究也厥後乃得專事於此間趨

延以求聞所未聞　又從師以蘄解所未解真思遐想章究其意之所寓旁搜遠引句考其字之所原若夫義之顯者既不贅演或疑其贋作則棄置卷末以俟具眼者自擇焉此其例也　一日得巴陵李粹

甫家藏左綿所刊春陵楊君齊賢子見註本讀之惜其傳而不能約至取唐廣德以後事及宋儒記録詩詞爲祖甚而併杜註内僞作蘇東坡箋事已經卷守郭知達刪去者亦引用焉因取其本類此者

為之節文擇其是者存之註所未盡者以予所知附其後混為一註全集有賦八篇予見本無註此則係註之標其目曰分類補註李太白集呼晦庵朱子曰太白詩從容於法度之中蓋聖於詩者則其

意之所寓字之所原又豈予寡陋之見所能知乃欲以意逆志於數百載之上又見其不知量矣注成不忍棄置又從而刻諸棗者所望於四方之賢師友是正之發明之謬而益之俾箋注者　由是而十

百千焉與杜註等顧不美歟
其毋請以註蠹魚幸甚至元
辛卯中秋日章貢金精山北
冰厓後人粹齋蕭士贇粹可

唐翰林李太白詩序

唐宣州當塗縣令李陽冰撰

李白字太白隴西成紀人涼武昭王暠九世孫蟬聯
珪組世爲顯著中葉非罪謫居條支易姓與名然自
窮蟬至舜五世爲庶累世不大曜亦可歎焉神龍之
始逃歸于蜀復指李樹而生伯陽驚姜之夕長庚入
夢故生而名白以太白字之世稱太白之精得之矣
不讀非聖之書恥爲鄭衛之作故其言多似天仙之
辭凡所著述言多諷興自三代以來風騷之後馳驅
屈宋鞭撻揚馬千載獨步唯公一人故王公趨風列
岳結軌羣賢翕習如鳥歸鳳盧黃門云陳拾遺橫制
頽波天下質文翕然一變至今朝詩體尚有梁陳宮

掖之風至公大變掃地併盡今古文集遏而不行唯公文章橫被六合可謂力敵造化歟天寶中皇祖下詔徵就金馬降輦步迎如見綺皓以七寶牀賜食御手調羹以飯之謂曰卿是布衣名爲朕知非素畜道義何以及此置于金鑾殿出入翰林中問以國政潛草詔誥人無知者醜正同列害能成謗格言不入帝用疎之公乃浪跡縱酒以自昏穢詠歌之際屢稱東山又與賀知章崔宗之等自爲八仙之遊謂公謫仙人朝列賦謫仙之詞凡數百首多言公之不得意天子知其不可留乃賜金歸之遂就從祖陳留採訪大使彥允請北海高天師授道籙於齊州紫極宮將東歸蓬萊仍羽人駕丹丘耳陽冰試絃歌於當塗心非

所好公遐不棄我乘扁舟而相顧臨當掛冠公又疾亟草藁萬卷手集未修枕上授簡俾余爲序論關雎之義始愧卜商明春秋之辭終慙杜預自中原有事公避地八年當時著述十喪其九今所存者皆得之他人焉時寶應元年十一月乙酉也

後序

朝散大夫行尚書職方員外郎直史館上柱國樂史述

李翰林歌詩李陽冰纂爲草堂集十卷史又別收歌詩十卷與草堂集互有得失因校勘排爲二十卷號曰李翰林集今於三館中得李白賦序表讚書頌等亦排爲十卷號曰李翰林別集翰林在唐天寶中賀秘監聞於明皇帝召見金鑾殿降步輦迎如見綺皓

草和蕃書思若懸河帝嘉之七寶方丈賜食於前御手調羮於是置之金鑾殿出入翰林中其諸事跡草堂集序范傳正撰新墓碑亦略而詳矣史又撰李白傳一卷事又稍周然有三事近方得之開元中禁中初重木芍藥即今牡丹也（開元天寶花木記云禁中呼木芍藥爲牡丹）得四本紅紫淺紅通白者上因移植於興慶池東沉香亭前會花方繁開上乗照夜車太真妃以歩輦從詔選梨園弟子中尤者得樂一十六色李龜年以歌擅一時之名手捧檀板押衆樂前將欲歌之上曰賞名花對妃子焉用舊樂辭爲遂命龜年持金花牋宣賜翰林供奉李白立進清平調辭三章白欣然承詔旨由若宿酲未解因援筆賦之其一曰雲想衣裳花想容春

風拂檻露華濃若非群玉山頭見會向瑤臺月下逢其二曰一枝紅艷露凝香雲雨巫山枉斷腸借問漢宮誰得似可憐飛燕倚新粧其三曰名花傾國兩相歡長得君王帶笑看解釋春風無限恨沉香亭北倚闌干龜年以歌辭進上命梨園弟子略約調撫絲竹遂促龜年以歌之太真妃持頗梨七寶杯酌西涼州蒲萄酒笑領歌辭意甚厚上因調玉笛以倚曲每曲徧將換則遲其聲以媚之太真妃飲罷斂繡巾重拜上自是顧李翰林尤異於諸學士會高力士終以脫靴爲深恥異日太真妃重吟前辭力士曰始以妃子怨李白深入骨髓何翻拳拳如是邪太真妃因驚曰何翰林學士能辱人如斯力士曰以飛燕指妃子賤

之甚矣太眞妃頗深然之上嘗三欲命李白官卒爲宮中所捍而止白嘗有知鑒客并州識汾陽王郭子儀於行伍閒爲脫其刑責而奬重之及翰林坐永王之事汾陽功成請以官爵贖翰林上許之因而免誅翰林之知人如此汾陽之報德如彼白之從弟令問常目白曰兄心肝五臟皆錦繡邪不然何開口成文揮翰霧散爾傳中漏此三事今書於序中白有歌云吟詩作賦北牕裏萬言不及一杯水蓋歎乎有其時而無其位嗚呼以翰林之才名遇玄宗之知見而乃飄零如是宋中丞薦於聖眞云一命不霑四海稱屈得非命歟白居易贈劉禹錫詩云詩稱國手徒爲爾命壓人頭不奈何斯言不虛矣凡百有位無目輕焉

撰集之次聊存梗槩而已時在繞雷州中咸平元年
三月三日序

唐翰林李君碣記

尚書膳部員外郎　劉全白　撰

朝議郎行當塗縣令　顧遊秦　建

君名白廣漢人性倜儻好縱橫術善賦詩才調逸邁往往興會屬詞恐古人之善詩者亦不逮尤工古歌少任俠不事產業名聞京師天寶初玄宗辟翰林待詔因爲和蕃書幷上宣唐鴻猷一篇上重之欲以綸誥之任委之同列者所謗詔令歸山遂浪迹天下以詩酒自適又志尚道術謂神仙可致不求小官以當世之務自負流離輾轉竟無所成名有子名伯禽偶

遊至此遂以疾終因葬於此文集亦無定卷家有之
代宗登極廣拔淹瘁時君亦拜拾遺聞命之後君亦
逝矣嗚呼與其才不與其命悲夫李白幼則以詩爲
君所知及此投吊荒墳將毀追想音容悲不能止邑
有賢宰顧公遊秦志好爲詩亦嘗慕效李君氣調因
嗟盛才冥寞遂表墓式墳乃題貞石冀傳於往來也
貞元六年四月七日記沙門復文書墳土墓記一百
二十步

後序

唐李陽冰序李白草堂集十卷云當時著述十喪其
九咸平中樂史別得白歌詩十卷合爲李翰林集二
十卷凡七百七十六篇史又纂雜著爲別集十卷治

平元年得王文獻公溥家藏白詩集上中二秩凡廣一百四篇惜遺其下秩熈寧元年得唐魏萬所纂詩集二卷凡廣四十四篇因裒唐類詩諸編洎刻石所傳別集所載者又得七十七篇無慮千篇沿舊目而釐正其彙次使各相從以別集附於後凡賦表書序碑頌記銘讚文六十五篇合爲三十卷同舍呂縉叔出漢東紫陽先生碑而殘缺闇莫能辨不復收云夏五月晦常山宋敏求題

李白集三十卷舊歌詩七百七十六篇今千有一篇雜著六十五篇者知制誥常山宋敏求字次道之所廣也次道既以類廣白詩自爲序而未考次其作之先後余得其書乃考其先後而次第之蓋白蜀郡

人初隱岷山出居襄漢之間南游江淮至楚觀雲夢雲夢許氏者高宗時宰相圉師之家也以女妻白因留雲夢者三年去之齊魯居徂來山竹溪入吳至長安明皇聞其名召見以爲翰林供奉頃之不合去北抵趙魏燕晉西涉岐邠歷商於至洛陽游梁最久復之齊魯南游淮泗再入吳轉徙金陵上秋浦尋陽天寶十四載安祿山反明年明皇在蜀永王璘節度東南白時卧廬山璘迫致之璘軍敗丹陽白奔亡至宿松坐繫尋陽獄宣撫大使崔渙與御史中丞宋若思驗治白以爲罪薄宜貰而若思軍赴河南遂釋白囚使謀其軍事上書肅宗薦白才可用不報是時白年五十有七矣乾元元年終以汙璘事長流夜郎遂泝

洞庭上峽江至巫山以赦得釋憩岳陽江夏久之復如尋陽過金陵徘徊於歷陽宣城二郡其族人陽冰爲當塗令白過之以病卒年六十有四是時寶應元年也其始終所更涉如此此白之詩書所自叙可考者也劉全白爲白墓誌稱白偶乘扁舟一日千里或遇勝景終年不移則見於白之自叙者蓋亦其略也舊史稱白山東人爲翰林待詔又稱永王璘節度揚州白在宣城謁見遂辟爲從事而新書又稱白流夜郎還尋陽坐事下獄宋若思釋之者皆不合於白之自叙蓋史誤也白之詩連類引義雖中於法度者寡然其辭閎麗儁偉殆騷人所不及近世所未有也舊史稱白有逸才志氣宏放飄然有超世之心余以爲

實録而新書不著其語故録之使覽者得詳焉南豐曾鞏序

臨川晏公知止字與善守蘇之明年政成暇日出李翰林詩以授於漸曰白之詩歷世浸久所傳之集率多訛缺予得此本最爲完善將欲鏤板以廣其傳漸切謂李詩爲人所尚以宋公編類之勤而曾公考次之詳世雖甚好不可得而悉見今晏公又能鏤板以傳使李詩復顯於世實王公相與成始而成終也元豐三年夏四月信安毛漸校正謹題

唐翰林李太白詩序

唐翰林李太白年譜

關中薛仲邕編

武后聖曆二年己亥

白生於是年按史云年六十餘曾鞏序享年六十四李陽冰序載白卒於寶應元年十一月也又云代宗初立以拾遺召而白已卒寶應止一年也

久視元年庚子

久視二年辛丑正月改大足十月改長安

長安三年癸卯

上裴長史書云五歲誦六甲

長安四年甲辰

中宗神龍元年乙巳

神龍二年丙午

景龍元年丁未

景龍二年戊申

上裴長史書云十歲觀百家史云通詩書

景龍三年己酉

睿宗唐隆元年庚戌七月改景雲

景雲二年辛亥

先天元年壬子

玄宗開元元年癸丑

上韓荊州朝宗書云十五好劍術又詩云十五游神仙十月

甲辰獵渭川有大獵賦

開元六年戊午

安陸白兆山桃花巖寄劉綰餅御詩云雲卧三十年好閑復

愛山多居岷山有錦成散花樓仙城山寺道者元丹丘談玄

登峨眉峨眉山月詩

開元八年庚申
是年蘇頲以前禮部尚書檢校益州大長史白於路中投刺待以布衣之禮後有襄陽歌陪商州裴史君遊石娥溪詩江淮覲雲夢娶許相國師孫女留雲夢三年去之齊魯居徂來山竹溪與孔巢父六人日沈飲號竹溪六逸
開元十年壬戌
賦大鵬遇希有鳥賦後改爲大鵬賦
開元十六年戊辰
上裴長史書云制作不倦迄今三十春矣有門前有車馬行又有荅湖州迦葉司馬詩云酒肆藏名三十春
開元二十九年辛巳
天寶元年壬午
天寶三載甲申

白與吳筠善筠待詔翰林白亦至長安見太子賓客賀知章于紫極宮因解金貂換酒爲樂薦於明皇召見金鑾殿詔供奉翰林進清平詞宮中行樂詞有翰林讀書言懷侍從溫泉應制送賀監冝春苑詩後爲高力士憾脫靴譖于貴妃三欲命官被沮而止乃放驁不自修與知章等八人爲酒八仙帝賜金放還有初出金門尋王侍御不遇詠鸚鵡詩云落羽辭金殿孤鳴吒繡衣能言終見棄還向隴山飛就從祖陳留採訪大使彥允請北海高天師授籙有餞高尊師如貴道士傳籙畢歸北海詩自此抵趙魏燕晉岐邠商於洛陽游梁最久復之齊魯淮泗再入吳轉徙金陵上秋浦尋陽皆有詩文不著歲月不可考

天寶四載乙酉

有虞城令李公去思頌

天寶六載丁亥
有尋陽紫極宮詩云四十九年非一往不可復
天寶七載戊子
有雪讒詩云嗟予沉迷猖獗亦久五十知非古人常有
天寶八載己丑
有魯郡崇明寺尊勝幢頌
天寶十載辛卯
有比干碑
天寶十一載壬辰
有代宣城趙守悅上楊右相國忠書
天寶十四載乙未
是年安禄山反有永王璘東巡歌避地廬山爲璘脅行軍敗
奔亡至宿松山有奔亡道中詩坐繫尋陽獄崔渙爲宣慰大

使有獄中上漢詩并上一百憂章宋若思中丞亦爲清雪有代
宋中丞自薦表云前翰林供奉李白年五十有七爲璘脅行
道中奔走漢及臣推覆實審無辜之意又有代宋中丞祭九
江文并中丞以吳兵三千赴河南軍至尋陽脫子之囚因參
幕府口號陪中丞武昌夜飲詩

肅宗至德元載丙申

天寶十五載七月改至德有上皇西巡歌韋刺史德政碑代
吳王謝責赴行在遲表

至德二載丁酉

乾元元年戊戌

坐汙永王璘流夜郎有烏江別宗十六至江夏西塞驛寄裴
聞酬寄內詩

乾元二年己亥

流夜郎半道承恩放還書懷息秀才詩登巫山詩云三月下瞿唐漢陽病酒歸江夏寄王明府詩云去歲左遷夜郎道今年勑放巫山陽復過江夏尋陽金陵歷陽宣城二郡皆有詩文亦不著歲月不可考

上元元年庚子

上元二年辛丑

寶應元年壬寅

族人李陽冰宰當塗白過之十一月卒有獻陽冰詩云小子别金陵來時日下亭是白金陵來當塗也享年六十四葬謝家青山東麓元和末范傳正觀察宣歙二孫女之請改葬青山立二碑

唐李杜文章光燄萬丈與韓柳並傳於世學者莫不諷誦矜式丞相汲公呂微仲為杜詩年譜丹陽洪興祖為

韓文年譜潞國文安禮亦爲柳柳州年譜矣獨太白之集闕焉予聞見淺陋杜門循習之餘無所用心因取唐史諸紀傳與李陽冰魏顥樂史宋敏求曾鞏所序述參校文集爲之年譜太白遍遊宇内篇什最多然往往不著歲月故可考者少又流夜郎事史官所載與代宋中丞自薦表尤爲異同妄意當以表爲正遠方無書檢閲其餘更俟博學多聞君子審訂增廣庶幾爲全譜云

唐翰林李太白年譜終

分類補註李太白詩目録

春陵楊齊賢子見集註
章貢蕭士贇粹可補註

卷之一
古賦
大鵬賦　擬恨賦
惜餘春賦　愁陽春賦
悲清秋賦　劒閣賦
明堂賦　大獵賦
卷之二
古風
歌詩五十九首

卷之三

樂府

遠別離　公無渡河
蜀道難　梁甫吟
烏夜啼　烏棲曲
戰城南　將進酒
行行且遊獵篇　飛龍引二首
天馬歌　行路難三首
長相思　上留田行
春日行　前有樽酒行二首
夜坐吟　野田黄雀行
箜篌謠　雉朝飛

上雲樂　夷則格上白鳩拂舞辭
日出入行　胡無人
北風行　俠客行

卷之四

樂府

關山月　獨漉篇
登高丘而望遠海　陽春歌
陽叛兒　雙燕離
山人勸酒　于闐採花
鞠歌行　幽澗泉
王昭君二首　中山孺子妾歌
荊州歌　設辟邪伎鼓吹雉子班曲

相逢行　古有所思行
久別離　白頭吟二首
採蓮曲　臨江王節士歌
司馬將軍歌　君道曲
結襪子　結客少年場行
長干行二首　古朗月行
上之回　獨不見
白紵辭三首　鳴鴈行
妾薄命　幽州胡馬客歌

卷之五

樂府

門有車馬客行　君子有所思行

東海有勇婦　黃葛篇
白馬篇　鳳笙篇
怨歌行　塞下曲六首
來日大難　塞上曲
玉階怨　襄陽曲四首
大堤曲　宮中行樂辭八首
清平調詞三首　鼓吹入朝曲
秦女休行　秦女卷衣
東武吟　邯鄲才人嫁爲厮養卒婦
出自薊北門行　洛陽陌
北上行　短歌行
空城雀　菩薩蠻

憶秦娥

卷之六

樂府

發白馬　陌上桑
枯魚過河泣　丁都護歌
相逢行　千里思
樹中草　君馬黃
擬古　折楊柳
少年子　紫騮馬
少年行二首　白鼻騧
豫章行　沐浴子
高句驪　静夜思

緑水曲　鳳凰曲
鳳臺曲　從軍行
秋思　春思
秋思　子夜呉歌四首
對酒行　估客行
擣衣篇　少年行
長歌行　長相思
猛虎行　去婦詞

卷之七

歌吟

襄陽歌　南都行
江上吟　侍從宜春苑歌

玉壺吟　豳歌行上新平長史
西嶽雲臺歌送丹丘子
元丹丘歌　扶風豪士歌
同族弟叔卿照山水壁歌
白毫子歌　梁園吟
鳴皐歌送岑徵君
鳴皐歌餞從翁清歸五厓山居
勞勞亭歌　横江詞六首
金陵城西樓月下吟　東山吟
僧伽歌　白雲歌送劉十六歸山
金陵歌送别范宣　笑歌行
悲歌行

卷之八

歌吟

秋浦歌十七首　當塗趙少府粉圖山水歌
永王東巡歌十一首　上皇西巡南京歌十首
峨眉山月歌　峨眉山月歌送蜀僧入京
赤壁歌送別　江夏行
懷仙歌　玉眞仙人詞
淸溪行　詶殷明佐見贈五雲裘歌
臨路歌　古意
山鷓鴣詞　歷陽壯士勤將軍思齊歌
草書歌行　和盧侍御通塘曲

卷之九

贈

贈孟浩然　贈從兄襄陽少府皓
淮海對雪贈傅靄　贈徐安宜
贈任城盧主簿　早秋贈裴十七仲堪
贈范金鄉　其二
贈瑕丘王少府　東魯見狄博通
京兆韋參軍量移東陽二首
贈丹陽橫山處士周惟長
玉眞公主別館贈張卿二首
贈韋祕書子春　贈韋侍御黃裳
贈薛校書　贈何判官昌浩
讀諸葛武侯傳懷贈長安崔少府

贈郭將軍　駕去温泉後贈楊山人
温泉侍從歸逢故人　贈裴十四
贈崔侍郎　述德兼陳情呈哥舒大夫
雪讒詩贈友人　贈參寥子
贈饒陽張司戶　贈清漳明府姪
贈臨洺縣令皓弟時被訟停官
贈郭季鷹
鄴中王大勸入高鳳石門山幽居
贈華州王司士　贈盧徵君昆弟
贈新平少年　贈崔侍郎
走筆贈獨孤駙馬　贈嵩山焦鍊師
口號贈徵君鴻　上李邕

贈張公洲革處士

卷之十

贈

秋日鍊藥院鑷白髮贈元六兄林宗

書情贈蔡舍人雄　　懷襄陽舊遊贈馬少府

對雪獻從兄虞城宰

訪道安陵遇蓋還爲余造籙贈別

贈崔郎中宗之　　贈崔諮議

贈昇州王使君忠臣　　贈別從甥高五

贈裴司馬　　敘舊贈江陽宰陸調

贈從孫義興宰銘　　草創大還贈柳官迪

贈崔司戶文昆季　　贈溧陽宋少府陟

戲贈鄭溧陽　贈僧崖公
遊溧陽北湖亭望瓦屋山懷古
醉後贈從甥高鎮　贈秋浦柳少府
贈崔秋浦三首　望九華山贈韋青陽仲堪

卷之十一

贈

贈王判官時余歸隱廬山屏風疊
在水軍宴贈幕府諸侍御
贈武十七諤　贈閭丘宿松
獄中上崔相渙　中丞宋公以吳兵赴河南
流夜郎贈辛判官　贈劉都使
贈常侍御　贈易秀才

憶舊遊書懷贈韋太守
江夏史君席上贈史郎中
鄭太守見訪贈別　　江上贈竇長史
贈王漢陽　　贈漢陽輔録事二首
江夏贈韋南陵冰　　贈盧司戶
贈從弟南平太守之遥三首
贈潘侍御論錢少陽　　贈柳圓
流夜郎半道承恩　　贈張相鎬二首
聞謝楊兒吟虎詞因有贈
宿清溪主人　　繫尋陽上崔相渙二首
巴陵贈賈舍人

卷之十二

贈

贈別舍人弟臺卿之江南
醉後贈王歷陽　贈歷陽褚司馬
對雪醉後贈王歷陽　贈宇文太守兼崔侍御
贈宣城趙太守悅　贈從弟宣州長史昭
於五松山贈南陵常贊府
見會公談陵陽山水有贈
贈友人三首　陳情贈友人
贈從弟冽　贈閭丘處士
贈錢徵君少陽　贈宣州靈源寺仲濬公
贈僧朝美　贈僧行融
贈黄山胡公求白鷴　登敬亭山贈竇主簿

贈汪倫　　將避地剡中留贈崔宣城
獻從叔當塗宰陽冰

卷之十三

寄

安陸白兆山桃花巖寄劉侍御綰
淮南臥病書懷寄趙蕤
寄弄月溪吳山人　　秋山寄張卿及王徵君
望終南山寄紫閣隱者
夕霽杜陵登樓寄韋繇
夜宿香山寺寄王方城等
春日獨坐寄鄭明府　　寄淮南友人
沙丘城下寄杜甫　　聞丹丘子營石門幽居

淮陰書懷寄王宗城　聞王昌齡左遷龍標遥有寄
寄王屋山人孟大融　憶舊游寄譙郡元參軍
月夜江行寄崔宗之　宿白鷺洲寄楊江寧
新林浦阻風寄友人　寄韋南陵冰
題情深樹寄象公　北山獨酌寄韋六
寄當塗趙少府炎　寄東魯二稚子
獨酌清溪寄權昭夷　禪房懷友人岑倫

卷之十四

寄

廬山謠寄盧侍御　泛彭蠡寄黄判官
書情寄從弟邠州長史昭
寄王漢陽　春日歸山寄孟浩然

流夜郎寄潯陽羣官　至西塞驛寄裴隱
自漢陽歸寄王明府　望漢陽柳色寄王宰
江夏寄漢陽輔録事　早春寄王漢陽
江上寄巴東故人　江上寄元六林宗
寄從弟宣州長史昭　涇溪東亭寄鄭少府
九日聞崔侍御遊敬亭二首
寄崔侍御
涇溪落星潭可以卜築寄何判官
早過漆林渡寄萬巨　遊敬亭寄崔侍御
三山遊金陵寄殷淑
自金流泝流翫月寄王主簿
寄上吳王三首

卷之十五

留別

魯郡堯祠亭上宴別　別魯頌
別中都明府兄　夢遊天姥吟留別
留別曹南羣官之江南
留別于兄逖裴十三　留別王司馬嵩
還山留別金門知己　夜別張五
魏郡別蘇少府　留別西河劉少府
穎陽別元丹丘之淮陽
留別廣陵諸公　廣陵贈別
留別從兄延年從弟延陵
別儲邕之剡中　留別金陵諸公

口號　金陵酒肆留別
金陵白下亭留別　別東林寺僧
竄夜郎於烏江留別宋環
留別龔處士　贈別鄭判官
黃鶴樓送孟浩然之廣陵
過漢陽雙松亭留別族弟浮屠談皓
留別賈舍人至二首　渡荊門送別
聞李太尉出征東南留別金陵崔侍御
別韋少府　南渡別兒童入京
別山僧　別王山人歸布山
江夏別宋之悌
卷之十六

送

南陽送客　送張舍人之江東
送王屋山人魏萬還王屋
送當塗趙少府赴長蘆
送友人尋越中山水　送族弟凝之滁求昏崔氏
送友人遊梅湖　送崔十二遊天竺寺
送楊山人歸天台　送温處士歸舊居
送方士趙叟之東平　送孔巢父還山
送楊少府赴選　餞任城六父秩滿歸京
魯郡堯祠送呉五之瑯琊
魯郡堯祠送竇明府薄華還西京
金鄉送韋八之西京　送薛九被讒去魯

秋夜送族弟沈之秦　送族弟凝
魯城北郭送張子還嵩陽

卷之十七

送

送魯郡劉長史遷弘農長史
送族弟攝宋城主簿　魯郡送杜甫
送張十四遊河北　送裴大澤赴廬州長史
灞陵行送別　送賀監歸四明應制
送竇司馬貶宜春　送羽林陶將軍
送程劉二侍郎兼獨孤判官赴幕府
送姪良攜二妓赴會稽　送賀賓客歸越
送張遙之壽陽幕府　送裴十八歸嵩山二首

同王昌齡送族弟歸桂陽二首
送外甥鄭灌從軍三首
送于十八應舉落第還嵩山
送別　送族弟從軍安西
送梁公昌北征　送白利西征
送張秀才從軍　送崔度還呉
送祝八之江東賦得浣紗石
送侯十一　魯中送二弟赴舉
奉餞高尊師如貴道士傳道籙畢歸北海
金陵送張十一再遊東呉
送紀秀才遊越　送長沙陳太守二首
送楊燕之東魯　送蔡山人

送蕭三十一之魯中兼問伯禽
送楊山人歸嵩山　送殷淑三首
送岑徵君歸鳴皐山　送范山人歸泰山

卷之十八

送

送韓侍御之廣德　白雲歌送友人
送通禪師還南陵隱靜寺
送友人　送別
送女道士褚三清遊南嶽
送友人入蜀　送趙雲卿
送李青歸南華陽川　送舍弟
送別得書字　送麴十少府

送張秀才謁高中丞　送弟昌峒鄱陽司馬作
餞校書叔雲　送王孝廉覲省
同吳王送杜秀之舉入京
送呂使君流澧州　送陳郎將歸衡陽
送趙判官赴黔府幕　送陸判官往琵琶峽
送梁四歸東平　江夏送友人
送郄昂謫巴中　江夏送張丞
送宋少府入三峽　送二季之江東
江西送友人之羅浮　宣州謝朓樓餞別
宣城送劉副使入秦　涇川送族弟錞
五松山送殷淑　送崔氏昆季之金陵
登黃山陵歊臺　送儲邕之武昌

卷之十九

詶答

詶談少府　詶宇文少府贈桃竹書筒
五月東魯行答汶上君　早秋單父南樓詶竇公衡
山中問答　答友人贈烏紗帽
詶張司馬贈墨　答湖州迦葉司馬
答崔少府遊終南翠微寺
贈李十二崔宗之　詶崔郎中
以詩代書答元丹丘　金門答蘇秀才
詶王司馬閻正字見贈　詶中都小吏魚酒見贈
詶張卿夜宿南陵見贈　詶岑勛以詩見招
答從弟幼成見贈　詶王補闕贈別

訓裴侍御對雨感時見贈
贈李十二　此詩乃攝監察御史崔成甫贈太白者附於此
訓崔侍御　翫月孫楚酒樓訪崔侍御
江上答崔宣城　答族姪贈玉泉仙人掌茶
訓裴侍御留岫師彈琴　答張相公出鎮荊州
醉後答丁十八　答裴侍御以書見招
答高山人兼呈權顧二侯
答杜秀才五松山見贈
登天柱石訓韓侍御見招
訓崔十五見招　答王十二寒夜獨酌有懷

卷之二十

遊宴

遊南陽白水登石激作　遊南陽清泠泉
尋范陽居士失道落蒼耳中
魯東門汎舟二首　秋獵孟諸夜歸置酒
遊太山六首　與劉碭山汎宴喜亭池
攜妓登梁王棲霞山　與姪良遊天竺寺
同友人舟行　過斛斯山人宿置酒
朝下過盧郎中敘舊遊　侍從遊宿温泉宮
邯鄲南亭觀妓　春日遊羅敷潭
陪商州裴使君遊石娥溪
陪從祖泛鵲山湖三首
春日宴北湖感古　宴鄭參卿山池
遊謝氏山亭　把酒問月

同族姪遊昌禪師山池二首
金陵鳳凰臺置酒　秋浦清溪雪夜對酒
同周剛青溪玉鏡潭宴別
遊秋浦白笴陂二首　宴陶家亭子
宴韋司馬樓船觀妓　宴興德寺南閣
泛沔州城南郎官湖　陪侍郎叔遊洞庭三首
夜泛洞庭尋裴侍御
陪族叔及賈舍人遊洞庭五首
黃龍磯南宴楊執戟治樓
銅官山醉後絶句　與常贊府遊五松山
宣城青溪　與謝良輔遊陵巖寺
遊水西簡鄭明府　九日登山

九日　九日龍山飲
九月十日即事　遊化成寺清風亭
卷之二十一
登覽
登錦城散花樓　登峨眉山
大庭庫　登單父陶少府半月臺
天台曉望　早望海霞邊
焦山望松寥山　杜陵絶句
登太白峯　登邯鄲洪波臺置酒觀兵
登新平樓　謁老君廟
秋日登揚州西靈塔　登金陵謝安墩
登瓦官閣　望金陵贈族姪僧中孚

登金陵鳳凰臺　　望廬山瀑布水二首
登廬山五老峯　　江上望皖公山
望黄鶴樓　　鸚鵡洲
九日望洞庭水軍　　秋登巴陵望洞庭
與夏十二登岳陽樓　　登巴陵開元寺西閣
剪落梧桐枝望灉湖　　挂席江上待月有懷
金陵望漢江　　秋登宣城謝朓北樓
望天門山　　望木瓜山
登敬亭北二小山　　過崔八丈水亭
登廣武古戰場懷古

卷之二十二

行役

安州應城玉女湯作　之廣陵宿常二南雇北居
夜下征虜亭　下途歸石門舊居
客中行　太原早秋
奔亡道中五首　郢門秋懷
至鴨欄驛贈裴侍御　荊門浮舟望蜀江
上三峽　登巫山晚還題壁
早登白帝城　秋下荊門
江行寄遠　宿五松山下荀媼家
下涇縣陵陽溪至澁灘
下陵陽沿高溪三門六剌灘
夜泊黄山聞殷十四吳吟
宿鰕湖

懷古

西施　王右軍
上元夫人　蘇臺覽古
越中覽古　商山四皓
過四皓墓　峴山懷古
蘇武　經下邳圯橋懷張子房
金陵三首　板橋浦汎月獨酌懷謝朓
過彭蠡湖　觀石鏡
廬江主人婦　陪宋中丞武昌夜飲
望鸚鵡洲悲禰衡　宿巫山下
金陵白楊十字巷　謝公亭
紀南陵題五松山　夜泊牛渚懷古

姑熟谿　丹陽湖
謝公宅　陵歊臺
桓公井　慈姥竹
望夫山　牛渚磯
靈墟山　天門山

卷之二十三

閑適

與元丹丘方城寺談玄作
尋高鳳石門山中元丹丘
安州般若寺水閣納涼遇薛員外乂
魯中都東樓醉起作　對酒醉題屈突明府廳
月下獨酌四首　春歸終南山松龍舊隱

冬夜醉宿龍門覺起言志
尋山僧不遇作　過汪氏別業二首
待酒不至　獨酌
友人會宿　春日獨酌二首
金陵江上遇蓬池隱者
月夜聽盧子順彈琴　青溪半夜聞笛
日夕山中忽然有懷　夏日山中
山中與幽人對酌　春日醉起言志
廬山東林寺夜懷　尋雍尊師隱居
與史郎中飲聽黃鶴樓吹笛
對酒　醉題王漢陽廳
嘲王歷陽不肯飲酒　獨坐敬亭山

自遣　訪戴天山道士不遇
秋日與張少府楚城韋公藏書高齋作
懷思
秋夜獨坐懷故山　憶崔郎中遊南陽
憶東山二首　望月有懷
對酒憶賀監　重憶
春滯沅湘有懷山中　落日憶山中
憶秋浦桃花舊遊時竄夜郎
卷之二十四
感遇
越中秋懷　效古二首
擬古十二首　感興八首

寓言三首　秋夕旅懷
感遇四首

寫懷

翰林讀書言懷　尋陽紫極宮感秋作
江上秋懷　秋夕書懷
避地司空原言懷　上崔相百憂章
萬憤詞投魏郎中　臨洞庭言懷
覽鏡書懷　田園言懷
江南春懷

詠物

聽蜀僧濬彈琴　魯東門觀刈蒲
詠鄰女東牕海石榴　南軒松

詠山樽二首　出金陵尋王侍御不遇
紫藤樹　觀放白鷹二首
觀王少府山水圖　題雍丘崔明府丹竈
觀元丹丘坐巫山屏風　求崔山人百丈崖瀑布圖
詠野草中白頭翁　流夜郎題葵葉
瑩禪師房觀山海圖　白鷺鷥
詠槿二首　白胡桃
題元丹丘潁陽山居　題瓜州新河餞族叔舍人

卷之二十五

題詠

題隨州紫陽先生壁　題元丹丘山居
題元丹丘潁陽山居　題瓜州新河餞族叔舍人

洗脚亭　勞勞亭
題金陵王處士水亭　題嵩山元丹丘山居
題江夏修靜寺　改九子爲九華山聯句
題宛谿館　題東谿公幽居

雜詠

嘲魯儒　懼讒
觀獵　觀胡人吹笛
軍行　從軍行
平虜將軍妻　春夜洛陽聞笛
嵩山採菖蒲者　金陵聽韓侍御吹笛
流夜郎聞酺不預　放後遇恩不霑
宣城見杜鵑花　白田馬上聞鶯

三五七言　雜詩

閨情

寄遠十二首　長信宮

長門怨　春怨

代贈遠　陌上贈美人

閨情　代別情人

代秋情　對酒

怨情　湖邊採蓮婦

怨情　代寄情人楚詞

學古思邊　思邊

口號吳王美人半醉　折荷有贈

代美人愁鏡二首　贈段七娘

別内赴徵三首　秋浦寄内
自代内贈　秋浦感主人歸燕寄内
送内尋廬山女道士李騰空二首
贈内　在尋陽非所寄内
南流夜郎寄内　越女詞五首
浣紗石上女　示金陵子
出妓金陵子呈盧六四首
巴女詞

哀傷

哭晁卿衡　自溧水道哭王炎三首
哭宣城善釀紀叟　宣城哭蔣徵君華

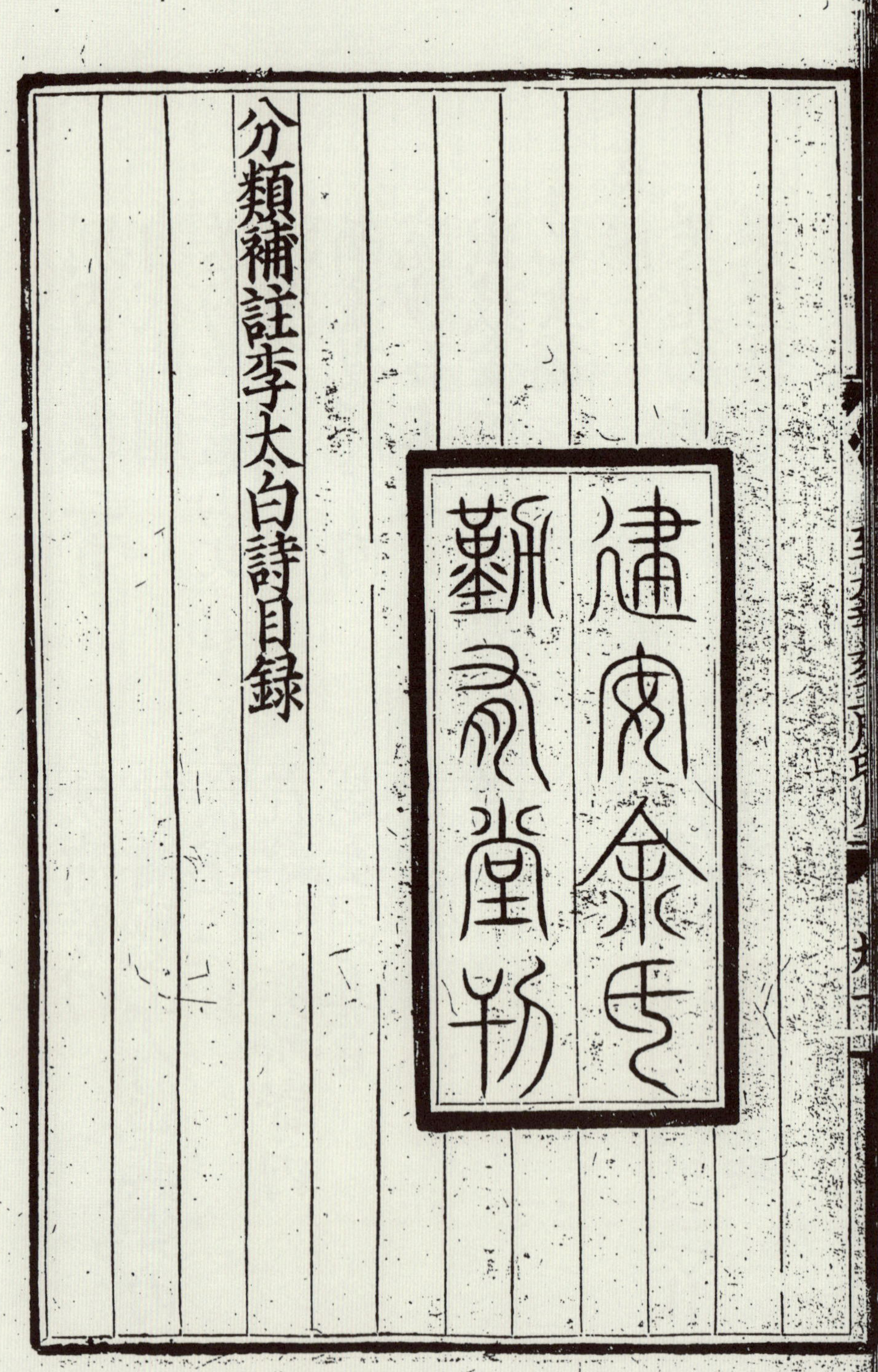
分類補註李太白詩目録

分類補註李太白詩卷之一

春陵楊齊賢子見集註
章貢蕭士贇粹可補註

古賦八首

大鵬賦并序

余昔於江陵見天台司馬子微士贇曰唐書司馬承禎字子微洛州人事潘師正傳辟穀導引術無不通徧遊名山廬天台不出睿宗召至問道開元中再徴召卒年八十九沈汾續仙傳以為尸解弟子葬其衣冠雲笈七籤天台赤城山高一萬八千丈闊周回五百里名上清玉平之天上應台宿故名曰天台在台州天台縣謂余有仙風道骨可與神遊八極之表士贇曰列子黄帝晝寢而夢遊於華胥氏之國在弇州之西台州之北不知斯齊國幾千萬里蓋非舟車之所及神遊而已又至人上窺青天下潛黄泉揮斥八極神氣不變淮南子八紘之外乃有八極因著大鵬遇希有鳥賦以自廣此賦已傳于世往往人閒見之悔其少作未窮宏達之旨中年棄之士贇

曰張華叙東方朔神異經曰崐崘有銅柱焉其高入天所謂天柱圍三千里圓如削下有回屋仙人九府治上有大鳥名曰希有南向張左翼覆東王公右翼覆西王母背上小處無羽一萬九千里西王母歲登翼上之東王公也故其柱銘曰崐崘銅柱其高入天圓周如削膚體美焉其鳥銘曰有鳥希有碌赤煌煌不鳴不食東覆東王公西覆西王母王母欲東登之自通陰陽相須唯會益工與略揚脩答曹植書曰脩家子雲老不曉事強著一書悔其少作西都賦大雅宏達於茲爲羣

及讀晉書覩阮宣子大鵬讃鄙心陋之

注賦贊曰晉書阮脩字宣子咸之從子也嘗作大鵬贊曰蒼蒼大鵬誕自北溟假精靈鱗神化以生如雲之翼如山之形海運水擊扶搖上征翕然層舉背負太清

遂更記憶多將舊本不同今腹存手集豈敢傳諸作者庶可示之子弟而已

其辭曰

南華老仙發天機於漆園吐崢嶸之高論開浩蕩之奇言

注賦贊曰史記莊子者蒙人也名周嘗爲漆園吏學無所不關著書大率寓言任洋自恣以適已唐書志天寶元年詔封莊子爲南華眞人楚辭下崢嶸而無地兮上寥廓而無天又以飛揚兮浩蕩漢張釋之傳上曰卑之毋甚高論此言鯤鵬之說始於逍遙遊也

徵至怪於齊諧談北溟之有魚吾不知其幾千里

其名曰鯤化成大鵬質凝胚渾脫鬐鬣于海島張羽毛于天門士贇曰莊子逍遥遊北冥有魚其名為鯤鯤之大不知其幾千里也化而為鳥其名為鵬鵬之背不知其幾千里也怒而飛其翼若垂天之雲是鳥也海運則將徙於南冥南冥者天池也齊諧者志怪者也諧之言曰鵬之徙於南冥也水擊三千里摶扶摇而上者九萬里去以六月息者也其下視也亦若是則已矣郭璞江賦類胚渾之未凝宋玉對楚王問曰鯤魚朝發崐崘之墟暴鬐于碣石木華海賦巨鱗插雲鬐鬣刺天淮南子以恬養性以漠處神則入于天門其詳又見下注

刷渤澥之春流晞扶桑之朝暾士贇曰揚子渤澥之島司馬相如子虛賦浮渤澥應劭曰渤澥海別枝也齊江朝請淥水曲曰春流豈難越淮南子扶木在陽州日之所曊註云扶木扶桑也東方朔十洲記扶桑在碧海之中地多林木葉皆如桑又有椹子樹長者數千丈徑三千圍樹兩兩同根偶生更相依倚是名扶桑淮南子日出于暘谷浴于咸池拂于扶桑是謂晨明楚辭暾將出兮東方註日始出東方其容暾暾盛貌也謝靈運詩曉見朝日暾

燀赫乎宇宙憑陵乎崐崘士贇曰按烜赫當作燀赫莊子曰鶩揚而奮鬐白波若山海水震蕩聲侔鬼神燀赫千里世本作烜字傳寫者作此烜字之誤人解不得遂作烜字今就釐正之淮南子紘宇宙而章三光註云四方上下曰宇古往今來曰宙左思吳都賦大鵬繽翻翼若垂雲般動宇宙胡可勝原左傳憑陵我城郭淮南子經紀山川蹈騰崐崘排閶闔淪天門註云崐崘山在西北其高萬九千里河源之所出閶闔始升天之門天門

上帝所居紫宮之門也一鼓一舞煙朦沙昏（士贇曰）揚子鼓舞萬物者其惟風雷乎王僧達詩黃沙千里昏五嶽為之震蕩百川為之崩奔（士贇曰）五嶽泰衡嵩華恒也莊子曰波若山海水震蕩木華海賦五嶽鼓舞而相磓又噓吸百川驚浪雷奔吹浪則百川倒流謝靈運詩圻岸屢崩奔爾乃蹶厚地揭太清亙層霄突重溟（士贇曰）張衡思玄賦蹶白門而東馳漢書音義韋昭曰蹶蹈也詩云謂地蓋厚張平子東都賦豈徒蹐厚地跼高天而已哉淮南子臺簡以遊太清又蟬蛻蛇解遊於太清木華海賦擘洪波指太清孫綽天台賦或倒景於重溟李善曰重溟海也激三千以崛起向九萬而迅征（士贇曰）水激三千里搏扶搖而上者九萬里並見前班彪王命論未見得蛩起在此位者顏師古曰蛩起特起也蛩音其勿反孫綽天台賦落五界而迅征背嶪逆法切太山之崔嵬翼舉長雲之縱橫（士贇曰）莊子窮髮之北有冥海者天池也有魚焉其廣數千里未有知其脩者其名為鯤有鳥焉其名為鵬背若太山翼若垂天之雲搏扶搖羊角而上者九萬里絕雲氣負青天然後圖南且適南冥也斥鴳笑之曰彼且奚適也我騰躍而上不過數仞而下翱翔蓬蒿之間此亦飛之至也而彼且奚適也此小大之辯也詩云維山崔嵬鮑照蕪城賦直若長雲宋玉高唐賦縱橫相追魏文帝詩云天漢廻西流三五正縱橫左廻右旋倏陰忽明（士贇曰）傅玄鷹賦揚六離之猛氣兮復廻旋於天庭晉天文志天左行日月右

行隨天左轉譬之蟻行磨上磨左旋而蟻右去磨疾而蟻遲故不得不隨磨而右廻焉**歷汗漫以夭矯**
閶闔之崢初耕切**嶸**乎萌切（士贇曰）淮南子徙倚于汗漫之宇又吾與汗漫期于九垓之外抱朴子經乎汗漫
之門遊乎窈眇之野郭璞江賦吸翠霞而夭矯註夭矯飛騰貌閶闔見前天門註楚辭下崢嶸而無地廣雅曰崢嶸高廣貌**簸**
鴻蒙雷霆斗轉而天動山搖而海傾（士贇曰）莊子雲將適遭鴻蒙註
云自然元氣也一云海上氣也易曰鼓之以雷霆楊雄羽獵賦上下砰礚聲若雷霆隋煬帝詩更移斗柄轉李蕭遠運命論天動星廻而
北極猶居其所璣璇輪轉而衡軸猶執其中楊雄羽獵賦天動地岋後漢桓譚傳曰欲搖太山而蕩北海馬融長笛賦搖演其山董卓傳
論曰殘寇乘之倒山傾海**怒無所搏雄無所爭固可想像其勢髣髴**
其形（士贇曰）老子曰搏之不得名曰希語君子無所爭楚辭思故舊以想像謝靈運詩想像崐山姿楚辭時髣髴以遙見芳精
皎皎以往來王逸魯靈光殿賦云忽縹眇以響像若鬼神之髣髴**若乃足縈虹蜺目耀日月**
連軒沓達合切**拖揮霍翕忽**（士贇曰）淮南子鴻鵠翱翔乎忽荒之上析惕乎虹蜺之間鮑照舞鶴
賦始連軒以鳳蹌終宛轉而龍躍木華海賦㲴晃雜襹鶴子淋滲羣飛侶浴戲廣浮深翔霧連軒洩洩淫淫翻動成雷擾翰爲林隋僧智
果評書云王子敬書如河朔少年皆充悅舉體沓拖而不可耐木玄虛海賦云長波涾溭迆涎八裔張景陽七命翕忽揮霍雲廻風列

噴氣則六合生雲灑毛則千里飛雪邈彼北荒將窮
南圖 士贇曰馬融笛賦氣噴勃以布覆淮南子舒之幎於六合註云上下四方為六合楚辭層冰峩峩飛雪千里孫綽天台山賦
邈彼絕域陸機詩邈彼荒遐東方朔神異經北方荒中有石湖方千里岸深五丈餘恒冰莊子而後乃今將圖南 運逸翰
以傍擊鼓奔飇而長驅 士贇曰隋魏彥深鷹賦逸翰用而暫歛楚辭躡天衢而長驅 燭
龍銜光以照物列缺施鞭而啓途 士贇曰山海經鍾山之神名曰燭陰視為晝瞑為夜吹為冬呼為夏身長千里人面蛇身赤色又名燭龍天不足西
北無陰陽消息故有龍銜火精以照天門也謝惠連雪賦爛兮若燭龍銜曜照崐山揚雄羽獵賦霹靂列缺吐火施鞭
應劭曰列缺天隙電照也淮南子電以為鞭策 塊視三山杯
看五湖其動也神應其行也道俱 士贇曰列子地積塊耳又曰王俯而視之其宮
榭若累塊積蘇焉三山海中三神山也莊子覆杯水於坳堂之上此言小視之也周禮曰揚州其浸五湖註云太湖方五百里故曰五湖
曹植七啓曰神應休臻莊子曰道可載而與之俱也鶡冠子曰至人不遺動與道俱賈誼鵩賦至人遺物兮獨與道俱 任公
見之而罷釣有窮不敢以彎弧莫不投竿失鏃 作木切
仰之長吁 士贇曰莊子外物篇任公子為大鈎巨緇五十犗以為餌蹲乎會稽投竿東海旦旦而釣期年不得魚已而大

魚食之牽巨鉤錎没而下鶩揚而奮鬐白波若山海水震蕩聲侔鬼神憚赫千里任公子得若魚離而腊之自制河以東蒼梧以北莫不厭若魚者帝王世紀曰帝羿有窮氏與吳賀北遊賀使羿射雀羿曰生之乎殺之乎賀曰射其左目羿引弓射之誤中右目羿抑首而愧終身不忘故羿之善射至今稱之鮑照詩彎弧不解張

爾其雄姿壯觀映背河漢上摩蒼蒼下覆漫漫

莫半切（士贇曰）傅玄鷹賦雄姿邈代逸氣橫生史記曰斯事天下之壯觀淮南子鵾鷄奮翼揮攄凌乎浮雲背負青天膺摩赤霄漢書蕭何傳天漢註曰河漢也古詩河漢清且淺物理論星者氣發而升精華上浮宛轉隨流名曰天河一曰雲漢東方朔七言曰折羽翼兮摩蒼天莊子天之蒼蒼其正色邪沈約詩歸海流漫漫

盤古開天而直視羲和倚日以傍嘆

（士贇曰）徐整三五歷紀天地混沌如雞子盤古生其中萬八千歲天地開闢陽清爲天陰濁爲地盤古在其中一日九變神於天聖於地天日高一丈盤古日長一丈如此萬八千歲天數極高地數極深盤古極長後乃有三皇數起於一立於三盛於七處於九故天去地九萬里鮑照蕪城賦直視千里外唯見起黃埃尚書分命羲仲宅嵎夷曰暘谷寅賓出日分命和仲宅西曰昧谷寅餞納日離騷吾令羲和弭節兮廣雅日馭曰羲和

繽紛乎八荒之間掩映乎四海之半

（士贇曰）謝惠連雪賦繽紛繁騖之貌賈誼過秦論有并吞八荒之心顏師古曰八荒八方荒忽極遠之地也爾雅九夷八狄七戎六蠻謂之四海

當胸臆之掩晝若混茫之未

判（士贇曰）淮南子神無虧缺於胷臆之中矣莊子古之人在混芒之中與一世而得澹漠焉淮南子天地未剖陰陽未判四時未分萬象未生寂然澄清莫見其形 忽騰覆以迴轉則霞廓而霧散（士贇曰）木華海賦岑嶺飛騰而反覆傅玄西都賦飈迴風轉謝靈運詩乘流翫迴轉西都賦浮沉往來雲集霧散 然後六月一息至于海湄翳景以橫翥章移切 逆高天而下垂（士贇曰）此兩句語意並見前註詩云謂天蓋高又見前 憩乎泱以兩切漭毋黨切之野入乎汪湟之地（士贇曰）司馬相如上林賦過乎泱漭之壄註泱漭廣大也郭璞江賦澄澹汪洸又潏湟淴泱 猛勢所射餘風所吹濵漲沸渭巖巒紛披（士贇曰）謝靈運詩溟漲無端倪揚雄長楊賦汾沄沸渭徐敬業詩襟帶盡巖巒 天吳為之怵慄海若為之躨渠龜切跜女夷切（士贇曰）山海經朝陽之谷有神曰天吳是謂水伯虎身人面八手八足八尾青黃色木華海賦天吳乍見而髣髴楚辭令海若舞馮夷張平子西京賦海若游於玄渚註曰海若海神也李尤辟雍賦萬騎躨跜以攫拏王文考魯靈光殿賦虬龍騰驤以蜿蟺頷若動而躨跜躨跜動貌 巨鼇冠山而却走長鯨騰海而下馳縮殼挫鬣莫之敢窺吾亦不測其神怪之若此蓋乃造化之所

爲〔士贇曰〕列子湯問篇五山之根無所連著使巨鼇十五舉首而戴之迭爲三番六萬歲一交焉五山始峙而不動　呉都賦巨鼇贔屓首冠靈山　崔豹古今註鯨海魚也大者長千里小者長數丈一生數萬子常以五六月就岸生子至七八月導從其子還海中鼓浪成雷噴沫成雨水族驚畏皆逃匿莫敢當者其雌曰鯢大者亦長千里眼爲明月珠　張衡思玄賦玄武縮於殼中兮騰蛇蜿以自糾　周易繫辭上曰陰陽不測之謂神又曰知變化之道者其知神之所爲乎　楚辭因氣變而遂曽舉兮忽神奔而鬼怪　木華海賦惟神是宅亦祇是廬何奇不有何怪不儲　揚子曰神怪茫茫此謂鼇亦縮殻鯨亦拄鬣也　列子老聃曰造化之所始陰陽之所變謂之生謂之死　莊子曰偉哉造化又將奚以汝爲　張華鷦鷯賦何造化之多端兮播羣形於萬類

豈比夫蓬萊之黃鵠誇金衣與菊裳恥蒼梧之玄鳳耀綵質與錦章旣御服于靈仙久馴擾于池隍〔士贇曰〕西京雜記漢昭帝始元元年黃鵠下建章宮太液池中公卿上壽上爲歌曰黃鵠飛兮下建章羽肅肅兮行蹌蹌金爲衣兮菊爲裳唼喋荷荇出入蒹葭兮自顧薄德兮愧爾嘉祥　池隍者城池之閒言黃鵠與玄鳳爲人之所羈也

精衛殷勤于銜木鶢〔于元切〕鶋〔斤於切〕悲愁乎薦觴〔士贇曰〕述異記者炎帝女溺死東海中化爲精衛每銜西山木石以塡東海怨溺死也　山海經發鳩之山有鳥名精衛是炎帝之女往遊于東海溺而不反是故精衛常取西山木石以塡東海　國語海鳥曰鶢鶋止於魯東門之外三日臧文仲使國人祭

之㞡禽曰越哉臧孫之爲政也海鳥至巳不知而祀之以爲國典難
以爲仁且智矣今茲海其有災乎廣川之鳥獸常知避其災也是歲
海多大風冬暖莊子昔者海鳥止於魯郊魯侯御而觴之于廟奏九
韶以爲樂具太牢以爲膳鳥乃眩視憂悲不敢食一臠不敢飲一杯
三日而死　**天鷄警曉于蟠桃踆**七倫切**烏晰**之列切**耀于太陽**士贇
曰郭璞江賦其羽族也則有晨鵠天鷄爾雅翰天雞孫炎曰黒身一
名莎雞玄中記桃都山有大樹曰桃都枝相去三千里上有天雞日
初出照此木天鷄即鳴天下雞皆隨之淮南子曰　**不曠蕩而縱**
中有踆烏註云踆字獨蹲止不行謂三足烏也
適何拘攣而守常士贇曰張平子南都賦若夫天封大狐列仙之陬上平衍而曠蕩下蒙籠而崎嶇王褒洞
簫賦聯延曠蕩陳琳擬吳文曰聖朝開弘曠蕩晉書張翰任心自適
不求當世或謂之曰卿乃縱適一時獨不爲身後名耶翰曰使我有
身後名不如即時一杯酒時人貴其曠達曹
褒傳群寮拘攣班彪西征賦陋吾人之拘攣　**未若茲鵬之逍遙**
無厥類乎比方士贇曰莊子逍遙於天地之間又曰萬物莫不比方張華鷦鷯賦陰陽陶蒸萬品一區巨細舛
錯種繁類殊鷦螟巢於蚊睫大鵬彌乎天隅將以上方不
足而下比有餘普天壤以遐觀吾又安知其小大之所如　**不矜大**
而暴猛毋順時而行藏士贇曰漢書康衡疏曰勇猛剛彊者戒於大暴郭璞江賦鯼鮆順時而往
還論語用之則行舍之則藏　**參玄根以比壽飲元氣以充腸**士贇曰列子黃帝書

曰谷神不死是謂玄牝玄牝之門是謂天地根張衡玄圖曰玄者無
形之類自然之根作於太始莫與爲先盧諶詩邈矣玄根廓焉靡結
靈光殿賦含元氣之烟熅前漢**戲暘谷而徘徊馮炎洲而**
律歷志太極元氣函三爲一
抑揚（士贇曰）尚書分命羲仲宅嵎夷曰暘谷注曰暘明也日出於谷而天下明故稱暘谷古飛鶴行云五里一反顧六里一徘
徊漢息夫躬絶命辭曰鷹隼橫厲鸞徘徊兮阮籍詩鳳凰集南嶽徘
徊孤竹根東方朔十洲記炎洲在南海中地方二千里去北岸九萬
里班固漢書叔孫通傳曰叔孫奉常與時抑揚**俄而希有鳥見謂之曰偉哉鵬乎**
此之樂也吾右翼掩乎西極左翼蔽乎東荒跨躡地
絡周旋天綱以恍惚爲巢以虛無爲場（士贇曰）莊子偉哉造物者將以
子爲此拘拘也張平子西京賦振天維衍地絡前漢律歷志玉衡杓
建天之綱也老子恍恍惚惚其中有物孟子下者爲巢淮南子虛無
者道之舍又堅守虛無之宅**我呼爾遊爾呼我翔于是乎大鵬許之**
欣然相隨此二禽已登於寥廓而斥鷃之輩空見笑
於藩籬（士贇曰）楚辭上寥廓而無天選宋玉對楚襄王曰鳥有鳳而魚有鯤鳳凰上擊九千里絶雲霓負青天翺翔乎杳冥
之上夫藩籬之鷃豈能與之料天地之高哉鯤魚朝發崑崙之墟暴
鬐於碣石暮宿於孟諸夫尺澤之鯢豈能與之量江海之大哉莊子

斥鷃笑之
事見前

擬恨賦 文選江淹嘗嘆古人遭時否塞有志不
伸而作恨賦太白此作終篇擬之云

晨登太山一望蒿里松楸骨寒宿草墳毀 士贇曰五經
通義太山一
名代宗張說封禪頌太山者聖帝受天官之宮天孫總人靈之府漢
書武帝五子傳蒿里召兮郡門閲顏師古曰蒿里死人里事物紀原
漢武帝時李延年分挽歌爲二曲薤露送王公貴人蒿里送士大夫
庶人干寶搜神記田橫門人挽歌其二云蒿里誰家地聚歛精魄無
賢愚鬼伯一何相催促人命不得少踟躕禮記朋友之墓有宿草而
不哭焉何遜詩行路一空墳路成墳已毀陰鏗詩曰迥墳由路毀荒
隧受田侵 浮生可嗟大運同此 士贇曰莊子其生也若浮鮑照詩
浮生急馳電何晏景福殿賦乃大
運之
攸戾 於是僕本壯夫慷慨不歇仰思前賢飲恨而殁 士贇曰楊子曰壯夫不爲也羽獵賦壯士忼慷殊鄉別趣曹子孟德詩
慨當以慷憂思難忘江淹恨賦僕本恨人心驚不已直念古者伏恨
而死又自古皆有死
莫不飲恨而吞聲 昔如漢祖龍躍羣雄競奔提劍叱咤
指揮中原 士贇曰周易見龍在田或躍在淵劉孝標辨命論曰觀
湯武之龍躍陸機辨亡論曰群雄蜂駭義兵四合史記
高帝紀上曰吾以布衣提三尺劍取天下此非天命乎後漢皇
甫嵩傳閻忠說嵩曰將軍指揮足以振風雲叱咤可以興雷電 東

馳渤澥西漂崐崘斷蛇奮旅掃清國步士贇曰渤澥崐崘並見大鵬賦註漢書本紀叙傳曰爰茲發迹斷蛇奮旅漢書高帝紀爲縣送徒驪山夜徑澤中令一人行前行前者還報有大蛇當徑願還高祖醉曰壯士行何畏廼前拔劒斬蛇蛇分爲兩後人來至蛇所有一老嫗夜哭人問何哭曰吾子白帝子也化爲蛇當道今者赤帝子斬之嫗因忽不見詩云於乎有哀國步斯頻握瑤圖而倏昇登紫壇而雄顧一朝長辭天下縞素士贇曰選張平子西京賦高祖應籙受圖順行天誅漢書紫壇有文章采鏤黼黻之飾高帝紀寡人親爲發喪兵皆縞素此用其字楚辭思久故之親身因縞素而哭之若乃項王虎鬬白日爭輝拔山力盡蓋世心違聞楚歌之四合知漢卒之重圍帳中劒舞泣挫雄威騅中葵切兮不逝喑於鳩切噁烏路切何歸士贇曰史項羽紀項王軍壁垓下兵少食盡漢軍及諸侯兵圍之數重夜聞漢軍四面皆楚歌項王乃大驚曰漢已得楚乎是何楚人之多也項王則夜起飲帳中有美人虞氏常幸從駿馬名騅常騎之於是項王乃悲歌忼慨自爲詩曰力拔山兮氣蓋世時不利兮騅不逝騅不逝兮可柰何虞兮虞兮柰若何歌數闋美人和之項王泣數行下左右皆泣莫能仰視於是項王乃上馬騎麾下壯士騎從者八百餘人直夜潰圍南出馳走平明漢軍乃覺之令騎將灌嬰以五千騎追之項王渡淮騎能屬者百餘人耳項王至陰

陵迷失道問一田父田父紿曰左左乃陷大澤中以故漢追及之項王自度不能脫乃自刎而死詩云中心有違史淮陰侯傳信曰臣請言項王之為人也項王喑噁叱咤千人皆廢索隱曰喑噁懷怒氣也**至如荊卿入秦直度易水長虹貫日寒風颯起遠讎始皇擬報太子奇謀不成憤惋而死**士贇曰史刺客傳燕太子質於秦亡歸見秦且滅六國兵已臨易水恐其禍至丹患之因田光以交荊軻於是尊荊軻為上卿令秦武陽為副俱入秦刺秦王臨發太子及賓客知其事者皆白衣冠以送之至易水之上既祖取道高漸離擊筑荊軻和歌為變徵之聲士皆垂淚涕泣又前而為歌曰風蕭蕭兮易水寒壯士一去兮不復還復為羽聲忼慨士皆瞋目髮盡上衝冠於是荊軻遂就車而去終已不顧既至秦秦王聞之大喜乃朝服設九賓見燕使者咸陽宮荊卿奉樊於期之頭函而秦武陽奉地圖匣以次進至陛軻取圖奉之秦王發圖圖窮而匕首見因左手把秦王之袖而右手持匕首揕之未至身秦王驚自引而起袖絕環柱而走群臣驚愕乃以手共搏之是時侍醫夏無且以其所奉藥囊提荊軻秦王方環柱走卒惶急不知所為左右乃曰王負劍王負劍遂拔以擊荊軻斷其左股荊軻廢乃引其匕首以提秦王不中中桂秦王復擊軻軻被八創軻自知事不就倚柱而笑箕踞以罵曰事所以不成者乃欲以生劫之必得約契以報太子也史鄒陽書曰荊軻慕燕丹之義欲刺秦王其精誠上感於天乃白虹貫日太子畏之**若夫陳后失寵長門掩扉日冷金殿霜淒錦衣春草罷綠**

秋螢亂飛恨桃李之委絶思君王之有違〔士贇曰〕漢書外戚傳陳皇后者長公主嫖女也曾孫娶爲唐邑侯傳子至孫午午尚長公主女初武帝得立爲太子長公主有力取女爲妃及即位爲皇后擅寵驕貴十餘年而無子聞衛子夫得幸幾死者數焉元光五年坐女子楚服等爲皇后巫蠱祠祭呪詛罷退歸長門宮江淹詩華月照方池列坐金殿側詩云衣錦褧衣恨賦春草暮兮秋風驚秋風罷兮春草生又攀桃李兮不忍別註曰桃李喻夫妻也詩熠燿宵行註熠燿燐也燐螢火也箋云此物家無人則然令人感思

昔者屈原既放遷於湘流心死舊楚魂飛長楸聽江風之嫋嫋聞嶺狖于救切之啾啾求埋骨於淥水怨懷王之不收〔士贇曰〕史記屈原者名平楚之同姓也爲楚懷王左徒上官大夫與之同列而讒之王怒而疏屈平屈平疾王聽之不聰也讒諂之蔽明邪曲之害公方正之不容也故憂愁幽思而作離騷離騷者猶離憂也子蘭爲令尹勸懷王入秦而不反屈平既嫉之雖放流睠顧楚國繫心懷王令尹子蘭聞之大怒卒使上官大夫短屈原於頃襄王王怒而遷之屈平至江濱行吟澤畔託辭於漁父曰寧赴常流而葬江魚腹中於是懷石自投汨羅以死江淹別賦意別寃之飛揚又骨肉悲而心死又望青楸之離霜莊子仲尼謂顏回曰哀莫大於心死楚辭九歌嫋嫋兮秋風又猨啾啾兮狖夜鳴阮籍詩淥水揚洪波何晏景福殿賦淥水浩浩

及夫李斯受戮神氣黯然左右垂泣精

魂動天執愛子以長別歎黃犬之無緣士贇曰趙高譖殺李斯事詳見史記本傳其略云二世二年七月具斯五刑論腰斬咸陽市斯出獄與其中子俱執顧謂其中子曰吾欲與若復牽黃犬出上蔡東門逐狡兎豈可得乎遂父子相哭而夷三族江淹恨賦及夫中散下獄神氣激揚又左右兮魂動親友兮涙滋別賦黯然銷魂者惟別而已又送愛子兮沾羅裙西京賦喪精亡魂或有從軍永訣去國長違天涯遷客海外思歸此人忽見愁雲蔽日目斷心飛莫不攢眉痛骨抆武粉切血霑衣士贇曰史記本傳李廣以良家子從軍曹植詩良人行從軍江淹別賦邊郡未和負羽從軍又詩君行在天涯漢高祖紀士卒皆謳歌思東歸盧義詩翰海愁雲生選古詩浮雲蔽白日江淹恨賦或有孤臣危涕孽子墜心遷客海上流戍隴陰此人但聞悲風汩起血下霑衿亦復含酸茹嘆銷落煙沉又別賦誰能摹暫離之狀寫永訣之情者乎又瀝泣共訣抆血相視楚辭心飛揚兮浩蕩韓信傳秦父兄怨此三人痛入骨髓選江淹書覆影叩心酸鼻痛骨潘岳寡婦賦涕橫迸而霑衣若乃錯繡轂填金門煙塵曉沓歌鐘晝諠亦復星沉電滅閉影潛魂士贇曰楚辭大招瓊轂錯衡英華假只揚雄解嘲歷金門註云即金馬門也三輔黃圖金馬門宦者司之武帝得大宛馬以銅鑄像立於司馬門因以為名班固西都賦紅塵四起煙雲相連國語公錫魏絳女樂二八歌鐘一肆鮑明遠詩

七盤起長袖庭下列歌鍾張景陽七命舉戈林竦揮鋒電滅已矣哉桂華滿兮明月輝扶桑曉兮白日飛（士贇曰）庾信月詩星橋視桂華佛書月中蟾桂地影空處水影也阮嗣宗詩明月耀清輝淮南子曰出于暘谷浴于咸池拂于扶桑是謂晨明玉顏滅兮螻螘聚碧臺空兮歌舞稀（士贇曰）宋玉神女賦苞溫潤之玉顏曹植洛神賦轉眄流精光潤玉顏謝惠連雪賦玉顏掩嫮莊子在下為螻螘食與天道兮共盡莫不委骨而同歸（士贇曰）江淹恨賦人生到此天道寧論司馬遷悲士不遇賦曰天道悠悠昧鮑照蕪城賦天道如何吞聲者多又千齡兮萬代共盡兮何言又莫不埋魂幽石委骨窮塵易繫天下殊途而同歸

惜餘春賦

天之何為令北斗而知春兮迴指於東方（士贇曰）公羊傳曰斗指東方曰春鶡冠子斗柄東而天下知春水蕩漾兮碧色蘭葳蕤兮紅芳（士贇曰）江淹別賦春草碧色春水綠波送君南浦傷如之何又見紅蘭之受露阮籍詩傷漾焉可能蜀都賦敷蘂葳蕤王仲宣詩百卉挺葳蕤楚辭上葳蕤以防露王逸註曰葳蕤草木初生貌試登高而望遠極雲海之微茫（士贇曰）高唐賦愁思無已嘆息垂淚登高遠望使人心瘁史天官書凡望雲氣仰而望之三四百里平望在桑榆上餘二千里登高而望之下屬地者三千里

雲氣有獸居上者勝勃碣海岱之間氣皆黑寃一去兮欲斷涙流頰兮成行〔士贇
曰〕江淹恨賦一曰魂斷吟清風而詠滄浪懷洞庭兮悲瀟湘〔士贇曰〕詩
云吉甫作誦穆如清風孟子有儒子歌曰滄浪之水清兮可以濯我纓滄浪之水濁兮可以濯我足輿地志瀟水與湘水合而爲洞庭謝
玄暉詩洞庭張樂地瀟湘帝子遊何余心之縹緲兮與春風而飄揚〔士贇
曰〕靈光殿賦忽縹緲以響像好色賦綺春風兮發華鮮何晏景福殿賦從風飄揚飄揚兮思無限念
佳期兮莫展〔士贇曰〕楚辭心飛揚兮浩蕩又與佳期兮夕張謝靈運詩美人遊不還佳期何由敦平原
萋兮綺色愛芳草兮如剪惜餘春之將闌每爲恨兮
不淺〔士贇曰〕晁錯傳平原易地楚辭惜吾不及古之人兮吾誰與玩此芳草淮南招隱賦春草生兮萋萋漢之曲
兮江之潭把瑤草兮思何堪〔士贇曰〕南都賦游女弄珠於漢皐之曲江淹詩瑤草正翕想遊
絶山海經曰姑瑤之山帝女死焉化爲瑤草其葉胥成其花黄其實如兎絲服者媚於人晉桓溫曰木猶如此人何以堪
女於峴北愁帝子於湘南恨無極兮心氳氳目眇眇
兮憂紛紛〔士贇曰〕列仙傳鄭交甫嘗遊漢江見二女皆麗服華裝佩兩明珠大如荊雞卵交甫見而悅之不知其神人也

謂其僕曰我欲下請其佩僕曰此間之人皆習於辭不得恐罹悔焉交甫不聽遂下與之言曰二女勞矣二女答曰客子有勞妾何勞之有交甫曰橘是柚也我盛之以笥令附漢水將流而下我遵其傍搴之知吾爲不遜也願請子佩二女曰橘是柚也我盛之以莒令附漢水將流而下我遵其傍捲其芝而茹之手解佩以與交甫交甫受而懷之既趨而去行數十步視珠空懷無珠二女忽不見詩云漢有游女不可求思言其以禮自防人莫敢犯况神仙之變化乎韓詩內傳鄭交甫將南適楚遵彼漢皐臺下遇二女佩兩珠大如荆雞卵與言曰願請子之佩二女與交甫交甫受而懷之超然而去十步循探之即亡矣迴顧二女亦即亡矣峴山在襄陽十里楚辭湘夫人歌帝子降兮北渚目眇眇兮愁予嫋嫋兮秋風洞庭波兮木葉下離騷經曰濟沅湘以南征兮就重華以敶詞氳氳氣合而不可散也

披衛情於淇水結楚夢於陽雲

士贇曰詩竹竿衛女思歸也適異國而不見荅思而能以禮者也泉源在左淇水在右女子有行遠兄弟父母宋玉高唐賦序昔者楚襄王與宋玉游於雲夢之臺望高唐之觀其上獨有雲氣王問玉曰此何氣也玉曰所謂朝雲者也昔者先王嘗遊高唐怠而晝寢夢見一婦人曰妾巫山之女也爲高唐之客聞君遊高唐願薦枕席王因幸之去而辭曰妾在巫山之陽高丘之岨旦爲朝雲暮爲行雨朝朝暮暮陽臺之下旦而視之如言故爲立廟曰朝雲

春每歸兮花開花已闌兮春改歎長河之流速送馳波於東海

士贇曰隋李德林傳浩浩如長河東注謝眺臨楚江賦馳波鬱素駭浪浮天尚書大傳曰百川赴東海

春

不留兮時已失老衰颯兮逾疾恨不得掛長繩於青天繫此西飛之白日士贇曰陸士衡嘆逝賦時飄忽兮不再老晼晚其將及楚辭劉向九嘆遠逝篇云貫鴻蒙以東揭兮維六龍於扶桑此二句即向之意特造語之不同耳曹植詩白日忽西匿謝靈運詩永夜繫白日若有人兮情相親去南國兮往西秦士贇曰楚辭若有人兮山之阿孝經故上下能相親也詩云佾佾江漢南國之紀曹植七哀詩公叔畢命於西秦秦在西方故曰西秦也見遊絲之橫路網春暉以留人士贇曰沈休文詩遊絲映空轉選短歌行顛以春暉沈吟兮哀歌躑躅兮傷別送行子之將遠看征鴻之稍滅士贇曰選古詩馳情整巾帶沈吟聊躑躅謝惠連詩沈吟為爾感情深意彌重王徽詩哀歌送苦言左太冲詩哀歌和漸離江淹別賦是以行子腸斷百感悽惻鮑明遠詩行子心腸斷醉愁心於垂楊隨柔條以糾結士贇曰楚辭心愁悽而生悲蔡文姬胡笳十八拍不知愁心兮說向誰是魏文帝柳賦柔條婀娜而拖紳望夫君兮咨嗟橫涕淚兮怨春華士贇曰楚辭望夫君兮未來阮籍詩豈復嘆咨嗟蘇武詩努力愛春華陸士衡嘆逝賦云野每春兮必華寄遙影於明月送夫君於天涯士贇曰謝莊月賦隔千里兮共明月古詩相去萬餘里各在天一涯

愁陽春賦

東風歸來見碧草而知春【士贇曰】記月令孟春之月東風解凍江淹賦春草碧色蕩漾惚恍何垂楊旖引綺切旎乃倚切之愁人【士贇曰】江淹詩北渚有帝子蕩漾不可期老子恍兮惚兮詩云旖旎其華楚辭竊悲夫蕙華之曾敷兮紛旖旎乎都房又羌愈思而愁人天光清而妍和海氣緑而芳新【士贇曰】莊子宇泰定而天光發王羲之蘭亭序天朗氣清歸田賦仲春令月時和氣清鮑照詩天色爭緑氣妍和晉天文志乃海傍蜃氣象樓臺縈翠兮阡眠雲飄飄而相鮮【士贇曰】揚雄甘泉賦曳紅綵之流離兮颺翠氣之宛延楚辭遠望兮阡眠謝玄暉詩阡眠起雜樹抱朴子曰長谷之山杳杳巍巍玄雲飄飄玉液霏霏郭璞詩翡翠戲蘭苕容色更相鮮演漾兮黃緑窺青苔之生泉【士贇曰】顏延年詩衍漾觀緑疇吳都賦夤緣山岳之岊崔豹古今註空室無人行則生苔蘚或青或紫一名緑錢張景陽詩青苔倚空牆縹緲兮翩綿見遊絲之縈煙【士贇曰】陸機雲賦輕翔縹緲嵇叔夜琴賦翩綿飄邈沈休文詩遊絲映空轉魂與此兮俱斷醉風光兮悽然【士贇曰】江淹恨賦一曰魂斷謝朓詩風光草際浮向秀嘆逝賦寒冰淒然若乃隴水秦聲江猿巴吟【士贇曰】後漢書地理志漢陽郡

隴州有大坂名隴坻註曰三秦記其坂九廻不知高幾許欲上者七日乃越高處可容百餘家清水四注下郭仲産秦州記曰隴山東西百八十里登山嶺東望秦川四五百里極目泯然山東人行役升此而顧瞻者莫不悲思故歌曰隴頭流水分離四下念我行役飄然曠野登高遠望涕零雙墮度汧隴無蠶桑八月乃麥五月乃凍解漢楊惲傳家本秦也能爲秦聲註曰李斯書云擊甕叩缶彈箏搏髀而呼烏烏快耳者眞秦聲也宋玉對楚王問曰客有歌於郢中者其始曰下里巴人國中和者數千人呂延翰曰下里巴人曲名也此言隴水之鳴咽如秦聲江上之猿啼如巴人之吟也

明妃玉塞楚客楓林

〔士贇曰〕江淹恨賦明妃去時向天嘆息呂延翰曰王昭君齊國王襄女也年十七獻漢元帝會匈奴遣使請一女子帝謂後宮願至單于者起昭君喟然而嘆越席而起乃賜單于後觸晉文帝諱改爲明妃漢邊有玉門陽關故曰玉塞江淹詩楚客心悠哉張銑註曰楚客屈原也宋玉招魂賦湛湛江水兮上有楓阮嗣宗詩湛湛長江水上有楓樹林遠望令人悲春氣感我心三楚多秀士朝雲進荒淫

試登高而望遠痛切骨而傷心

〔士贇曰〕登高望遠見上句註漢韓信傳秦父兄怨此三人痛入骨髓蘇子卿詩俛仰内傷心選悲哉行春兮傷客心

春心蕩兮如波春愁亂兮如雪

〔士贇曰〕宋玉招魂賦曰極千里兮傷春心枚乘七發曰陶陽氣蕩春心

兼萬情之悲歡茲一感於芳節

〔士贇曰〕易咸卦曰觀其所感而天地萬物之情可見矣鮑明遠詩開芳及稚節

若有一人兮湘水濱隔

雲霓而見無因（士贇曰楚辭悲憂窮戚兮獨處廓有美一人兮心不繹張平子詩我所思兮在桂林欲往從之湘水深楚辭飄風屯其相離兮帥雲霓而來御漢鄒陽傳曰無因而至前也）灑別淚於尺波寄東流於情親（士贇曰蘇子卿詩淚為生別滋陸士衡長歌行尺波豈徙旋選劉峻與劉沼書隙駟不留尺波電謝呂氏春秋曰水泉東流日夜不休鍾會懷士賦寄遠念於輿波鮑照詩惆悵憶情親）若使春光可攬而不滅兮吾欲贈天涯之佳人（士贇曰淮南子曰天地之間巧歷不能舉其數手徵恍惚不能攬其光高誘曰天地廣大手雖能徵其恍惚無形者不能攬日月之光也列子曰伏羲以來三十餘萬歲賢愚好醜無不消滅江淹詩君行在天涯張孟陽詩佳人遺我綠綺琴何以贈之雙南金願因流波超重深終然莫致增永吟）

悲清秋賦

登九疑兮望清川見三湘之潺湲（士贇曰山海經曰蒼梧之川其中有九疑山焉舜之所葬在零陵縣界湘中記曰九疑山在營道縣北九山相似行者疑惑故名之曰九疑山陸士衡樂府清川含藻景顏延年詩三湘淪洞庭七澤藹荆牧江淹詩悠悠清川水郭璞山海經註曰巴陵縣有洞庭波瀟湘沅水皆共會巴陵故號三江口三湘蓋謂三江也楚辭羌忽兮遠望觀流水兮潺湲）水流寒以歸海雲橫秋而蔽天（士贇曰尚書大傳曰

大水小水東流歸海也呉都賦百川派別歸海而會西都賦灑野蔽天余以鳥道計於故鄉兮不知去荊吳之幾千（士贇曰）沈約愍塗賦依雲邊以知國極鳥道以瞻家南中八志云交趾郡治龍編縣自興古鳥道四百里楚辭鄭抱景而獨倚兮超永思乎故鄉又去故鄉而就遠兮遵江夏以流亡陸士衡詩佇立望故鄉于時西陽半規映島欲沒澄湖練明遙海上月（士贇曰）爾雅山西曰夕陽謝靈運詩遠峯隱半規謝惠連詩分決澄湖陰謝玄暉詩澄江淨如練念佳期之浩蕩渺懷燕而望越（士贇曰）楚辭登白蘋兮騁望與佳期兮夕張謝玄暉詩佳期悵何許楚辭怨靈脩之浩蕩又志浩蕩而傷懷意太白時在荊湘故懷燕而望越也荷花落兮江色秋風嫋嫋兮夜悠悠（士贇曰）陸韓卿詩歲暮寒飆及秋水落美蕖楚辭嫋嫋兮秋風又去白日之昭昭兮襲長夜之悠悠臨窮溟以有羨思釣鼇於滄洲無脩竿以一舉撫洪波而增憂（士贇曰）莊子窮髮之北有溟海者天池也木華海賦翔天沼戲窮溟董仲舒策臨淵羨魚不如退而結網列子湯問龍伯之國有大人舉足不盈數寸步而暨五山之所一釣而連六鼇負而歸國灼其骨以數焉謝玄暉詩復協滄洲趣東方朔十洲三島記滄海之外別有圓海繞山圓水色正黑謂之溟海無風而洪波百丈海賦擘洪波指太清楚辭心鬱鬱而憂思兮獨永嘆乎增傷歸去來兮人

誾不可以託些吾將採藥於蓬丘（士贇曰楚辭大招曰歸來歸來不可以託些陶淵明歸去來兮請息交以絶游江淹詩採藥白雲隈東方朔十洲三島記蓬丘即蓬萊山

劍閣賦　送友人王炎入蜀

咸陽之南直望五千里見雲峯之崔嵬（士贇曰賈山至言起咸陽而西至雍即長安也唐建都于此蜀都賦經途所亘五千餘里謝靈運詩滅跡入雲峯詩云維山崔嵬爾雅石戴土謂之崔嵬前有劍閣橫斷倚青天而中開（士贇曰酈道元水經註小劍戍北去大劍三十里連山絶險飛閣相通故謂之劍閣也上則松風蕭颯瑟颸有巴猿兮相哀旁則飛湍走壑灑石噴閣洶湧而驚雷（士贇曰王粲登樓賦風蕭瑟而並興荊州記巴東三峽猿長鳴至三鳴聞者垂淚古歌曰巴東三峽巫峽長猿鳴三聲淚沾裳左思吳都賦猿父哀吟司馬相如上林賦湧洶彭湃木華海賦驚浪雷奔送佳人兮此去復何時兮歸來望夫君兮安極我沈吟兮嘆息（士贇曰嵇康詩佳人不在能不永嘆淮南招隱賦王孫兮歸來楚辭望夫君兮未來安極者無所極止也魏武帝短歌行但爲君故沈吟至今又延頸長嘆息陶潛詩歌竟長嘆息持此感人多視滄波之東

注悲白日之西匿（士贇曰）淮南子禹鑿龍門闢伊闕決江濬河東注之海因水之流也後魏崔孝伯傳浩浩如長河東注胥地理志大河之流波瀾東注曹植詩白日忽西匿鴻別燕兮秋聲雲愁秦而瞋色（士贇曰）王褒四子講德論甯戚商歌以干齊註云商秋聲也晉天文志秦雲如行人選虞羲詩瀚海愁雲生謝康樂詩林壑斂瞋色若明月出於劍閣兮與君兩鄉對酒而相憶（士贇曰）謝莊月賦美人邁兮音塵闕隔千里兮共明月謝玄暉詩馳輝不可接何況隔兩鄉

明堂賦按唐史武德初定令每歲季秋祀五方上帝於明堂五天帝配五人帝五官並從祀訖于貞觀之末未議立明堂季秋大享則於圜丘行事永徽二年又奉太宗配祠明堂有司遂以高祖配五天帝太宗配五人帝下詔造明堂內出九室之樣顯慶元年禮官議太宗不當配五人帝太尉長孫無忌等議以高祖躬受天命奄有神州爲國始祖抑有舊章太宗道格上玄功清下黷拯率土之塗炭布大造於生靈請準詔書宗祀於明堂以配上帝從之乾封初復議立明堂或云九室或云五室以議不定又止武后垂拱四年二月毀東都之乾元殿就其地造明堂因下詔曰時既沿革莫或相遵自我作古用適於事今以上堂爲嚴配之所下室爲布政之居來年正月一日可於明堂宗祀三聖以配上帝其月明堂成號爲萬象神宮天授二年正月乙酉日

南至親祀明堂合祭天地以周文王及武氏先考妣配百祀從祀祠並於壇位以亭布席而祀武太后又於明堂後造佛舍高百餘尺始造爲大風振倒俄又重營其功未畢證聖元年正月丙申夜佛堂災延燒明堂至明而盡未幾復令依舊規制重造明堂凡高二百九十四尺東西南北廣三百尺上施寶鳳俄以火珠代之明堂之下圜繞施鐵渠以爲辟雍之象天冊萬歲二年三月造成號爲通天宮四月又行親享之禮大赦改元爲萬歲通天明年九月又享於通天宮開元五年幸東都將行大享之禮以武太后所造明堂有乖典制遂折依舊造乾元殿太白此賦想在未折之先也

昔在天皇告成岱宗改元乾封經始明堂年紀總章時締構之未集痛威靈之遐邁（士贇曰）書曰昔在帝堯唐書高祖紀上元元年八月壬辰皇帝稱天皇皇后稱天后乾封元年正月戊辰封于泰山禪于社首以皇后爲亞獻書曰東巡狩至于岱宗柴望五經通義泰山一名岱宗王者受命易政報功告成於岱宗岱者代也東方物之始交代之處又羣嶽之長唐書禮樂志高宗時改元總章分萬年置明堂縣示欲必立之而議者益紛然或以爲五室或以爲九室而高宗依兩議以帟幕爲之與公卿臨觀而議亦不一乃下詔率意頒其制度至取象黃琮上設鴟尾其言益不經而明堂亦不能立詩云經始靈臺魏都賦締構之初山海經曰窮山際有軒轅丘射者不敢西向畏

黃帝之威靈也禮天子曰崩告喪曰天王登遐此言遐邁者即登遐之義也 天后繼作中宗成之因兆人之子來崇萬祀之丕業〔士贇〕曰唐禮樂志至則天始毀東都乾元殿以其地立明堂其制宏侈無復可觀皆不足記其後火焚之既而又復立詩云經之營之庶民子來陶潛詩奚止千萬祀 蓋天皇先天中宗奉天累聖纂就鴻勳克宣〔士贇〕曰易曰先天而天弗違後天而奉天時書顧命註曰布其重光累聖之德 臣白美頌恭惟述焉〔士贇〕曰詩大序頌者美盛德之形容以其成功告於神明者也 其辭曰

伊皇唐之革天創元也我高祖乃仗大順赫然雷發以首之〔士贇〕曰周易曰湯武革命應乎天而順乎人又曰天地革而四時成史記曰武王革殷受天明命創元者開創基業體元以居正也通鑑晉元帝紀劉琨勸進表曰陛下抗明威以懾不類仗大順以號宇內 於是橫八荒漂九陽掃畔換開混茫〔士贇〕曰八荒混茫並見大鵬賦註列子遠在八荒之外楚辭睎余身乎九陽王逸註曰九陽謂九天之涯也嵇康琴賦曰晞幹於九陽漢高祖紀敘傳曰項氏畔換顏師古曰畔換強恣之貌猶言跋扈也左思魏都賦雲徹叛換 景星耀而太階平虹蜺滅而日月張〔士贇〕曰漢書音義瑞星曰景星亦曰德星

孫氏瑞應圖景星者大星也狀如半月生於晦朔助月爲明王者不
敢私人則見漢東方朔傳願上太階六符以觀天變註孟康曰太階
三台也每台二星凡六星符六星之符驗也應劭曰黄帝太階六符
經曰太階者天之三階也上階爲天子中階爲諸侯公卿大夫下階
爲士庶人上階上星爲男主下星爲女主中階上星爲諸侯三公下
星爲卿大夫下階上星爲元士下星爲庶人三階平則陰陽和風雨
時社稷神祇咸獲其宜天下大安是爲太平揚雄傳逮至孝文躬服
節儉是以玉衡正而太階平漢天文志虹蜺陰陽之精春秋元命苞
曰雄曰虹雌曰蜺後漢郎顗傳白虹貫日者侵太陽
也見於春者政變常也又唐堯在上增日月之耀　**欽若太宗**
繼明重光士贇曰書欽若昊天漢兒寬傳曰宣重光班固典引聖
漢宣二祖之重光書顧命曰昔君文王武王宣重光選
張景陽七命繼明代照配天光宅易
曰明兩作離大人以繼明照于四方　**廓區宇以立極綴蒼昊**
之頹綱士贇曰張平子東都賦區宇乂寧班固賓戲超荒忽而躆
昊蒼顔師古曰顥顥天也元氣顥汗故曰顥天其色蒼蒼
故曰蒼天文中子關子明曰聖人輔相天地準繩陰陽恢皇綱立人
極范甯穀梁集解序云拯頹綱以繼三五選陸雲詩曰頹綱既振
淳風汸亡弗切　**穆鴻恩滂洋**士贇曰陶潛扇上畫贊曰三五道
邈淳風日盡唐張蘊古大寶箴我
皇撫運扇以淳風漢賈誼傳汸穆亡間顔師古曰汸穆深微貌漢司
馬相如封禪書湛恩厖鴻漢禮樂志歌曰福滂洋溥汪濊顔師古曰
滂洋饒廣也洋
音羊又音祥　**武義烜赫於有截仁聲駁**先合切　**沓乎無**

疆（士贇曰）揚雄羽獵賦仁聲惠於北狄武誼動於南鄰詩云海外有截又九有有截又無此疆爾界揚子旁獨無疆按詩赫兮烜兮咺字當作烜字爾雅釋詩者曰赫兮烜兮威儀也郭璞註云貌光宣陸德明音義曰赫火格反烜吁遠反烜者光明宣著今並作咺字音同宋五十先生釋疑韻一十阮烜字下註曰詩赫兮顯兮昔太學私試魁馮炎天秉陽垂日星賦云日暈烜赫又大學公試天子當陽賦李宏父云不有重明之烜赫皆此烜字則知唐宋以前詩之咺字皆此烜字作咺字者後緣宋朝舊諱故遂改之月予嘗疑此咺字因註及之

若乃高宗紹興祐統錫羨神休傍臻瑞物咸薦（士贇曰）七啓神應休臻屢獲嘉祥韓詩外傳符瑞並臻皆應德而至元符剖兮地珍見旣應天而順人遂登封而降禪（士贇曰）長揚賦方將俟元符以禪梁父之基增大山之高易曰湯武革命應乎天而順乎人班固東都賦握乾符闡坤珍又龔行天罰應天順人張衡東都賦曰登封降禪齊乎黃軒將欲考有洛崇明堂惟厥功之未輯兮乘白雲於帝鄉（士贇曰）上句見題註列子封人曰千歲厭世去而上仙乘彼白雲至于帝鄉天后勤勞輔政兮中宗以欽明克昌（士贇曰）詩卷耳后妃之志也又當輔佐君子求賢審官知臣下之勤勞內有進賢之志而無險詖私謁之心朝夕思念至于憂勤也書曰欽明文思詩云克昌厥後遵先軌以繼作兮揚列聖之耿光

（士贇曰書立政以覲文王之耿光以揚武王之大烈）則使軒轅草圖羲和練日經之營之不綵不質因子來於四方豈殫稅於萬室（士贇曰漢郊祀志武帝欲治明堂未曉其制度濟南人公玉帶上黃帝時明堂圖天子從之是歲修封則祀太一五帝於明堂如郊禮黃帝名軒轅廣雅曰御曰羲和詩云經始靈臺經之營之庶民攻之不日成之經始勿亟庶民子來張平子東都賦秦政利觜長距思專其侈乃構阿房起甘泉征稅盡人力殫然後收太半之賦威以參夷之刑）乃準水臬（倪結切）攢雲梁（士贇曰周禮匠人建國水地以縣置槷以縣眡以景為規識日出之景與日入之景鄭玄曰於四角立植而縣以水望其高下高下既定乃為位而平地也槷古文臬假借字也於所平之地中樹八尺之臬以縣正之眡之以其景將以正四方也何晏景福殿賦曰制無細而不協於規景作無微而不違於水臬又曰奐若雲梁之承天）鑿玉石於隴坂空瓌（姑回切）材於瀟湘（士贇曰漢書音義應劭曰天水有大坂曰隴坻秦州記曰隴坂九曲不知高幾里班固西都賦因瓌材而究奇）巧奪神鬼高窮昊蒼（士贇曰莊子聲侔鬼神昊蒼見前註王文考魯靈光殿賦承蒼昊之純殼）聽天語之察察擬帝居之將將（七將切）（士贇曰前五行志曰不敢察察言山海經曰浪風之山或上倍之是謂玄圃或上倍之是謂大帝之居西京賦云仰福帝居陽躍陰藏詩應門將將毛萇曰將將嚴正之貌）雖暫勞而

永固兮始聖謨於我皇〔士贇曰〕魏都賦與岡岑而永固觀夫明堂之宏
壯也則突兀曈曨乍明乍蒙大古元氣之結空龍力孔切
蓯則孔切頹沓若嵬若嶪逆怯切〔士贇曰〕揚雄覈靈賦自今推古至於元氣始化淮南招隱賦
山氣巃嵸兮石嵳峩張平子西京賦狀崔嵬以岌嶪似天闕地門之開闔〔士贇曰〕揚雄甘泉賦天闔
決兮地垠開東都賦順陰陽以開闔爾乃劃岝士伯切崿五伯切以嶽立郁穹崇
而鴻紛〔士贇曰〕木華海賦啓龍門之岝崿司馬長卿長門賦正殿嵬以造天兮鬱並起而穹崇靈光殿賦羌瓌譎而鴻紛
冠百王以垂勳燭萬象而騰文〔士贇曰〕西都賦紹百王之荒屯後李邕明堂論萬象
翼之窣惚恍以洞啓呼嵌口銜切巖而傍分〔士贇曰〕記祭義於是諭其志意
以其慌惚以與神明交甘泉賦云閶闔洞啓又比乎崐山之天柱矗九霄而垂
雲〔士贇曰〕崐山天柱見大鵬賦註景福殿賦仰崇山而垂雲潘岳射雉賦天泱泱而垂雲潘岳詩託纂九霄中於是
結構乎黃道岧嶤乎紫微〔士贇曰〕何晏景福殿賦結構則脩梁彩制下褰上奇前漢天文志曰
有中道中道者黃道一曰光道何晏景福殿賦岧嶤岑立崔嵬巒居西京賦思比象乎紫微絡勾陳以繚垣

闢閶闔而啓扉（士贇曰班固西都賦周以鈎陳之位樂汁圖曰鈎陳後宮也服虔甘泉賦註紫宮外營鈎陳星然王者亦法之淮南子閶闔天門也西都賦曰臨峻路而啓扉）崢嶸嶒（疾陵切）嶷（魚其切）縈宇宙兮光輝（士贇曰說文崢嶸高貌文中子上下四方之宇古往今來之宙顔延年詩萬物生光輝）崔嵬赫奕張天地之神威（士贇曰詩云維山崔嵬揚雄甘泉賦配帝居之玄圃兮象太壹之威神何晏景福殿賦張聖主之威神）夫其背泓黃河垠瀨清洛（士贇曰張平子東都賦泝洛背河左伊右瀍）太行却立通谷前廓（士贇曰書太行恒山至于碣石山海經曰太行之山其首曰歸山其上有金玉下有碧洛陽記曰太谷洛城南五十里舊名通谷張平子東都賦太谷通其前）遠則標熊耳以作揭豁龍門以開關（士贇曰尚書傳曰熊耳山在宜陽之西西京賦太室作鎮揭以熊耳龍門在西京河南縣西征賦貿中豁其洞開沈約撰齊安陸昭王碑文曰幽關洞開尚書璇璣鈐曰禹開龍門導積石鄭玄註曰龍門山名也木華海賦云啓龍門之岝嶺）點翠綵於鴻荒洞清陰乎羣山（士贇曰揚子曰鴻荒之世聖人惡之江淹詩清陰往來遠註曰也沈休文詩虛館清陰滿）及乎煙雲卷舒忽出乍没（士贇曰顔延年詩城闕生雲煙西都賦煙雲相連淮南子至道無爲盈縮卷舒與時變化何劭詩懸象迭卷舒）岌嵩噴伊倚日薄月（士贇曰孔

安國曰伊水出陸渾山揚雄羽獵賦出日入月天與地沓謝靈運詩拙疾相倚薄雷霆之所鼓蕩星斗之所伾攀悲切仡魚乙切（士贇曰）周易鼓之以雷霆樂記陰陽相摩天地相盪鼓之以雷霆奮之以風雨拏金龍之蟠蜿挂天珠之硉郎忽切兀（士贇曰）此二句見題註勢拔五嶽形張四維（士贇曰）五嶽太華衡恒嵩也四維乾坤艮巽四隅也軋地軸以盤根摩天倪而創規（士贇曰）河圖括地象曰地下有四柱廣十萬里有三千六百軸木華海賦又以地軸挺拔而爭迴漢虞翻傳盤根錯節莊子和之以天倪樓臺崛區勿切岉文弗切以奔附城闕嶔區金切崟宜金切而蔽虧（士贇曰）選靈光殿賦隆崛岉乎青雲淮南招隱賦嶔岑碕礒碅磳磈硊司馬相如子虛賦岑崟參差日月蔽虧珍樹翠草含華揚蕤（士贇曰）魏都賦珍樹猗猗曹攄詩嚴霜凋翠草南都賦芙蓉含華吳都賦羽毛揚蕤目瑤井之熒熒拖玉繩之離離（士贇曰）春秋運斗樞曰北斗第七星曰瑤光春秋元命苞曰玉衡北兩星爲玉繩毛詩其實離離㨖知利切華蓋以儻漭仰太微之參差（士贇曰）晉天文志天皇大帝上九星曰華蓋所以蔽覆大帝之坐也又太微天子庭也五帝之坐也漢天文志太微爲五帝之庭明堂之房選詩列宿正參差擁以禁扃橫以武庫（士贇曰）西京賦

武庫禁兵設以蘭錡晉天文志曰西方奎十六星天之武庫也獻房心以開鑾瞻少陽而舉措〔士贇曰〕史天官書東宮蒼龍房心心為明堂漢郎顗傳房心者天帝明堂布政之宮後漢五行志房心為明堂前漢律歷志少陽者東方東動也陽氣動於時為春景福殿賦規矩既應乎天地舉措又順乎四時採殷制酌夏步雜以代室重屋之名括以辰次火木之數〔士贇曰〕禮冬官考工記夏后氏丗室堂脩二七廣四脩一五室三四步四三尺九階四旁兩夾牕白盛門堂三之二室三之一註曰堂上為五室象五行也木室於東北火室於東南金室於西南水室於西北又殷人重屋堂脩七尋堂崇三尺四阿重屋註重屋者正宮正堂若大寢也壯不及奢麗不及素〔士贇曰〕東都賦奢不可踰儉不能侈層簷屼其霞矯廣厦鬱以雲布〔士贇曰〕郭璞江賦吸翠霞而夭矯儲正叔詩廣厦構衆材木華海賦氣似天霄靉靆雲布韓子曰雲布風動掩日道遏風路〔士贇曰〕前漢天文志日有中道中道者黃道一曰光道吳都賦逕路絕風雲通陽烏轉影而翻飛大鵬橫霄而側度〔士贇曰〕蜀都賦羲和假道於峻坂陽烏迴翼乎高標張景陽七命曰陽烏為之頓羽廣雅曰日亦名陽烏詩云翩飛維鳥謝宣遠詩翩飛指帝鄉大鵬見大鵬賦註近則萬木森下千宮對出〔士贇曰〕張景陽詩木落柯條森左思蜀都賦里閈對出熠乎光碧之

堂炅古迥切乎瓊華之室（士贇曰）東方朔十洲三島記崐崘山北戶承淵山有墉城金臺玉樓相映如流精之闕光碧之堂瓊華之室紫翠丹青景雲燭日朱霞九光西王母之所治也錦爛霞駁星錯波沏千結切（士贇曰）詩云錦衾爛兮靈光殿賦霞駁雲蔚若陰若陽木華海賦飛澇相映激勢相沏沏劉良曰沏浪相拂也言大波之飛相摩激也颯蕭寥以颼飀窅陰鬱以櫛密（士贇曰）左太冲吳都賦與風颻颺颲颲颼飀馬融長笛賦窸櫛疊重含佳氣之青葱吐祥煙之鬱律（士贇曰）漢光武紀氣佳哉鬱鬱葱葱爾雅曰青謂之葱甘泉賦翠玉樹之青葱郭景純江賦氣滃浡以霧杳時鬱律其如煙九室窈窕五闈聯綿（士贇曰）大戴禮曰明堂者古有之凡九室五闈即五室也見前註靈光殿賦旋室㛹娟以窈窕註窈窕深也西京賦繚垣緜聯飛楹磊砢走栱夤緣（士贇曰）靈光殿賦萬楹叢倚磊砢相扶吳都賦夤緣山嶽之岊雲楣立岌以橫綺綵桷攢欒而仰天（士贇曰）王褒甘泉頌采雲氣以爲楣西京賦繡栭雲楣靈光殿賦高徑華蓋仰覩天庭皓壁晝朗朱甍晴鮮赬欄夕足落偃蹇霄漢（士贇曰）靈光殿賦飛梁偃蹇以虹指班固西都賦神明鬱其特起遂偃蹇而上躋劉孝標論升之霄漢非其怳翠楹迴合蟬聯汗漫（士贇曰）吳都賦蟬聯丘陵汗漫字見大鵬賦註沓蒼穹之絕垠

跨皇居之太半〔士贇曰〕爾雅穹蒼蒼天也張華鷦鷯賦或托絶垠之外景福殿賦備皇居之制度曹植表曰情往乎皇居西都賦軼雲雨之太半漢書音義韋昭曰凡數三分有二為太半遠而望之赫煌煌以輝輝忽天旋而雲昏曶迫而察之粲炳煥以照爛倐山訛而晷換〔士贇曰〕西京賦叛赫戲以輝煌又彤庭輝輝揚雄羽獵賦壁壘天旋宋玉笛賦天旋少陰白日西靡蜀都賦望之天迥即之雲昏曹植洛神賦遠而望之皎若太陽升朝霞迫而察之灼若芙蕖出淥波景福殿賦遠而望之若摛朱霞而耀天文迫而察之若仰崇山而戴垂雲張平子東都賦瓌異詭譎粲爛炳煥誇蓬壺之海樓吞岱宗之日觀〔士贇曰〕西都賦覽瀛洲與方壺蓬萊起乎中央五經通義曰泰山一名岱宗群嶽之長也漢馬第伯封禪儀記曰泰山東名曰觀雞一鳴時見日始欲出長三丈所秦觀者望見長安吳觀者望見會稽周觀者望見齊也泰山記東南巖名曰日觀言雞初鳴時見日出秦觀者望見長安吳觀者望見會稽周觀者望見齊也黃河去嶽三百餘里望見之如帶猛虎失道潛虬登梯〔士贇曰〕謝靈運詩潛虬媚幽姿經通天而直上俯長河而復低〔士贇曰〕三輔黃圖有通天之臺月令記曰明堂者上通於天象日辰西京賦通天訬以竦峙西都賦巡廻途而下低玉女攀星於網戶金娥納月於璇題〔士贇曰〕揚雄甘泉賦屛玉女而卻宓妃又攀璇璣而下視兮行遊目

乎三危楚辭宋玉招䰟綱戶朱綴王逸曰綱戶綺文鏤也鮑明遠詩
璇題納行月揚雄甘泉賦於臺閣館璇題玉英應劭曰題頭也榱椽
之頭皆以玉飾言其英華相燭也藻井綵錯以舒蓬天牕赩迄力切翼而
銜霓（士贇曰）西京賦蔕倒茄於藻井薛綜曰藻井當棟中交木方爲之如井幹也西都賦徼道綺錯靈光殿賦天牕綺疏景福
殿賦飛宇承霓扶標川而圖足擬跟絓而罷躋（士贇曰）西京賦笑倒投而跟絓譬殞絕而
復聯說文跟足踵也公羊傳曰躋者何躋升也要離欻矐而外喪精視冰背而中
迷（士贇曰）呂氏春秋曰要離走往見王子慶忌於衛慶忌喜要離曰請與王子往奪之國王子慶忌與要離俱涉於江拔劒以刺
王子慶忌王子慶忌捽而投之於江浮出又取而投之於江如此者三其卒曰汝天下之國士也幸汝以成名要離不死歸吳矣精視事
未詳出處亘以複道而接乎宮掖坌蒲悶切入西樓是爲崐
崘（士贇曰）史天官書濟南人公玉帶上黃帝時明堂圖明堂圖中有一殿四面無壁以茅蓋通水圜宮垣爲複道上有樓從西南
入命曰崐崘前相如賦坌入魯宮之嵯峨前疑後丞正儀躅以出入（士贇曰）尚書大傳天子四
鄰前曰疑後曰丞左曰輔右曰弼天子有問無以對責之疑有志而不志責之丞可正而不正而責之輔可揚而不揚責之弼九
夷五狄順方面而來奔（士贇曰）禮記明堂位昔者周公朝諸侯于明堂之位天子負斧扆南鄉而

立三公中階之前北面東上諸侯之位阼階之東西面北上諸伯之國西階之西東面北上諸子之國門東北面東上諸男之國門西北面東上九夷之國東門之外西面北上八蠻之國南門之外北面東上六戎之國西門之外東面南上五狄之國北門之外南面東上九采之國應門之外北面東上四塞世告至此周公明堂之位也

其左右也則丹陛崿崿彤庭煌煌（士贇曰）西京賦金砌玉階彤庭輝輝

列寶鼎敞金光（士贇曰）漢書武帝時祠后土營旁得鼎有黃雲焉公卿大夫議尊寶鼎有司曰今鼎至甘泉光潤龍變承休無彊也班固寶鼎詩嶽脩貢兮川效珍吐金景兮歊浮雲寶鼎見兮色紛紜煥其炳兮被龍文呂延濟註曰景光也

流辟雍之滔滔像環海之湯湯尸羊切（士贇曰）白虎通曰天子立辟雍者何所以宣德化也壅以水象教化流行也三輔黃圖曰辟雍水四周於外象四海也班固東都賦曰若辟雍海流道德之富又辟雍詩乃流辟雍辟雍湯湯

闢青陽啓總章廓明臺而布

玄堂儼以太廟處乎中央（士贇曰）唐禮樂志其青陽總章玄堂太廟左右个皆路寢之名記月令中央土天子居太廟太室蔡邕明堂論曰明堂者天子太廟所以崇禮其祖以配上帝者也東曰青陽南曰明堂西曰總章北曰玄堂中曰太室故雖有五名而主以明堂也其正中焉皆曰太廟取其宗祀之清貌則曰清廟取其正室之貌則曰太廟取其尊崇則曰太室取其堂則曰明堂取其四門之學則曰太學取其四面水環如璧則曰辟雍異名而同事其實一也

發號施令采

時順方（士贇曰）書曰發號施令罔有不臧張平子東都賦乃營三宮布政頒常規天矩地授時順鄉三輔黃圖明堂順四時行令也其闈域也三十六戶七十二牖（士贇曰）三輔黃圖明堂九室一室有四戶八牖凡三十六戶七十二牖度筵列位南七西九（士贇曰）禮記冬官考工記夏后氏世室堂脩二七廣四脩一五室三四步四三尺殷人重屋堂脩七尋堂崇三尺四阿重屋周人明堂度九尺之筵東西九筵南北七筵堂崇一筵五室凡室二筵註明堂者明政教之堂周度以筵亦王者相改周堂高九尺殷三尺夏一尺矣白虎列序而躨渠龜切跜女夷切青龍承隅而蚴於求切蟉（士贇曰）靈光殿賦奔虎攫拏以梁倚仡奮亹而軒鬐虬龍騰驤以蜿蟺頷若動而躨跜李尤辟雍賦萬乘躨跜以攫拏躨跜動貌記曲禮行前朱雀而後玄武左青龍而右白虎招搖在上急繕其怒司馬相如子虛賦青龍蚴蟉於東廂其深沈奧密也則赤熛必堯切掌火招拒司金靈威制陽汁音叶光摧陰坤斗主土擾乎其心（士贇曰）唐禮樂志冬至祀昊天上帝於圓丘以高祖神堯皇帝配東方青帝靈威仰南方赤帝赤熛怒中央黃帝含樞紐西方白帝白招拒北方黑帝汁光紀及大明夜明在壇之第一天皇大帝北辰北斗天一太一紫微五帝五帝座並差在行位前若乃熠燿五色張皇萬殊人物禽獸奇形異模勢若飛

動瞪（直證切）眄（匹莧切）睢（許規切）盱（匈于切）明君暗主忠臣烈夫威政興滅表示賢愚（士贇曰詩熠燿宵行書以五采彰施于五色又張皇六師易繫萬物散殊靈光殿賦圖畫天地品類群生雜物奇怪山神海靈寫載其狀託之丹青下及三后淫妃亂主忠臣孝子烈士貞女賢愚成敗靡不載叙惡以誡世善以示後靈光殿賦齊首目以瞪眄又瞲狀䀹盱煥炳可觀莊子睢睢盱盱字林曰睢仰目也盱張目也何晏景福殿賦命共工使作績明五采之彰施圖象古昔以當箴規李周翰曰言畫古者明君暗主賢愚之象以爲君王之誡家語曰孔子觀於明堂覩四墉有堯舜桀紂之象而各有善惡之狀興廢之誡焉）於是王正孟月朝陽登曦天子乃施蒼玉鸞蒼螭臨乎青陽左个方御瑤瑟而彈鳴絲（士贇曰春秋元年春王正月記月令孟春之月天子居青陽左个乘鸞輅駕蒼龍載青旂服蒼玉唐志絲爲琴爲瑟）展乎國容輝乎皇儀（士贇曰前漢胡建傳司馬法曰國容不入軍東都賦究皇儀展帝容又明堂詩抑抑皇儀）傍瞻神臺順觀雲之軌（士贇曰禮統曰夏曰清臺商曰神臺周曰靈臺後漢明帝贊登臺觀雲章帝紀宗祀明堂禮畢登靈臺望雲氣）俯對清廟崇配天之規（士贇曰詩清廟祀文王也又思文后稷配天也）欽若肸蠁維清緝熙崇牙樹羽焱煌葳蕤（士贇

曰書欽若昊天子虛賦肸蠁布寫甘泉賦肸蠁豐融懿懿芬芬蜀都賦景福肸蠁而興作詩維清緝熙文王之典又崇牙樹羽張平子東都賦羽蓋葳蕤

納五服之貢受萬邦之籍〔士贇曰〕書弼成五服即甸侯綏要荒也又萬邦黎獻東都賦是日也天子受四海之圖籍膺萬國之貢珍

張龍旗與虹旌攢金戟與玉戚〔士贇曰〕詩閟宮龍旂承祀六轡耳耳魏都賦虹旌攝麾以就卷記祭統夫大嘗禘升歌清廟下而管象朱干玉戚以舞大武八佾以舞大夏此天子之樂也

延五更進百辟舉珪瓚徂贊切獻琛帛〔士贇曰〕唐禮樂志皇帝親養三老五更於所司先奏三師三公致仕者用其德行及年高者一人爲三老次一人爲五更尚食具牢饌皇帝請三老座前執醬而饋執爵而酳以次進珍羞酒食皇帝即座三老乃論五孝六順典訓大綱格言宣於上惠音被於下皇帝乃虛躬請受敦史執筆錄善言善行漢書明帝詔曰復踐辟雍尊事三老兄事五更註曰五更老人知五行更代事者記文王世子適東序釋奠於三老遂設三老五更羣老之席位焉皆年老更事致事者也書百辟卿士記王制諸侯錫珪瓚然後爲鬯又明堂位灌用玉瓚大圭詩云來獻其琛張平子東都賦具惟帝臣獻琛執贄唐禮樂志雅樂四曰肅和登歌以奠玉帛于天神此言琛即玉也

顒昂俯僂儼容疊跡〔士贇曰〕詩云顒顒卬卬莊子正考父一命而傴再命而僂三命而俯循牆而走孰敢不軌劉孝標廣絕交論曰影組雲臺者摩肩趨走丹墀者疊跡

乃潔俎醢修粢盛〔士贇曰〕禮記郊特牲恒豆之菹水草

之和氣也其臨陛産之物也又鼎俎奇而籩豆偶醓醢之美而
煎鹽之尚貴天産也記表記天子親耕粢盛秬鬯以祀上帝　奠
三犧薦五牲享于神靈（士贇曰左傳昭公二十五年五牲三犧註祭天地宗廟謂之犧東都賦於
是薦三犧效五牲禮神祇懷百靈　太祝正辭庶官精誠（士贇曰周禮太祝掌六祝之辭以事鬼神
示張平子東都賦曰然後以獻精誠奉禋祀　鼓大武之隱轔張鈞天之鏗鍧（士贇
曰詩武奏大武也註曰大武周公作樂所爲舞也禮春官歌夾鍾舞大武以享先祖子虛賦隱轔鬱𡾋張平子東都賦習習肅肅隱隱轔轔
轔史記趙簡子疾二日寤曰我之帝所甚樂與百神遊于鈞天廣樂九奏萬舞不類三代之樂班孟堅東都賦鐘鼓鏗鍧管絃曄煜禮記
子夏曰鐘聲鏗鍧亦聲也　孤竹合奏空桑和鳴（士贇曰周禮孤竹之管鄭玄曰孤竹竹之特生者春
官大司樂空桑之琴瑟夏至日於澤中之方丘奏之　盡六變齊九成羣神來兮降明
庭（士贇曰禮春官大司樂凡六樂者文之以五聲播之以八音六變而致象物及天神又若樂六變則天神皆降可得而禮矣書
簫韶九成鳳凰來儀甘泉賦選巫咸兮叫帝閽開天庭兮延羣神儐暗藹兮降清壇瑞穰穰兮委如山　蓋聖主之
所以孝治天下而享祀肸蠁也（士贇曰孝經昔者明王之以孝治天下也又祭則鬼
享之　然後臨辟雍宴羣后陰陽爲庖造化爲宰餐元氣

灑太和千里鼓舞百寮賡歌于斯之時雲油雨霈恩鴻溶兮澤汪濊四海歸兮八荒會哤聒乎區寓駢闐乎闕外羣臣醉德揖讓而退（士贇曰）東都賦覲明堂臨辟雍陳百寮而贊羣后究皇儀而展帝容又萬樂備百禮暨皇歡浹羣臣醉降烟熅調元氣然後撞鍾告罷百寮遂退書羣后德讓貫誼鵩賦天地爲爐兮造化爲工陰陽爲炭兮萬物爲銅靈光殿賦含元氣之烟熅蘇綽傳天之北斗斟元氣酌陰陽易保合大和揚子鼓舞萬民者其號令乎禮王畿千里書乃賡載歌孟子天油然作雲霈然下雨漢禮樂志福滂洋澤汪濊司馬相如封禪書湛恩厖鴻晉慕容盛傳四海歸其仁揚雄甘泉賦八方協兮萬國諧蜀都賦諠譁鼎沸則哤聒乎宇宙註曰國語管子曰四人雜處則其言哤莫江反說文曰聒讙語也公達切西都賦區宇若茲不可殫論詩云既醉以酒既飽以德儀禮曰若四方賓燕揖讓而升而聖主猶夕惕若厲懼人未安乃目極于天耳下于泉（士贇曰）易夕惕若厲无咎淮南子下揆三泉上尋九天蓋上下察之意也飛聰馳明無遠不察考鬼神之奥推陰陽之荒（士贇曰）易繫辭精氣爲物遊魂爲變是故知鬼神之情狀記郊特牲鬼神陰陽也記祭義宰我曰吾聞鬼神之名而不知其所謂子曰氣也者神之盛也魄也者鬼之盛也下明詔班舊章振窮乏散敖倉

毀玉沈珠卑宮頽牆使山澤無閒往來相望（士贇曰）班固東都賦
班舊章下明詔史周紀發鉅橋之粟以振貧弱萌隸記月令孟春之
月命有司發倉廩賜貧窮振乏絶漢酈食其傳敖倉天下轉輸久矣
臣聞其下乃有藏粟甚多莊子擿玉毀珠小盜不起班固東都賦沈
珠於淵漢五行志禹卑宮室此聖人所以昭教化也上林賦命有司
曰地可墾闢悉爲農郊以贍萌隸頽牆塡塹使山澤之人得至
焉實陂池而勿禁虚宮館而勿仞發倉廩以救貧窮補不足　帝
躬乎天田后親於郊桑棄末反本人和時康（士贇曰）張平子東都
賦躬三推乎天田修帝籍之千畝唐禮樂志皇帝孟春辛亥享先農
遂以耕籍田皇帝耕止三推諸王耕五推尚書卿九推籍田之穀斂
而鍾之神倉以擬粢盛及五齊三酒穰藁以食牲籍田祭先農唐禮
樂志皇后歲祀一季春吉巳享先蠶遂以親桑皇后採三條命婦一
品採五條二品三品採九條唐高宗紀永徽四年丁亥耕籍田又顯慶元
年三月皇后親蠶班固東都賦遂令海内棄末而反本背僞而歸眞
建翠華兮萋萋鳴玉鑾之鉠鉠（士贇曰）上林賦建翠華之旗淮南招隱賦春草生兮
萋萋萋萋草色也又盛貌楚辭鳴玉鑾之啾
啾張平子東都賦鑾聲噦噦和鈴鉠鉠　遊乎昇平之圃憩
乎穆清之堂（士贇曰）張平子東都賦文帝躬自菲薄致升平之德司馬遷傳於穆清　天欣欣
兮瑞穰穰巡陵於鶉首之野講武於驪山之旁（士贇曰）莊

子堯治天下欣欣焉人樂其性賈山傳天下皆訢訢焉師古曰訢讀與欣同詩云降福穰穰甘泉賦選巫咸兮叫帝閽開天庭兮延羣神儐暗藹兮降清壇瑞穰穰兮委如山漢書志曰自井至柳謂之鶉首之次秦之分也巡陵者巡幸諸陵也唐元宗紀開元元年十月癸卯講武于驪山

封岱宗兮祀后土掩栗陸而包陶唐

士贇曰唐書志開元十三年有事泰山詳見題註栗陸氏陶唐氏皆古帝王之號即史封禪書所謂古者封泰山禪梁父七十二家之二也莊子子獨不知至德之世乎昔者容成氏大庭氏伯皇氏中央氏栗陸氏驪畜氏軒轅氏赫胥氏尊盧氏祝融氏伏戲氏神農氏當是時也民結繩而用之陶唐帝堯也

遨遊乎崆峒之上汾水之陽

士贇曰莊子堯治天下之民平海內之政往見四子藐姑射之山汾水之陽窅然喪其天下焉又黃帝立為天子十九年令行於天下聞廣成子在於崆峒之上故往見之而問至道

吸沆瀣之精英黜滋味之馨香貴理國其若夢幾華胥之故鄉

士贇曰楚辭食六氣而飲沆瀣兮漱正陽而含朝霞陵陽子明經冬飲沆瀣者北方夜半之氣也西都賦鮮顥氣之清英史律書萬物皆成有滋味也莊子曰聲色滋味不待學而樂之嵇康養生論滋味煎其五臟書至治馨香甘泉賦猶彷彿其若夢列子黃帝晝寢而夢遊於華胥氏之國華胥氏之國在弇州之西台州之北不知斯齊國幾千萬里蓋非舟車足力之所及神遊而已其國無師長其民無嗜欲自然而已黃帝既悟怡然自得召天老力牧太山稽告之又二十九年天下大治幾若華胥氏之國

正焉

於是元元澹然不知所在若羣雲從龍衆水奔海（士贇曰晁錯傳元元之民幸矣長楊賦海內澹然淮南子來不知其所之周易曰雲從龍風從虎莊子天下之水莫大於海萬川歸之而不盈）此眞所謂我大君登明堂之政化也（士贇曰漢書平帝紀注明堂所以正四時出教化也）豈比夫秦趙吳楚爭高競奢結阿房與崇臺建姑蘇及章華非享祀與嚴配徒掩月而凌霞由此觀之不足稱也況瑤臺之巨麗復安可以語哉（士贇曰張平子東都賦是時也七雄並爭競相高以奢麗楚築章華於前趙建崇臺於後史記秦始皇作前殿阿房東西五百步南北五十丈上可以坐萬人下可以建五丈旗越絕書曰吳王起姑胥之臺五年乃成高見三百里史記越伐吳敗之姑蘇漢書伍被曰子胥云將見麋鹿遊於姑蘇之臺姑胥即姑蘇也左傳楚子成章華之臺於乾谿一朝叛之史記趙武靈王起叢臺太子圍之孝經孝莫大於嚴父嚴父莫大於配天汲郡地中古文冊書曰桀作傾宮飾瑤臺）敢揚國美遂作辭曰

穹崇明堂倚天開兮龍（力孔切）嵸（則孔切）鴻濛搆瓌（公回切）材兮偃蹇坱（烏朗切）圠（[illegible]黨切）邈崔嵬兮周流辟雍岌（魚及切）

切

靈臺兮（士贇曰）江賦巀如地裂豁若天開靈光殿賦彤彤靈宮巋嵬崇穹紛厖鴻兮巑芒芴巑巏岑崟嵳峩駢巃嵸巃兮連拳偃蹇夭矯菌蹉蹮傍歆傾兮子虛賦龍從崔巍校獵賦鴻濛沆茫西都賦因瑰材而究奇西京賦山谷原隰泱漭無疆詩云陟彼崔嵬西都賦降周流以徬徨班固辟雍詩乃流辟雍辟雍湯湯

赫奕日噴風雷宗祀肸蠁王化弘恢鎮八荒通九垓（士贇曰）樂記鼓之以雷霆奮之以風雨煖之以日月班固明堂詩於昭明堂明堂孔陽聖皇宗祀穆穆煌煌子虛賦肸蠁布寫又見前註詩雲漢天下喜於王化復行漢明帝詔曰光武恢弘大道被之八極班固幽通賦威振八荒司馬相如封禪書上暢九垓下泝八埏

四門啓兮萬國來考休徵兮進賢才（士贇曰）尚書四門穆穆甘泉賦八荒叶兮萬國諧尚書休徵孔安國註曰叙美行之驗也東都賦靈臺詩曰爰考休徵

儀若皇居而作固窮千祀兮悠哉（士贇曰）景福殿賦備皇居之制度見前張孟陽劒閣銘作鎮作固魏都賦雖踰千祀而懷舊蘊於遐年詩云悠哉悠哉

大獵賦

唐書禮樂志皇帝狩田之禮亦以仲冬前期兵部集衆庶修田法虞部表所田之野建旗於其後前一日諸將帥士入旗下質明弊旗後至者罰兵部申田令遂圍田其兩翼之將皆建旗及夜布圍闕其南面駕至田所皇帝鼓行入圍鼓吹令以鼓六十陳於皇帝東南西向六十陳於西南東向皆乘馬各備簫角諸

将皆鼓行圍乃設驅逆之騎皇帝乘馬南向有司斂大
綏以從諸公王以下皆乘馬帶弓矢陳於前後所司之
屬又斂小綏以從乃驅獸出前初一驅過有司整飭弓
矢以前再驅過有司奉進弓矢三驅過皇帝乃從禽左
布射之每驅必三獸以上皇帝發抗大綏然後公王發
抗小綏逆驅之騎止然後百姓獵凡射獸自左而射者
達於右腢爲上射達右耳本爲次射左髀達於右髃爲
下射羣獸相從不盡殺已被射者不重射不射其面不
剪其毛凡出表者不逐之田將止虞部建旗於田內乃
雷擊駕鼓及諸將之鼓士從譟呼諸得禽獻旗下致其
左耳大獸公之小獸私之其上者供宗廟次者供賓客
下者充庖廚乃命有司饁獸於四郊以獸告至於廟社

白以爲賦者古詩之流辭欲壯麗義歸博達〔士贇曰〕白者太白自稱也班固兩都賦序或曰賦者古詩之流也揚雄傳云司馬相如作賦甚宏麗溫雅雄心壯之不然何以光贊盛美感天動神〔士贇曰〕詩大序頌者美盛德之形容以其成功告於神明者也又動天地感鬼神而相如子雲競誇詞賦歷代以爲文雄莫敢詆訐臣謂語其略竊或褊其用心子虛所言楚國不過千里夢澤居其太半而齊徒吞若八九三農及禽獸無息肩

之地非諸侯禁淫述職之義也〔士贇曰〕司馬相如子虛賦曰臣聞楚有七澤嘗見其一未覩其餘也臣之所見蓋特其小小者耳名曰雲夢雲夢者方九百里又烏有先生曰且齊東渚巨海南有瑯琊觀乎成山射乎之罘浮渤澥遊孟諸左與肅慎爲鄰右以暘谷爲界秋田乎青丘徬徨乎海外吞若雲夢者八九於其胸中曾不芥蔕周禮天官太宰九職任萬民一曰三農生九穀鄭司農曰三農平地山澤也玄謂三農原隰及平地左傳鄭子駟請息肩于晉司馬相如上林賦云亡是公訢然而笑曰楚則失矣而齊亦未爲得也夫使諸侯納貢者非爲財幣也所以述職也封疆畫界者非爲守禦也所以禁淫也又從此觀之齊楚之事豈不哀哉地方不過千里而囿居九百是草木不得墾闢而民無所食也夫以諸侯之細而樂其萬乘之侈僕恐百姓被其尤也上林云左蒼梧右西極考其實地周袤纔經數百〔士贇曰〕上林賦曰獨不聞天子之上林乎左蒼梧右西極丹水更其南紫淵徑其北此羽獵賦序云廣開上林周袤數百里長楊誇胡設網爲周阹放麋鹿其中以搏攫充樂羽獵於靈臺之囿圍經百里而開殿門當時以爲窮壯極麗迨今觀之何齷於角切齪側角切之甚也〔士贇曰〕漢書揚雄傳孝成時羽獵雄從作羽獵賦明年又作長楊賦序云明年上將大誇胡人以多禽獸秋命右扶風民入南山西自褒斜南歐漢中張羅網罝罘捕熊羆豪豬虎

豹狖玃狐兎麋鹿載以檻車輸長楊射熊館以網爲周阹令胡人手
搏之自取其獲上親臨觀焉是時農民不得收斂雄從至射熊館還
上長楊賦聊因筆墨之成文章故藉翰林以爲主人子墨以爲客卿
以諷詩靈臺篇云王在靈囿羽獵賦帝將田于靈囿揚雄傳其十二
月羽獵服虔註曰士負羽也羽獵賦爾乃虎路三嵕以爲司馬圍經
百里而爲殿門羽獵賦序云游觀侈美窮妙極麗張平子西京賦獨
儉嗇以齷齪漢書
註齷齪小節也
但王者以四海爲家萬姓爲子則天
下之山林禽獸豈與衆庶異之〔士贇曰〕漢書蕭何曰天子
以四海爲家選張平子西
京賦聖王奄四海以爲家漢宣帝紀箋曰仁可以子
萬姓羽獵賦放雉兎收罝罘麋鹿芻蕘與百姓共之
而臣以爲
不能以大道匡君示物周博平文論苑之小竊爲微
臣之不取也今聖朝園池遐荒殫窮六合〔士贇曰〕盧諶
詩登高眺遐
荒西京賦於是鳥獸殫目觀窮呂氏春秋
曰神通乎六合高誘曰上下四方爲六合
以孟冬十月大獵於
秦〔士贇曰〕通典開元三
年蒐于岐州鳳泉場
亦將耀威講武掃天蕩野豈荒
淫侈靡非三驅之意邪〔士贇曰〕班固西都賦爾乃盛娛遊之
壯觀奮大武乎上囿因玆以威戎夸
狄耀威靈而講武事國語三時務農而一時講武揚雄羽獵賦序云然
至羽獵甲車戎馬器械儲偫禁禦所營尚泰奢麗誇詡非堯舜成湯

文王三驅之意也臣白作頌折中厥美〔士贇曰〕羽獵賦序云又恐後世復脩前好不折中以泉臺故聊因校獵賦以諷之其辭曰

粵若皇唐之挈天地而襲氣母兮粲五葉之葳蕤〔士贇曰〕莊子豨韋氏得之以挈天地伏戲氏得之以襲氣母張平子蜀都賦敷蘂葳蕤五葉者唐興至玄宗凡五世詩云昔在中葉毛萇傳曰葉世也惟開元廓海寓而運斗極兮總六聖之光熙〔士贇曰〕開元元宗年號史天官書曰斗運于中央臨制四方緯書曰聖人受命必受斗極楊雄長楊賦曰於是上帝眷顧高祖奉命順斗極運天關六聖者高祖太宗高宗中宗睿宗至元宗而六也詩敬之學有緝熙于光明誕金德之純精兮徼玉露之華滋〔士贇曰〕禮記月令立秋盛德在金白雉詩容絜朗兮於純精按唐玄宗御製西嶽泰華山碑銘其略曰皇天眷佑馨我列祖奄有萬方逮乎六葉郊天地望山川精意必達墜典咸甄亦命州將四時告虔加視王秩准號金天若是何者亦有由焉予小子之生也歲丙戌月仲秋膺少昊之盛德協太華之本命故嘗寤寐靈嶽盼音神文玉帛幽贊必先意而啓椒醑雖薄景福果應期而集玄感昭賽可一二而道邪觀此則知此賦所謂誕金德之純精者此也班固傳武帝建章宮承露盤上有仙人掌承露和玉屑飲之選古詩曰綠樹發華滋文章森乎七曜兮制作參乎兩儀括衆

妙而爲師士贇曰張衡云文曜麗乎天其動者有七日月五星是也後漢崔瑗稱張衡術數窮天地制作侔鬼神梁元帝纂要天地曰二儀以人參之曰三才易繫辭易有太極是生兩儀老子衆妙之門書主善爲師羽獵賦建道德以爲師明無幽而不燭兮澤無遠而不施士贇曰漢翟方進傳舜咨十有二牧所以廣聰明燭幽隱也晉劉琨表陛下明並日月無幽不燭莊子利澤施乎萬世漢景帝詔曰利澤施四海慕往昔之三驅兮順生殺於四時士贇曰周易曰王用三驅失前禽王注云禽趣已則捨之班固東都賦然後舉烽伐鼓申令三驅曰向往曰驅逐也三驅之法背已及左右馳者皆逐之向已者捨之故曰三驅順生殺於四時者謂春蒐夏苗秋獮冬狩各有制也爾雅曰春獵爲蒐夏獵爲苗秋獵爲獮冬獵爲狩郭璞曰蒐搜取其不任者苗爲苗除害獮順殺氣也狩得獸取之無所擇若乃嚴冬慘切寒氣凜冽不周來風玄冥掌雪士贇曰記月令寒氣總至樂記八風從律而不姦疏云不周風不周者不交也言陰陽未合化也史律書太史公曰十月不周風居西北主殺生禮記月令孟冬之月其神玄冥木脫葉草解節土囊煙陰火井冰閉士贇曰國語曰木見而草木解節李氏也謂霜降之後生氣既衰草木枝葉皆理解也左太沖吳都賦露往霜來日月其除草木解節鳥獸腯膚觀鷹隼誡征夫坐組甲建祀姑命官帥而擁鐸將校獵乎具區謝莊月賦洞庭始波木葉微脫宋玉風賦夫風生於地起於青蘋之末侵淫谿谷盛怒

於土囊之口李善註曰土囊大穴也又曰荊州記曰宜都佷山縣有
山山有穴口大數尺爲風井土囊當此之類也地理志蜀郡邛州臨
邛縣西南八里有火井鹽井也欲出其火先以其家火投之須臾隆
隆如雷聲爓出通天光輝十里以筒盛之接其光而無炭今無復見
矣異苑曰當漢室之隆則炎赫彌熾威靈之際火勢漸微諸葛一闞
而更盛井有二水取井火煑之一斛水得五斗鹽家火煑之利無幾
左思蜀都賦曰火井沈熒於幽泉漢志祠天封苑火井於鴻門地理
志西河鴻門縣有天封苑火井祠火從地出靈帝時瑯琊井中冰厚
尺餘史書之以爲災
鮑照詩冰閉寒方壯是月也天子處乎玄堂之中滄八水
兮休百工士贇曰記月令是月也霜始降則百工休又孟冬之月天子居玄堂左个是月也以立冬盛德在水明堂八面
皆水故曰滄八水也漢書鄒陽傳欲湯之滄註曰滄音愴寒也考王制兮遵國風樂農人之
閑隙兮因校獵而講戎士贇曰記王制天子諸侯無事則歲三田詳見前註國風者詩序云騶虞
蒐田以時仁如騶虞又駟驖美襄公也始命有田狩之事班固東都
賦若乃順時節而蒐狩簡車徒以講武則必臨之以王制考之以風
雅左傳春蒐夏苗秋獮冬狩皆於農隙以講事也漢書成帝紀從胡
客大校獵顏師古曰校謂以木相貫穿爲欄校校人職云六廄成校
是則以遮欄爲義也校獵者大爲欄校遮禽而獵取也子虛賦天子
校獵李奇曰以五校出獵師古曰非也校者木相貫穿總爲欄校遮
止禽獸而獵取之說者或以爲周官校人掌田獵之馬因云校獵亦
失其義養馬稱校人者謂以爲欄校以養馬耳故呼爲名也非以獵

馬故稱校人記王制豺祭獸然後田獵草木零落然後入山林詩車攻復會諸侯於東都因田獵而選車徒焉乃使神兵出於九關天仗羅於四野（士贇曰）張景陽七命此蓋希世之神兵乎前五行志闕門號令所由出也西都賦罘網連紘籠山絡野列卒周匝星羅雲布左思吳都賦曰其四野則畛㽝無數徵水衡與林虞辨土物之衆寡（士贇曰）班固西都賦水衡虞人修其營表漢百官表水衡都尉張晏註曰主都水及上林苑故曰水衡易即鹿無虞惟入于林中禮獸人掌咨田獸辨其名物千騎飇掃萬乘雷奔（士贇曰）蔡邕獨斷曰大駕備千乘萬騎東都賦曰千乘雷起萬騎紛紜西都賦震震爚爚雷奔電激梢扶桑而拂火雲兮刮月窟而搜塞門（士贇曰）扶桑見大鵬賦註隋盧思道納涼賦涼風洩其長翁火雲赫而四舉揚雄長楊賦曰西壓月窟服虔曰月窟者月所生也赫壯觀於今古業搖蕩於乾坤此其大略也（士贇曰）史司馬相如封禪書曰斯天下之壯觀上林賦曰與波搖蕩後漢桓譚傳曰欲搖太山而蕩北海莊子許由曰我爲汝言其大略而內以中華爲天心外以窮髮爲海口谽咽喉以洞開呑荒裔而盡取（士贇曰）莊子窮髮之北有溟海者天池也司馬曰北極之下無毛之地地理書曰山以草木爲髮戰國策頓子曰韓天下之咽喉也李尤函谷關銘襟帶咽喉班彪西征賦胷中谽其洞開賈誼過秦論有并呑

八荒之心左思魏
都賦荒裔帶其隅　大章按步以來往夸父振策而奔走
（十二）贊曰淮南子禹使大章步自東極至于西極二億三萬三千五百
里七十五步使豎亥步自北極至于南極二億三萬三千五百里七十
五步列子夸父不量力欲追日影逐之於隅谷之際渴欲得飲赴飲
河渭河渭不足將走北飲大澤未至道渴而死棄其杖尸膏肉所浸
生鄧林鄧林彌廣數千里焉張景陽七命夸
父為之投策杖也顏延年詩振策睠東路　足跡乎日月之所
通囊括乎陰陽之未有　（十三）贊曰史帝嚳執中而徧天下日月所照莫不服從漢賈誼過秦論曰囊
括四海羽獵賦囊括其雌雄淮南子古未有天地之時惟像無形於
是別為陰陽離為八極剛柔相成萬物乃形漢書陸賈對尉陀曰皇
帝自天地剖判未始有也　君王於是撞鴻鐘發鑾音出鳳闕開宸襟
駕玉輅之飛龍歷神州之層岑　（十四）贊曰羽獵賦天子乃以陽晁始出乎玄宮撞鴻鐘
建九旒尚書大傳曰天子將出則撞黃鐘之鐘唐書儀衛志人君舉
動必以扇出入則撞鐘庭設樂楚辭鳴玉鑾之啾啾注曰鑾玉佩也
郭璞曰鑾鈴也羽獵賦序曰營建章鳳闕東都賦於是發鯨魚鏗華
鐘登玉輅乘時龍鳳蓋棽麗和鑾玲瓏唐書車服志天子之車曰玉
輅者祭祀納后所乘也青質玉飾末木輅者蒐田所乘也黑質漆之
唐書百官志飛龍廐日以八馬入宮門之外張平子南都賦駟飛龍
兮騤騤振和鑾兮京師史記孟軻傳騶衍以為儒者所謂中國者於
天下乃八十一分居其一分耳中國名曰赤縣神州赤縣神州內自

有九州禹之序九州是也不得爲州數中國如赤縣神州者九乃所謂九州也於是有裨海環之人民禽獸莫能相通如一區中者乃爲一州如此者九乃有大瀛海環其外天地之際焉何圖括地象崐崘謂東南地方五千里名曰神州帝王居之左思魏都賦故將語子以神州之路赤縣之畿

遊五柞兮瞰三危挾細柳兮過上林

（士贇曰）漢書盞室有長楊五柞宮三危山在西裔揚雄甘泉賦攀璇璣而下視兮行遊目乎三危上林賦登龍臺掩細柳郭璞曰細柳觀名也在昆明池南方

攢高牙以總總兮駐華蓋之森森

（士贇曰）兵書牙旗者將軍之精又黃帝出軍訣曰五色牙旗隨天氣四時也詩崇牙樹羽楚辭紛總總兮九州唐書儀衛志唐制天子居曰衙行曰駕皆有衛有嚴羽葆華蓋旌旗罕畢車馬之衆盛矣王莽傳黃帝定天下將兵爲上將軍建華蓋立斗獻

於是擢倚天之劍彎落月之弓

（士贇曰）宋玉大言賦方地爲輿貟天爲蓋長劍耿介倚天之外

崐崘叱兮可倒宇宙噫兮增雄

（士贇曰）長楊賦橫巨海漂崐崘提劍而叱之文子曰上下四方之宇古往今來之宙大塊噫氣其名爲風噫一戒切又音隂

河漢爲之却流川嶽爲之生風

（士贇曰）曹子建七啓揮袂則九野生風

羽毛揚兮九天絳獵火燃兮千山紅

（士贇曰）東都賦羽毛掃霓旌旗拂天淮南子下揆三泉上尋九天又曰天有九野中央曰鈞天東方曰蒼天東北方曰變天北方曰玄天西北方曰幽天西方曰昊天西南方曰朱

天南方曰炎天東南方曰陽天枚乘七發眞火薄天乃召蚩尤之徒聚長戟羅廣澤
呵雨師走風伯(士贇曰)甘泉賦蚩尤之倫帶干將而秉玉戚兮飛蒙茸而走陸梁西京賦蚩尤秉鉞奮鬣被般
山海經蚩尤作兵戈韓子曰黃帝駕象車畢方並轂蚩尤居前淮南子令雨師灑道使風伯清塵許愼註雨師畢星詩月離于畢俾滂沱
矣風伯箕星也月離于箕風揚沙也何東賦叱風伯於南北兮呵雨師於西東稜威耀乎雷霆烜赫
震於蠻貊(士贇曰)李廣傳威稜憺乎鄰國李奇曰神靈之威曰稜潘勗撰魏公九錫文稜威南厲羽獵賦上下砰磕聲若
雷霆烜赫字見明堂賦註論語蠻貊之邦行矣陋梁都之體制鄙靈囿之規格(士贇)
曰孟子孟子見梁惠王王立於沼上註王好廣苑囿大也沼西京賦狹百堵之側陋增九筵之迫脅詩王在靈囿而南以
衡霍作襟北以岱恒作陸(士贇曰)周禮荆州之鎭山曰衡山并州之鎭山曰恒山爾雅曰霍山
爲南嶽恒山北臨代山南俯趙東接河海之間木華海賦衡霍磊落以連鎭上林賦江河爲阹泰山爲櫓註依山谷牛馬圈曰阹夾東
海而爲灂兮掩西冥而流渠(士贇曰)玄中記天下大者東海之沃焦焉謝莊月賦䮂若
英於西冥麾九州之珍禽兮廻千羣以坌蒲汶切入聯八荒
之奇獸兮屯萬族而來啓(士贇曰)淮南子天地之間九州八極何謂九州東南神州曰農土正

南次州曰沃土西南戎州曰滔土正西弇州曰并土正中冀州曰中土西北台州曰肥土正北濟州曰成土東北薄州曰隱土正東陽州曰申土漢書并吞八荒顔師古曰八荒者八方荒忽極遠之地書旅獒珍禽奇獸不育于國蜀都賦毛羣陸離羽族紛泊

雲羅高張天網密布罝罘綿原峭格掩路（士贇曰江淹詩曠哉宇宙惠雲羅更四陳老子天網恢恢踈而不失陳孔璋檄呉將部曲文不知天網設張以在綱目羽獵賦放雉兔收罝罘長楊賦張羅網罝罘）

蟣（芒結切）蠓（芒孔切）過而猶礙蟭（子饒切）螟飛而不度（士贇曰宋玉小言賦憑蚋眥以顧眄附蟣蠓以遨遊甘泉賦浮蠛蠓而撇天爾雅蠛蠓郭璞曰小蟲似蚋喜亂飛莊子其猶醯雞與郭象註曰醯雞者甕中之蠛蠓列子江浦之間生麽蟲其名曰焦螟羣飛而集於蚊睫弗相觸也棲宿去來蚊弗覺也蠛蠓蟭螟皆蟲之至微細者以喻網之密也）

彼層霄與殊榛罕翔鳥與伏兎（士贇曰上林賦騰殊榛西京賦起殊榛漢中山王傳羽翮飛肉顔師古曰鳥之所以能翔者以羽翮鼓揚之故也）

從營合技彌巒被岡金戈森行洗晴野之寒霜（士贇曰西京賦彌皐被岡蜀都賦岡巒糾紛）

虹旗電掣卷長空之飛雪（士贇曰魏都賦虹旌攝鼙以就卷楚辭千里飛雪）

吳驂走練宛馬蹀血縈眾山之聯綿隔遠水之明滅（士贇曰家語顔回望吳門馬見一匹練孔子曰

馬也然則馬光景一匹長耳故後人號為一匹韓詩外傳白馬出吳
昌門望之如一匹曳練漢書李廣利為貳師將軍伐大宛國得汗血
馬名蒲梢作天馬之歌禮樂志大宛舊多善馬馬汗出如血蹋石有
跡其號堅利一日千里文帝紀新蹀血京師如淳曰殺人流血滂沱
為喋血顏師古曰喋音大頰反本字當
作蹀蹀謂履涉之耳繚垣綿聯見前注　使五丁摧峯一夫拔
木下整高頹深平險谷〔士贇曰〕蜀記秦惠王欲伐蜀乃刻五
石牛置金其後蜀人見之以為牛能
便金有養卒以為此天牛也能使便金蜀王以為然即發卒千人使
五丁力士拖牛成道置三枚於成都秦得道通石牛力也後遣張儀
等隨石牛道伐蜀宋玉招魂
賦曰一夫九首拔木九千些　擺椿括開林叢喤喤乎朋切　呷
乎甲切　盡奔突於場中〔士贇曰〕校獵賦林叢為之生塵孽詩云
其泣喤喤又喤喤厥聲呉都賦諠譁
喤呷芬葩蔭映方言曰喤通
也呷吸也西都賦窮虎奔突　而田彊古冶之疇烏獲中黃
之黨〔士贇曰〕田彊古冶齊力士也晏子春秋曰景公畜士公孫接
田開彊古冶子三人見晏子不起晏子見公請去之乃餽之
二桃令三子計功而食公孫接曰接一搏特猏再搏乳虎若接之功
可以食桃而毋與人同矣援桃而起田開彊曰吾杖兵却三軍者再
若開彊之功可以食桃而毋與人同矣援桃而起古冶子曰吾嘗從
軍濟河黿銜左驂以入砥柱之流冶少不能游潛行逆流百步順
流九里得黿而殺左操馬尾右揭黿頭鶴躍而出津若冶之功可以
食桃而毋與人同矣二子恥功不逮而自殺冶亦自殺烏獲秦力士

也史記曰秦武王有力好戲力士任鄙烏獲孟説皆至大官王與孟
説舉鼎絶臏中黄伯者中黄國之有勇力者也尸子曰中黄伯曰余
左執太行之獶而右搏雕虎張平子西京賦曰乃使中黄之士育獲之儔 越崢嶸獝狂蒼㗝鳴哮
乎交切 㘎 乎敢切 風旋電往 子贇曰楚辭下崢嶸而無地張景陽七命於是構雲梯陟崢嶸莊子適莽
蒼者三飡而反注云莽蒼草野之色漢書韓信曰項羽喑嗚叱咤左太冲吳都賦睚眦則挺劒喑嗚則彎弓曹子建七啓哮㘎之獸張牙
奮鬣也 脫文豹之皮抵玄熊之掌批 步結切 狻 先丸切 手猱
挾三挈兩 子贇曰莊子豐狐文豹棲於山林伏於巖穴然且不免於網羅機辟之患是何罪之有哉其皮爲之災也爾雅
東北方之美者有斥山之文皮焉郭璞曰虎豹之屬皮有縟綵者曹
子建七啓曰生抽豹尾分裂貙肩形不抗手骨不隱拳批熊碎掌拉
虎摧斑王文考靈光殿賦玄熊蚺蛻以齗齗爾雅狻麑如虦猫食虎
豹郭璞曰即獅子也出西域漢順帝時疏勒王來獻犎牛及獅子穆
天子傳曰狻猊日行五百里西京賦擢狒猬批窳狻爾雅蒙頌猱狀
猱蝯善援郭璞曰即蒙貴也狀如蜼而小紫黑色可畜健捕鼠勝於
猫九真日南皆出之猱亦獮猴之類 既徒搏以角力又揮鋒而爭先 子贇曰西
都賦睒角挫脰徒搏獨殺張景陽七命舉戈林竦揮鋒電滅楚辭國殤矢交墜兮士爭先枚乘七發馳騁角逐莫味爭先 行甝
胡甘切 號以鷃脫兮氣赫火而歊煙 子贇曰爾雅云甝白虎鷃鶡屬此言獵徒之氣盛

如魌之號如鷄之䚹也**峯封貒**樑端切**肘巨綖**丑延切（士贇曰）貒野猪也字林云獸似豕而肥楊雄羽獵賦蔪巨綖搏玄蝯張平子西京賦鼻赤象圈巨綖註綖應也怒走者為綖謂能突象**梟羊𪃆吪以㸲**眦至切**蹜**必默切**貜**於黠切**貐**翼汝切**二精而隊巔**（士贇曰）爾雅狒狒如人被髮迅走食人郭璞曰梟羊也山海經曰其狀如人面長唇黑身有毛反踵見人則笑交廣及南康山中亦有此物大者長丈許俗呼之曰山都淮南子堯時有猰貐為民害堯乃使羿下殺猰貐爾雅猰貐類貙虎爪食人迅走西京賦喪精亡魂**或碎腦以折脊或歕**普悶切**髓而飛涎**（士贇曰）淮南子雲臺之高墮者折脊碎腦而蟁虻適以翱翔選江賦曰噴浪飛涎**窮遐荒蕩林藪拖土狛**白駕切**殪天狗**（士贇曰）張景陽七命絕景乎大荒之遐阻狛獸名以狼楚辭招魂土伯九約其角觺觺些王逸曰其身九屈有角觺觺觸害人也山海經天門山有赤犬名曰天犬其所下處有兵天狗之光飛天流而為星曰數十丈其疾如風聲如雷光如電吳楚七國叛時吠過梁野陰山有獸狀如狸白首名曰天狗食蛇其音如貓佩之可禦凶**脫角犀頂探牙象口**（士贇曰）西都賦脫角胜脰徒搏獨殺左思蜀都賦拔象齒突犀角**掃封狐於千里捩**力計切**雄虺之九首**（士贇曰）宋玉招魂賦蝮蛇蓁蓁封狐千里些雄虺九首往來倏忽吞人以益其心些**咋**則格切**騰蛇而仰吞拖奔兕**

以却走（士贇曰）淮南子螣蛇遊霧而動文子曰螣蛇無足而騰靈光殿賦騰蛇蟉虯而遶榱爾雅兕似牛郭璞曰一角青色重千斤君王於是莪通天麾星旃奔雷車揮電鞭（士贇曰）唐書禮樂志通天冠者冬至受朝賀祭還燕羣臣養老之服也二十四梁附蟬十二首施珠翠金博山黑介幘組纓翠緌玉犀簪導羽獵賦立歷天之旗曳捎星之旃江東賦掉奔星之流旃又奮電鞭驂雷輜淮南子電以為鞭策雷以為車輪觀壯士之效獲顧三軍而欣然曰（士贇曰）子虛賦云楚王乃弭節徘徊翺翔容與覽乎陰林觀壯士之暴怒與猛獸之恐懼白虎通國有三軍者何所以戒非常伐無道也漢李固傳四海欣然歸服聖德夫何神扶鬼摽之駭人也（士贇曰）羽獵賦神扶電擊雷驚師駭又命建夔鼓勵武卒（士贇曰）帝王世紀黃帝殺夔以其皮為鼓聲聞五百里轥（良刃切）轢（令的切）之巳多猶拗（於六切）一怒而未歇（士贇曰）上林賦徒車之所轥轢西都賦蹂躪其十二三乃拗怒而少息集赤羽兮照日張烏號兮滿月（士贇曰）孔子家語子路曰由願得白羽若月赤羽若日鍾鼓之音上震于天旍旗繽紛下蟠于地由當一隊而敵之漢郊祀志黃帝采首山之銅鑄鼎於荊山下鼎既成有龍垂鬍髯下迎黃帝帝上騎羣臣后宮從上龍七十餘人龍乃去餘小臣不得上迺悉持龍䫇龍䫇拔墮墮黃帝之弓百姓乃抱其弓與龍䫇號故後世因名其弓曰烏號又古史考曰柘樹枝長而勁

烏集之將飛柘起彈烏烏乃號呼此枝爲弓燃而有力因名也戎車轞轞以陸離轂古互切騎

煌煌而奮發（士贇曰）詩云戎車嘽嘽又大車檻檻韻通作轞上林賦牢落陸離爛熳遠遷漢馮唐傳轂騎萬三千匹顏師古曰轂張弩也詩明星煌煌鷹犬之所騰捷飛走之所蹉蹶（士贇曰）蜀都賦鷹犬倏忽罻羅絡幕毛群陸離羽族紛泊翕響揮霍中網林薄東都賦飛者不及翔走者不及去西京賦上無逸飛下無遺走吳都賦窮飛走之棲宿攫麏几雲切麚古瑕切之咆哮許交蹠豺貉曷各切以挂

格（士贇曰）麏麞章也貉狸屬郭璞曰今江東呼貉爲貔貅爾雅狄鹿牡麚牝麀其子麛其迹速絶有力又豺狗足郭璞曰脚似狗

膏鋒染鍔塡巖掩窟（士贇曰）上林賦怖而死者他他藉藉塡坑滿谷掩平彌澤覿殊材

舉逸羣尚揮霍以出沒（士贇曰）司馬相如諫獵書曰物有同類而殊能者又曰卒然遇軼材之獸

張景陽七命翕忽揮霍雲迴風列曹子建七啓蹻捷若飛蹈虛遠遊淩躍超驤蜿蟬揮霍別有白[豸冒]音冒飛駮

窮奇貙春俱切[豸滿]音瞞（士贇曰）山海經邽山有獸狀如牛蝟毛大聲名曰窮奇食人爾雅貙獌似貍郭璞曰今山民呼虎之大者爲貙豻音義曰貙獌本亦作獌芒姦切又音萬林音幔牙如錯劍鬣如叢竿口呑

殳時朱切鋋市延切目極槍櫓（士贇曰）張景陽七命鼓鬣風生怒目電瞮口斂霜刃足撥飛鋒碎

琅弧攫玉弩射猛彘透奔虎（士贇曰）河東賦攫天狼之威弧山海經浮玉山有獸狀如猴四耳虎毛牛尾音如犬吠名曰長彘食人見則大水靈光殿賦奔虎攫挐以梁倚西都賦窮虎奔突狂兕觸蹷金鏃一發旁疊四五（士贇曰）長楊賦吮鋋瘢耆金鏃淫夷者數十萬人詩一發五豝雖鑿齒磨牙（士贇曰）長楊賦鑿齒之徒相與磨牙而爭之服虔曰鑿齒齒長五尺似鑿亦食人晉周處傳南山白額猛獸爲害處入山射殺之而致伉誰謂南山白額之足覩摠八校搜四隅馳專諸走都盧（士贇曰）漢成紀大校獵師古曰校謂以木相貫穿爲闌校校人職云六廄成校校是則以遮闌爲義也校獵者大爲闌校以遮禽獸而獵取之也子虛賦天子校獵李奇曰以五校出獵也師古曰非也校者木相貫穿總爲闌校遮止禽獸而獵取之此云八校者亦八面遮闌之義趙充國傳校聯不絕其義則一史記伍子胥求勇士專諸見之公子光光使專諸置匕首炙魚之中以進食手匕首刺王僚鈹交於胷漢書西域志武帝享四夷之客作巴俞都盧之戲李奇曰都盧體輕善緣者也又漢書曰自合浦南有都盧國太康地志曰都盧國其人善緣西京賦非都盧之輕趫孰能超而究升趫丘妖切喬林撇匹滅切絕擗抄獑自咸切猢戶吾切攬貊莫白切蟈音國（士贇曰）西京賦抄木末擭獑猢超殊榛擗飛鼯囚鼬亦狖切鼯午乎切於峻崖頓毅磬隻切玃九縛切於穹石

士贇曰爾雅鼬鼠郭璞曰今鼬似鼦赤黃色大尾啖鼠江東呼為鼪
西都賦超洞壑越峻崖毅齧豕也爾雅貜父善顧郭璞曰貑貜也似
獼猴而大色蒼黑能貜持人好
顧眄上林賦觸穹石激堆埼
養由發箭奇肱飛車士贇曰左傳養由基
蹲甲而射之徹七札焉史周紀楚有養由基者善射去柳葉百步而射
之百發而百中張華博物志奇肱國之民能為飛車從風遠行湯時
西風久下奇肱人車至於豫州界中湯破其車不以示民後
十年東風復至乃使乘車遣歸其國去玉門之西一萬里
巧聒
更羸妙兼蒱薄乎切且墜鸀之欲切鳿牛浴切於青雲落鴻鴈
於紫虛捎鶬千唐切鵠漂鸕鸂彈地廬與神居士贇曰戰國策天下
合從趙使魏加見春申君曰君有將乎曰有矣僕欲將臨武君魏加
曰臣少之時好射臣願以射譬之可乎春申君曰可加曰異日者更
羸與魏王處京臺之下仰見飛鳥更羸謂魏王曰臣為王引弓虛發
而下鳥魏王曰然則射可至此乎更羸曰可有間鴈從東方來更羸
以虛發而下之魏王曰然則射可至此乎更羸曰此孽也王曰先生
何以知之曰其飛也徐而鳴悲飛徐者故瘡痛也鳴悲者久失羣也
故瘡未息而驚心未去也聞弦音烈而高飛故瘡隕也今臨武君嘗
為秦孽不可為拒秦之將也魏都賦控弦簡發妙擬更羸注亦精反
銑曰古之善射者也鸀鳿山鳥也郭璞註曰似烏而小赤觜穴乳出
西方列子曰蒲且子之弋也弱弓纖繳乘風振之連雙鶬於青雲之
際用心專動手均也蒲且子古之善射者子虛賦上干青雲毛萇詩
傳大曰鴻小曰鴈鸕鷀鷗鸂水鳥也爾雅鶺鴒雝鸂郭璞曰雀屬也

飛則鳴行則搖魏都賦天宇駭地廬驚木華海賦惟神是宅亦祇是
廬劉良註曰宅居也言神祇之所居處也此亦呉都賦顛覆巢居剖
破窟宅之意也斬飛鵬於日域摧大鳳於天墟音區(士贇曰)長楊賦東震日域顏師
古曰日域日所出之處也爾雅比陸天墟木華海賦曰北灑天墟龍伯釣其靈鼇任公獲其
巨魚(士贇曰)列子龍伯之國有大人舉足不盈數步而暨五山之所一釣而連六鼇莊子任公子爲大鈎巨緇五十犗以爲餌
蹲乎會稽投竿東海旦旦而釣期年不得魚已而大魚食之牽巨鈎錎沒而下鶩揚而奮鬐白波若山海水震蕩聲侔鬼神憚赫千里任
公子得若魚離而腊之自制河以東蒼梧以北莫不厭若魚者窮造化之譎詭何神怪之
有餘(士贇曰)張衡傳術數窮天地制作侔造化張平子東都賦魏異譎詭粲爛炳煥蜀都賦異物詭譎甘泉賦於是大夏雲譎
波詭曹子建七啓曰繁巧神怪變名異形蜀都賦一經神怪所以噴血流川飛毛灑雪
(士贇曰)揚子法言川谷流人之血狀若乎高天雨獸上墜於大荒(士贇)曰子
虛賦獲若雨獸揜草蔽地顏師古曰言殺獲之多如天雨獸也山海經大荒之中有山名曰大荒之山日月所入是謂大荒之野又
似乎積禽爲山下崩於林穴(士贇曰)曹子建七啓野無毛類林無羽群積獸如陵飛翮成雲
陽烏沮色於朝日陰兔喪精於明月(士贇曰)張景陽七命陽烏爲之頩羽廣雅

曰日亦名陽烏後漢張衡靈憲序月者陰精之宗積而成獸象兎陰之類也思騰裝上獵於太清
所悵穹昊於路絶而忽也（士贇曰）淮南子曰太清之化也利順以覆漠質直以素樸司馬相如
封禪書肇自顥穹顏師古曰顥氣顥汗也穹乃形穹窿也莫不海晏天空萬方來同（士贇
曰）禮斗威儀曰君乘土而王其政太平則河海夷晏陸佐公新刻漏銘曰河海夷晏風雲律呂史天官書黃帝行德天牢爲之空東都賦
萬方輻湊詩云四方攸同又淮夷來同雖秦皇與漢武兮復何足以爭雄（士贇
曰）此言雖秦皇漢武帝皆窮奢極侈之君不足比擬也張衡東都賦曰七雄並爭俄而君王茫然改
容愀然有失於居安思危防險戒逸（士贇曰）上林賦於是酒中樂酣天子茫然
而思莊子曰孔子愀然變容後漢戴良見黃憲歸恍然若有失也江淹詩恍焉若有失左傳魏絳曰書曰居安思危思則有備有備無患
王褒洞簫賦嘽唌逸豫戒其失斯馳騁以狂發非至理之弘術（士贇曰）老子曰馳騁
田獵令人心發狂列子曰均天下之至理且夫人君以端拱爲尊玄妙爲寶（士贇
曰）唐馬周上疏曰天下刺史得人陛下端拱巖廊之上夫復何爲老子曰玄之又玄衆妙之門記儒行忠信爲寶暴殄天
物是謂不道乃命去三面之網示六合之仁已殺者

皆其犯命未傷者全其天眞雖剪毛而不獻豈割鮮以爍輪以灼【士贇】曰記王制天子諸侯無事則歲三田一爲乾豆二爲賓客三爲充君之庖無事而不田曰不敬田不以禮曰暴天物史記湯出見野張網四面祝曰自天下四方皆入吾網湯曰嘻盡之矣乃命去其三面祝曰欲左左欲右右不用命乃入吾網諸侯聞之曰湯德至矣及禽獸淮南子橫廓六合揲貫萬物高誘曰上下四方爲六合子虛賦割鮮染輪又將割輪焠韋昭曰焠謂割鮮焠輪也郭璞曰焠染也孔安國尚書傳曰鳥獸新殺曰鮮此即題註所謂羣獸相從不盡殺已被射者不重射不射其面不剪其毛凡出表者不逐之之意

解鳳凰與鸑牛角切鷟自各切兮旋騶虞與麒麟【士贇】曰書鳳凰鳳凰來儀注云雄曰鳳雌曰凰瑞應圖曰鳳凰者仁鳥也淮南子黃帝治天下鳳凰翔於庭麒麟游於郊說文鸑鷟鳳屬神鳥也周國語周之興也鸑鷟鳴于岐山詩云于嗟乎騶虞注云義獸也白虎黑文不食生物有至信之德則應之山海經騶虞如虎五色其閒尾長於身出葢山詩麟之趾註瑞獸也草木疏云麕身牛尾馬足黃色圓蹄一角角端有肉音中鍾呂行中規矩王者至仁則出服虔註云視明禮修則麒麟至

獲天寶於陳倉載非熊於渭濱【士贇】曰羽獵賦追天寶出一方應劭曰天寶陳寶也晉灼曰天寶雞頭而人身六東記曰秦文公時陳倉人獵得獸若彘而不知其名道逢二童子曰此名糟弗述糟弗述亦語曰彼二童子名爲寶雞得雄者王得雌者霸陳倉人舍糟弗述逐二童子化爲雉雄止陳倉化爲石雌如楚止南陽糟浮渭切史

齊太公世家呂尚蓋嘗窮困年老矣以漁釣奸周西伯西伯將出獵卜之曰所獲非龍非彲非虎非羆所獲霸王之輔於是周西伯獵果得太公於渭之陽載與俱歸立為師於是享獵徒封勞苦軒行炰騎酌酤士贇曰西都賦陳輕騎以行炰騰酒車以斟酌西京賦割鮮野饗犒勤賞功酒車酌醴方駕受韜兵弋火綢罟饔炙炰鮮清酤殺皇恩溥洪德施徒御悅士忘疲韜藏也火焚也以示不用然後登九霄之臺宴八紘之圓士贇曰抱朴子曰其高則冠乎九霄司馬相如上林賦置酒乎昊天之臺此言九霄者均喻其高也淮南子曰四支不動聰明不損而知八紘九野之形埒許慎曰八紘天之八維也開日月之扃闢生靈之戶聖人作而萬物覩士贇曰西京賦日月於是乎出入後漢郎顗傳陛下開日月之明晉慕容盛傳生靈仰其德四海歸其仁易曰雲從龍風從虎聖人作而萬物覩覽蒐岐與狩敖何宣成之足數士贇曰左傳成王有岐陽之蒐詩云建旐設旄搏獸于敖敖鄭地宣王所獵之處張衡東都賦曰搏狩于敖既瑣瑣焉岐陽之蒐又何足數哂穆王之荒誕歌白雲之西母士贇曰列子周穆王不恤國事肆意遠遊命駕八駿之乘驅馳千里升崐崘之丘遂賓于西王母觴于瑤池之上西王母為王謠王和之其辭哀焉迺觀日之所入一日行萬里王乃嘆曰於乎予一人不盈于德而諧于樂後世其追數吾過乎穆王幾神人哉能窮當身之樂猶百年乃徂世以為登假焉仙

傳拾遺周穆王名蒲少好神仙之道常欲使車轍馬跡遍於天下以倣黄帝焉乃乘八駿之馬觴西王母於瑤池之上王母謠曰白雲在天道里悠遠山川間之將子毋死尚能復來王答曰予歸東土和洽諸夏萬民平均吾願見汝比及三年將復而野 曷若飽人以淡泊之味醉時以醇和之觴（士贇曰）詩云既醉以酒既飽以德王褒四子講德論曰於是二客醉于仁義飽于盛德長揚賦且人君以玄默爲神澹泊爲德嵇康琴賦含天地之醇和吸日月之休光 鼓之以雷霆舞之以陰陽（士贇曰）樂記陰陽相摩鼓之以雷霆 虞乎神明狃於道德（士贇曰）羽獵賦創道德之囿弘仁義之虞馳弋乎神明之囿覽觀乎羣臣之有亡史楚世家三王弋道德揚子學行篇耕道而得之獵德而得德是獲享也 張無外以爲罝琢大朴以爲杙 逸尺切（士贇曰）東都賦識函谷之可關而不知王者之無外爾雅兎罟謂之罝郭璞曰罝猶遮也淮南子明白太素無爲復朴阮籍通老論君臣垂拱太素之樸爾雅樴謂之杙郭璞曰橜也 頓天網以掩之獵賢俊以御極（士贇曰）老子天網恢恢踈而不失七啓於是頓綱從網罷獠回遡通曆文王出畋卜得賢人果遇呂望于渭濵 若此之狩罔有不克使天人晏安草木蕃殖（士贇曰）漢書諸侯王表海内晏如顔師古曰晏如安然也[illegible]木暢茂禽獸以蕃殖 六宮斥其珠玉百姓樂於耕織（士贇曰）唐

元宗紀開元二年以錦繡珠玉焚前殿又求賛焚後
庭埃上之坊彤甘奢也東都賦女脩織紝男務耕耘　寢鄭衛之
聲却靡曼之色（士贇曰）禮記鄭衛之音亂世之音也列子周穆
王簡鄭衛之處子娥媌靡曼者以樂化人註靡
曼柔弱也上林賦所以娛耳目樂心
意者麗靡爛熳於前靡曼美色於後　天老掌圖風后侍側（士贇
曰）列子黃帝夢遊華胥之國既寤召天老力牧太山稽告以所夢又
二十有八年天下大治幾若華胥之國焉史本紀黃帝舉風后力牧
常先大鴻後漢臣衡傳風后察三能於上然後天步
有常周公籙職黃帝受命風后授圖割地布九州也　是三階砥
平而皇猷允塞（士贇曰）黃帝泰階六符經曰泰階者天之三階
也三階平則陰陽和風雨時社稷神祇咸獲其
宜天下大安是謂太平孟康曰泰階三台也每台二星凡六星詳見
明堂賦註晉百牽秀黃帝論曰皇猷允塞地平天成爰登方岳封禪勒
成
豈比夫子虛上林長楊羽獵計麋鹿之多少誇苑
囿之大小哉（詳見上註）方將延榮光於後昆軼玄風於遂
古擁嘉瑞臻元符登封於太山篆德於社首豈與乎
七十二帝同條而共貫哉（士贇曰）庾元規表曰踈浴玄風文
選序曰式觀無始眇覿玄風楚辭
遂古之初長楊賦方將俟元符以禪梁父之基增太山之高延光于
將來比榮乎往號唐禮樂志乾封元年封太山正月天子祀昊天上

帝于山下之封祀壇如圓丘之禮親封玉冊置石䃭聚五色土封之明日又封玉冊于岱封壇又明日祀皇地祇于社首山之降禪壇如方丘之禮立登封降禪朝覲之碑以紀瑞焉開元十三年有事泰山皆如高宗之制東封還詔張說撰封禪壇頌刻之太山以誇成功唐高宗紀乾封元年正月戊辰封于太山庚午禪于社首羽獵賦序云其辭曰或稱羲農豈或帝王之彌文哉論者云否亦並時而得宜奚必同條而共貫則泰山之封焉得七十有二儀是以創業垂統者俱不得見其爽遐邇五三孰知其是非漢董仲舒策制曰夫帝王之道豈不同條而共貫與

君王於是迴蜺旌反鑾輿士贇曰上林賦拖蜺旌靡雲旗西都賦乗鑾輿備法駕焉

訪廣成於至道問大隗之幽居士贇曰莊子黄帝聞廣成子在於空同之上故往見之我聞吾子達於至道敢問至道之精又黄帝將見大隗乎具茨之山方明爲御昌寓驂乘張若謵朋前馬昆閽滑稽後車至於襄城之野七聖皆迷無所問塗適遇牧馬童子問塗焉曰若知具茨之山乎曰然若知大隗之所存乎曰然黄帝曰異哉小童非徒知具茨之山又知大隗之所存請問爲天下小童曰夫爲天下者亦若此而已矣又奚事焉余少而自遊於六合之内予適有瞀病有長者教予曰若乘日之車而遊於襄城之野今予病少痊予又且復遊於六合之外夫爲天下亦若此而已予又奚事哉黄帝曰爲天下者則誠非吾子之事雖然請問爲天下小童辭黄帝又問小童曰夫爲天下者亦奚以異乎牧馬者哉亦云去其害馬者而已矣黄帝再拜稽首稱天師而退

使罔象掇玄珠於赤水天下不知其所如也

士贇曰莊子黃帝遊乎赤水之北登乎崑崙之丘而南望還歸遺其
玄珠使知索之而不得使離朱索之而不得使喫詬索之而不得乃
使罔象罔象得之黃帝曰異哉罔象乃可
以得之乎淮南子曰來莫知其所之也

分類補註李太白詩卷之一

李太白詩集
二

分類補註李太白詩卷之二

古風

其一

大雅久不作吾衰竟誰陳［士贇曰詩大序曰有小雅焉有大雅焉大雅文王之什註曰自此至卷阿十八篇是文王武王成王周公之正大雅據盛隆之時而推序天命上述祖考之美皆國之大事故為正大雅焉文王至靈臺八篇是文王之大雅下武至文王有聲二篇是武王之大雅兩都賦序王澤竭而詩不作論語子曰甚矣吾衰也記王制天子巡狩命太師陳詩以觀民風文選江淹詩曰蹤華竟無陳］王風委蔓草戰國多荊榛［士贇曰詩大序關雎麟趾之化王者之風詩野有蔓草鄭國風也平王東遷以後之詩孟子題辭周衰之末戰國縱橫用兵爭強以相侵奪戰國者周末秦韓魏楚燕趙齊號為七雄後悉為秦所并潘岳詩荊棘成榛］龍虎相啖食兵戈逮狂秦［士贇曰魏伯陽周易參同契龍呼於虎虎吸龍精兩相啖食俱相貪便遂相銜嚥咀嚼相吞熒惑守西太白經天殺氣所臨何有不傾此用其語意以喻龍虎戰爭於中原也陶潛詩漂流逮狂秦］正聲何微茫哀怨起騷人［士贇曰揚子雲曰美哉斯文聆清和之正聲嵇叔夜琴賦理正聲奏妙曲史記曰屈平之作離騷蓋自怨生也梁昭明太子統文選序騷人之文自茲而作］揚馬

激頹波開流蕩無垠【士贇曰】揚馬者司馬相如揚雄也揚雄傳雄好辭賦先是時蜀有司馬相如作賦甚宏麗溫雅雄心壯之每作賦擬之以為式本傳贊曰賦莫深於離騷反而廣之辭莫麗於相如作四賦皆斟酌其本相與依倣而馳騁云頹波者莊子注波流頹靡之義屈原九章穆眇眇之無垠兮莽芒芒之無儀垠岸也言無畔岸也廢興雖萬變憲章亦已淪【士贇曰】詩大序雅者正也言王政之所由廢興也莊子千轉萬變而不窮記仲尼憲章文武自從建安來綺麗不足珍【士贇曰】建安乃漢末年號文選有曹子建父子兄弟及鄴中七子之詩劉公幹詩投翰長太息綺麗不可忘聖代復元古垂衣貴清眞【士贇曰】文中子曰太古不可復是未知先王之有化也易繫辭黃帝垂衣裳而天下治晉書庾亮臨薨上疏稱王義之清貞有鑒裁羣才屬休明乘運共躍鱗【士贇曰】左傳王孫滿曰德之休明謝朓詩惟昔逢休明十載朝雲陛文中子關子明曰文質遞用世運相乘文質相炳煥衆星羅秋旻【士贇曰】記表記虞夏之文不勝其質殷周之質不勝其文論語子曰質勝文則野文勝質則史文質彬彬然後君子尚書璇璣鈐曰帝堯煥炳龍興可觀張景陽七命皇道煥炳帝載緝熙司馬相如長門賦觀衆星之行列兮揚雄羽獵賦煥若天星之羅爾雅秋天曰旻天我志在刪述垂輝映千春【士贇曰】孝經序子曰吾志在春秋尚書序孔子刪詩為三百篇述職方以除九丘任彥升表故以輝映先達領袖後進謝

眺酬德賦吹萬化而不喧度千春之可
並齊天地之倏忽安事人間之紆婞哉

希聖如有立絕筆於獲麟

齊賢曰詩大雅凡三十六篇詩序云雅者正也言王政之所
由廢興也大雅不作則斯文衰矣平王東遷黍離降於國風
終春秋之世不能復振戰國迭興王道榛塞干戈相侵以迄于祖龍
風俗薄人心澆中正之聲日遠日微一變而為離騷劉勰辨云自風
雅寢聲莫或抽緒奇文蔚起其離騷哉故軒翥詩人之後奮飛詞家
之前昔漢武愛騷而淮南作傳以為國風好色而不淫小雅怨誹而
不亂若離騷可謂兼之至平之後司馬相如揚雄激揚其頹波疏導
其下流使遂閎肆注乎無窮而世降愈下憲章乖離建安諸子夸尚
綺靡摛章繡句競為新奇而雄健之氣由此萎薾至於唐八代極矣
掃魏晉之陋起騷人之廢太白蓋以自任矣覽其著述筆力翩翩如
行雲流水出乎自然非思索而得豈欺我哉士贇曰李蕭遠運命論
曰孟軻孫卿體二希聖從容正道其孫子思希聖備體而未之至論
語如有所立卓爾春秋序仲尼曰文王既没文不在茲乎此制作之
本意也絕筆於獲麟之一句者所感而起固所以為終也按本事詩
話曰李白才逸氣高與陳拾遺子昂齊名先後合德其論詩云齊梁
以來艷薄斯極沈休文又尚以聲律將復古道非我而誰觀此詩則
太白之志可見矣斯其所以
為有唐詩人之稱首者歟

其二

蟾蜍薄太清蝕此瑤臺月圓光虧中天金魄遂淪沒

〔齊賢曰〕按唐書王皇后以無子而武妃有寵后不平顯詆之遂廢武妃進冊爲恵妃欲立爲后潘好禮諫止之太白詩意似屬乎此淮南子曰日月照天下而食於蟾蜍許慎曰蟾蜍蝦蟆龜策傳月爲刑而相佐見食於蝦蟆月以況皇后蟾蜍以比武妃武妃進則皇后廢猶蝦蟆得志侵蝕乎月則金魄淪没矣月生於西實金方故曰金魄〔士贇曰〕張衡靈憲羿得不死之藥於西王母其妻姮娥竊之以奔遂托於月是爲蟾蜍史記天官書日月薄蝕註云孟康曰日月無光曰薄京房易傳曰日月赤黄爲薄或曰不交而蝕曰薄韋昭曰氣往迫之爲薄虧毁爲蝕淮南子太清問於無窮註曰太清者元氣之清者也鶡冠子上及太清下及太寧傳咸詩日月光太清列宿曜紫微楚辭望瑤臺之偃蹇兮見有娀之佚女陸機詩北徵瑤臺女南要湘川娥曹植詩迎風高中天圓景光未没

蝃蝀入紫微

大明夷朝暉浮雲隔兩曜萬象昏陰霏

〔齊賢曰〕紫微帝居也蝃蝀淫氣也毛詩蝃蝀在東莫之敢指言夫人淫奔之行國人皆不敢指視之蝃蝀入乎紫微則大明傷矣大明日也禮記大明生於東月生於西大明以喻君也夷傷也月蝕於蟾蜍日夷於蝃蝀則兩曜竭絶萬象皆昏亂無主秦苻堅卒慕容垂夫人宦者趙整歌曰不見雀來入燕室但見浮雲蔽白日即此意〔士贇曰〕毛詩云蝃蝀在東註蝃蝀虹也夫婦過禮則虹氣盛爾雅虹蝃蝀也俗名爲美人晉天文志紫宮垣一曰紫微大帝之座漢書光和元年四月丁巳客星出東方在胃八度長三尺歴閣道入紫微留四十日滅此用其字唐五行志永隆元年虹蜺亘天者斗之精占曰后妃陰脅王者前漢儒林傳今陛下閏大明配天地易明入地中明夷陸機詩扶桑升朝暉史龜策傳日月

之明時蔽於浮雲廣雅曰月謂之兩曜後漢李邕明堂論如北辰居所而衆星拱之萬象翼之

蕭蕭長門宮昔是今已非〔齊賢〕曰陳皇后驕妬別在長門宮司馬相如爲長門賦以感悟漢武后得復幸皇后謫在長門則君心爲忿怒憎惡所蔽平生之是今皆非矣〔士贇〕曰楚辭風颯颯兮木蕭蕭漢外戚傳陳皇后擅寵驕貴而無子聞衛子夫得幸幾死者數焉元光五年坐女子楚服等爲皇后巫蠱祠祭呪詛罷退歸長門宮

桂蠹花不實天霜下嚴威〔齊賢〕曰按楚辭桂蠹不知所淹留兮蓼蟲不知徙乎葵菜石崇婢翾風詩云桂兮從有蠹天愛在蛾眉言桂味辛不當有蠹如皇后至尊不當有間之者桂一蠹則徒花而不實又肅之以嚴霜之威得不爲之永嘆哉天霜天子之威也〔士贇〕曰前漢兩粵傳桂蠹一器應劭曰桂樹中蝎蟲也此用其字後漢五行志成帝時童謠曰邪徑敗良田讒口亂善言桂林華不實黃雀巢其顛固爲人所羨亦爲人所憐漢書孫寶曰當從天氣以成嚴霜之威唐書玄宗皇后王氏帝爲臨淄王聘爲妃將清內難預大計先天元年立爲皇后以無子而武妃稍有寵后不平顯詆之然撫下素有恩終無肯譖短者帝密欲廢后以語姜皎皎言即死后兄守一懼爲求厭勝浮屠明悟教祭北斗取霹靂木刻天地文及帝諱合佩之曰後有子與則天比開元十二年事覺帝自臨劾有狀乃制詔有司皇后天命不祐華而不實有無將之心不可以承宗廟母儀天下其廢爲庶人賜守一死當時王諲作翠羽帳賦諷帝未幾卒以一品禮葬後宮思慕之帝亦悔寶應元年追復后號

沈嘆終永夕感我涕沾衣〔士贇〕曰選何敬祖詩勤思終遙夕古詩淚下沾裳衣此篇宋西山先

生眞德秀文章正宗云按唐書王皇后以無子而武妃有寵后不平顯詆之遂廢武妃進册爲惠妃欲立爲后大白詩意似屬乎此子見之説實祖於西山士贇今演之曰蟾蜍薄太清月爲之蝕以喻武妃入後宮而卒爲王后之蠹也螮蝀入紫微而大明夷朝暉以喻武妃旣得幸而元宗卒爲所惑也日君象月后象今焉廢黜是浮雲隔之不得代明矣萬象昏陰霏者意謂自後卒不正中宮侵成女寵之禍也蕭蕭長門宮者王后事全與漢武陳后事迹相類二后雖各以無子巫蠱厭勝廢然推原其由實衛子夫武惠妃爭寵有以激之也陳后之廢司馬相如作長門賦王后之廢王諲亦作翠羽帳賦以諷帝先後一致太白引以比證最爲切當桂蠹花不實是采廢王后制中語天霜下嚴威者事發覺時帝自臨劾也沈嘆終永夕感我涕沾衣者白意若曰夫婦君臣俱人之大倫也至密近者莫如夫婦而且不能保其終況臣子之疎遠乎此白之所以感嘆終夕而涕零也

其三

秦皇掃六合虎視何雄哉飛劒決浮雲諸侯盡西來

齊賢曰始皇立二十五年定荆置會稽郡二十六年虜齊王建初并天下過秦論云始皇吞二周而亡諸侯履至尊而制六合西都賦秦以虎視江文通恨賦云秦帝按劒諸侯西馳秦在關西齊楚燕趙韓魏皆在關東故云西來士贇曰史秦始皇紀初并天下議帝號議曰古有天皇有地皇有太皇太皇最貴臣等昧死上尊號王爲秦皇命爲制令爲詔天子自稱曰朕王曰去太著皇采上古帝位號號曰皇

帝易曰虎視眈眈其欲逐逐莊子天子之劍直之無前舉之無上案之無下運之無旁上决浮雲下絕地紀此劍一用匡諸侯天下服矣

明斷自天啓大略駕群才收兵鑄金人函谷正東開

齊賢曰左傳天誘其衷啓敝邑心前漢贊雄才大略史記始皇二十六年分天下爲三十六郡更名民曰黔首收天下兵聚之咸陽銷以爲鐘鐻金人十二重各千石函谷關在今陝州爲秦東關昔秦未得志蹴秦約六國從親投從約書於秦秦兵不敢窺函谷關十五年今既并諸侯則無人敢議秦者此關宜常開矣士贇曰秦李斯傳明君獨斷故權不在臣也左傳晉侯賜畢萬魏卜偃曰以是始賞天啓之矣謝玄暉詩文明固天啓後漢地理志陰平穀城瀍水出自函谷陰注云西征記曰函谷左右絕岸十丈中容車而已括地志云函谷關在陝州桃林縣西南十二里秦函谷關也圖記云西去長安四百餘里路在谷中故以爲名賈誼過秦論秦人開關延敵

銘功會稽嶺騁望琅琊臺

齊賢曰史記始皇三十七年行至錢塘臨浙江水波惡乃西百二十里從狹中度上會稽祭大禹立石刻頌秦功德還過吴從江乘渡並海上北至琅琊東至之罘射殺一巨魚西至平原津而病七月崩于沙丘初始皇以二十八年東行郡縣上鄒嶧山刻石頌秦德乃並勃海以東過黄腄窮成山登之罘立石頌德而去南登琅琊大樂之留三月徙黔首三萬戶琅琊臺下復十二歲作琅琊臺立石刻頌秦德明德意士贇曰史秦始皇紀三十七年上會稽祭大禹望于南海而立石刻頌秦德其末云從臣頌烈請刻此石光垂休明還過吴從江乘渡並海北至琅琊

刑徒七十萬起土驪

山隈尚採不死藥茫然使心哀齊賢曰史記始皇三十五年隱宮刑徒者七十餘萬人分作阿房宮或作驪山發北山石椁乃寫蜀荊地材皆至關中計宮三百關外四百餘於是立石東海上朐界中以爲秦東門因徙三萬家麗邑五萬家雲陽皆復不事十歳齊人徐市等上書言海中有神山曰蓬萊方丈瀛洲仙人居之請與童男女求之於是遣市發童男女數千人入海求仙人不死之藥士贇曰東方朔十洲記北郭鬼谷先生云臣聞東海祖洲上有不死之草生瓊田内或名爲養神芝其葉似菰苗叢生一株可活一人始皇於是慨然曰可採得之不乃使徐福發童男女各三百人率載樓船入海尋祖洲遂不反列子仲尼篇子貢茫然自失莊子目茫然無見色若死灰

連弩射海魚長鯨正崔嵬額鼻象五嶽揚波噴雲雷鬐鬣蔽青天何由覩蓬萊齊賢曰史秦紀方士徐市等入海求神藥數歳不得費多恐譴乃詐曰蓬萊藥可得然常爲大鮫魚所苦故不得至願請善射與俱見則以連弩射之始皇夢與海神戰如人狀問占夢博士曰水神不可見以大魚蛟龍爲候今上禱祠備謹而有此惡神當除去而善神可致乃令入海者齎捕巨魚具而自以連弩候大魚出射之自瑯琊山至榮成山弗見至之罘見巨魚射殺一魚異物志鯨魚長者數千里江賦或鹿額象鼻或虎狀龍顏揚鬐掉尾噴浪飛涎說文噴叱也士贇曰崔豹古今註鯨海魚也大者長千里小者長數丈一生數萬子常以五六月就岸生子至七八月導從其子還海中鼓浪成雷噴沫成雨水族驚畏一皆逃匿莫敢當者詩云維山崔嵬

徐市載秦

女樓船幾時廻但見三泉下金棺葬寒灰〔齊賢曰〕漢書註應劭曰船上施樓曰樓船史記始皇初即位治驪山穿三泉下銅而致椁韓子曰死者始而灰已而土〔士贇曰〕史秦紀初齊威王宣王燕昭王皆使人入海求蓬萊方丈瀛洲云此三神山在勃海中去人不遠患且至則風引船去嘗有至者諸仙人及不死之藥皆在焉及始皇至海上諸方士齊人徐市等爭上書言請得齋戒與童男女求之於是遣徐市發童男女數千人入海求之船交海中皆以風爲解曰未能至望見之焉白意若曰仙者倩淨自然無爲而化秦皇之所爲若此求仙者豈如是乎宜其卒爲方士之所欺而不免於死也後之爲人君而好神仙者亦可鑒矣

其四

鳳飛九千仞五章備綵珍〔齊賢曰〕此篇太白自況也賈誼作弔屈原賦鳳凰翔于千仞兮覽德輝而下之山海經丹穴山有鳥狀如鶴五綵名曰鳳春秋元命包曰周成王時鳳凰來舞于庭〔士贇曰〕韓詩外傳鳳延頸奮翼五色備舉漢書五鳳三年鸞鳳又集長樂宮東闕上飛下至地文章五色留十餘刻吏民並觀之文子曰色有五章左傳爲九文六采五章以奉五色註曰青與赤謂之文赤與白謂之章白與黑謂之黼黑與青謂之黻五色備謂之繡集此五章以奉成五色之用銜書且虛歸空入周與秦〔士贇曰〕呂氏春秋文王時見大赤烏銜丹書集周社曹植詩肴來不虛歸橫絕

歷四海所居未得隣齊賢曰史記漢高帝為楚歌曰鴻鵠高飛一舉千里羽翮已就橫絶四海橫絶四海當可柰何雖有矰繳尚安所施士贇曰所居未得隣者言其棲身高遠未有得與之隣接者也此六句是嘆美韓衆侯生盧生徐市輩能見幾而作如鳳高翔遠舉卒遠阬戮之害吾營紫河車千載落風塵齊賢曰抱朴子曰丹砂可為金河車可作銀子得其道可以仙身陰眞君歌曰北方正氣名河車據此河車乃藥士贇曰道書蓬萊修煉法河車是水朱雀是火取水一斗鐺中以火炎之令佛致聖石九兩其中初成姹女次謂之玉液後成紫色謂之紫河車白色曰白河車青色曰青河車赤色曰赤河車亦曰黃芽郭璞遊仙詩高蹈風塵外晉使翼曰兄弟自不能拔腳於風塵之外漢書文帝紀曰春不得避風塵藥物祕海嶽採鉛青溪濱齊賢曰五嶽四海靈藥所產而不輕以畀人青溪之鉛乃可採耳士贇曰梁書陶弘景既得神符祕訣以為神丹可成而苦無藥物帝賜黃金朱砂雌黃等後合飛丹色如霜雪服之體輕郭景純遊仙詩青溪千仞餘中有一道士李善註云庾仲雍荊州記曰臨沮縣有青溪山山東有泉泉側有道士精舍時登大樓山舉手望仙眞羽駕滅去影飈車絶迴輪齊賢曰據太白代內贈詩云估客發大樓知君在秋浦則大樓當在秋浦羽駕言乘鸞駕鶴飈車言御風載雲士贇曰劉向列仙傳王子喬者周靈王太子晉也好吹笙作鳳凰鳴遊伊洛之間道士浮丘翁接以上嵩高山三十餘年後於山上見桓良曰告我家七月七日待我於緱氏山顛至是果乘白鶴駐山頭望之不

得到舉手謝時人數日而去亦立祠於緱氏山下及嵩高首焉此用其字儋尼詩道逢深識士舉手對吾揖葛洪神仙傳王遠字方平乘羽車駕五龍從天上下不從道行漢枚乗書曰景滅跡絶仙傳西王毋所居宮闕在龜山崐崘之圃閬風之苑左帶瑶池右環翠水其山之下弱水九重洪濤萬丈非飈車羽輪不可到也

尚恐丹液遲志願不及申徒霜鏡中髮羞彼鶴上人

齊賢曰抱朴子曰考又視之方莫不以還丹金液爲大要丹液之願既不獲伸則覽鏡徒見白髮羞彼仙人之控鶴者天台賦王喬控鶴以冲天士贇曰抱朴子內篇論金丹一卷皆言神丹金液之事又有韓衆丹法選古詩齊心同所願含意俱未伸謝元暉詩清鏡悲曉髮王右丞融詩欲知憂能老爲視鏡中絲

桃李何處開此花非我春唯應清都境長與韓衆親

齊賢曰鮑照詩艷陽桃李節此世俗之春非仙境之春也楚辭造句始而觀清都列子清都紫微鈞天廣樂帝之所居神仙傳劉根初學道到華山見一人乘白鹿從十餘玉女根稽首乞一言神人曰爾聞有韓衆否曰聞之神人曰我是也士贇曰阮嗣宗詩天天桃李花灼灼有輝光悅懌若九春磬折似秋霜史秦始皇紀侯生盧生相與謀曰始皇爲人天性剛戾樂以刑殺爲威秦法不得兼方不驗輒死貪於權勢至如此未可爲求仙藥於是乃亡去始皇聞亡大怒曰吾前召文學方術士甚衆欲以興太平方士欲以求奇藥今聞韓衆去不報徐市等費以巨萬計終不得藥徒姦利相告日聞盧生等吾尊賜之甚厚今乃誹謗我以重吾不德也諸生在咸陽者吾使人廉問或爲妖言以亂黔首於是使御史悉按問諸

生諸生傳相告引乃自除犯禁者四百六十餘人皆阬之咸陽使天下知之以懲後益謫發徙邊此篇遊仙詩太白自言其志云

其五

太白何蒼蒼星辰上森列去天三百里邈爾與世絕〔齊賢曰〕九域志太白山在鳳翔郿縣錄異記金星之精墜於漢南圭峯之西號爲太白其精化爲白石〔士贇曰〕雲笈七籤太白洞周迴五百里名貞德之天是鬼谷子授蘇秦佐國之術處有祠堂今在長安名曰玄德洞天仙人張季連治之三秦記太白山在武功縣南去長安三百里俗云武功太白去天三百曹子建詩山樹鬱蒼蒼選古詩仰觀衆星列陶潛詩寢迹衡門下邈與世相絕中有綠髮翁披雲臥松雪不笑亦不語冥棲在巖穴〔齊賢曰〕郭璞遊仙詩中有冥寂士謝靈運詩披雲臥石門〔士贇曰〕郭璞詩中有一道士顏延年詩山明望松雪老子不笑不足以爲道論語子不語怪力亂神鮑照詩沉吟不語若有忘左思詩杖策招隱士荒塗橫古今巖穴無結構丘中有鳴琴我來逢真人長跪問寶訣粲然啓玉齒授以鍊藥說銘骨傳其語竦身已電滅〔齊賢曰〕許慎注淮南子曰真人真德之人古詩長跪問故夫穀梁子曰軍人粲然皆笑何休註盛咲皃呂氏曰三軍露齒之狀太白金陵送權十一序云吾希風廣成蕩漾浮世素受寶訣爲三十六帝之外臣四明逸老呼余爲謫仙人蓋實錄耳淮南子若仕

與盧敖曰吾與汗漫期於九垓之外吾不可以久駐若士舉臂而竦身遂入雲中盧敖仰視不見乃止文子曰色有五章人有五情七命曰揮鋒電滅（士贇曰）莊子曰古之真人登高不慄入水不濡入火不熱是知之能登假於道也若此又女商謂徐無鬼曰吾所以說君者吾未嘗啓齒郭景純遊仙詩靈妃顧我笑粲然啓玉齒抱朴子夫得道者上能竦身於雲霓

仰望不可及蒼然五情熱吾將營丹砂永與世人別

（齊賢曰）葛洪求爲勾漏令就采丹砂（士贇曰）詩云瞻望不及泣涕如雨爾雅春爲蒼天郭景純曰萬物蒼蒼然生此言五情蒼然而生也蒼青也猶今人有觸於中青色見於面也謝玄暉詩平楚正蒼然莊子五情好惡古猶今也又子其內熱與魏伯陽周易參同契丹砂木精得金乃并孝經援神契仙藥之上者丹砂陶潛詩念之五情熱太白少遇司馬承禎謂其有仙風道骨可與學仙太白亦有志焉乃方外異人圖録丹訣無不參授其四其五兩詩非泛然之作蓋亦一時紀實之辭也

其六

代馬不思越越禽不戀燕情性有所習土風固其然

（齊賢曰）韓詩外傳曰詩云代馬依北風飛鳥棲故巢皆不忘本之謂也潘安仁詩徙懷越鳥志眷戀巢南枝淮南子曰形性不可易勢居不可移（士贇曰）董仲舒策孔子曰少成若天性習慣如自然左傳晉侯曰鍾儀樂操土風不忘本也

昔別鴈門關

今戍龍庭前驚沙亂海日飛雪迷胡天〔齊賢曰〕九域志代州治鴈門縣有鴈門塞即古關也班固燕然山銘躡冒頓之區落焚老上之龍庭註云龍庭單于祭天所也蔡琰胡笳云疾風千里兮揚沙又悲憤詩云陰氣凝兮雪夏零〔士贇曰〕漢書秦築長城置鴈門郡唐地理志代州鴈門郡中都督府有三府東治鴈門有守捉兵上有東陘關西陘關一說代山高峻鳥飛不越唯有一缺門鴈來往向此缺中過人號曰鴈門山出鷹鴈過多被鷹捉而食鴈欲過皆相待而相隨口中銜蘆一枝然後過缺中鷹見鴈銜蘆拒之不敢捉楚辭飛雪千里

蟣蝨生虎鶡心魂逐旌旃〔齊賢曰〕嚴安曰介胄生蟣蝨鶡勇雉其鬭無已一死乃止故趙武靈王爲冠以表武士戰國策楚王曰寡人心搖搖如縣旌終無所泊爾雅注旌首曰旌因章曰旃周司常全羽爲旞析羽爲旌通帛爲旃雜帛爲物〔士贇曰〕淮南子記論訓甲胄生蟣蝨燕雀處帷幕而兵不休息西漢揚雄傳鞮鍪生蟣蝨介胄被沾汗東漢朱浮傳甲胄生蟣蝨弓弩不得馳東漢輿服志武冠虎賁羽林皆鶡冠注云鶡似雉以其鬭死不止故用其尾飾武臣首張平子東都賦虎夫戴鶡左傳分康叔以旌旃又樂祈曰心之精爽是謂魂魄江淹詩百年信荏苒何用苦心塊韻佳旗曲柄曰旃

苦戰功不賞忠誠難可宣誰憐李飛將白首沒三邊〔齊賢曰〕漢書李廣傳匈奴入遼西殺太守上迺召拜廣爲北平太守廣在郡匈奴號曰漢飛將軍避之數歲不入界元朔六年廣復爲將軍從大將軍出定襄後三歲以郎中令將四千騎出右北平匈奴將四萬騎圍廣廣胡急擊矢下如雨漢兵死者過半

漢矢且盡廣乃令持滿毋發而廣身自以大黃射其裨將胡虜益解
明日復力戰博望侯軍亦至匈奴乃解去是時廣軍幾沒罷歸漢廣
軍自當亡賞元狩四年爲前將軍引兵與右將軍食其合軍出東道
惑失道後大將軍大將軍與單于接戰單于遁走弗能得而還廣已
見大將軍還長史急責廣之幕府上簿謂其麾下曰廣結髮與匈奴
大小七十餘戰今幸從大將軍出接單于兵大將軍徙廣部行回遠
又迷失道豈非天哉且廣年六十餘終不能復對刀筆之吏矣遂引
刀自剄百姓聞之知與不知老壯皆爲垂泣班固曰武帝廣開三邊
李善曰三垂西方南方東方羽獵賦序割其三垂說文垂遠邊也○士
贇曰史記蒯通說韓信曰功蓋天下者不賞此篇感諷之詩於時必
有所爲而作也

其七

客有鶴上仙飛飛凌太清揚言碧雲裏自道安期名

齊賢曰廣記桓闓事陶弘景爲執役之士辛勤十餘年一旦有一青
童白鶴自空而下集庭中桓服天衣駕白鶴升天而去眞君傳斗中
眞人降兖州蘭公舍云三才肇分始於三炁三炁者玉清三天也玉
清境是元始大聖眞王治化太清境是玄道流行虚无自然玉皇治
化江淹詩日暮碧雲合列仙傳安期謂始皇曰後千歲求我於蓬萊
山○士贇曰抱朴子曰行則逍遙太清劉向列仙傳安期生者瑯琊阜
鄉人也賣藥於東海邊時人皆言千歲翁秦始皇東遊請見與語三
日三夜賜金璧度數千萬出於阜鄉亭皆置去留書以赤玉舄一量

爲報曰後數年求我於蓬萊山始皇卽遣使者徐市盧生等數百人入海未至蓬萊山輙逢風波而還立祠阜鄉亭海邊十數處云贊曰寥寥寥安期虛質高情乗光適性保氣延生聊悟秦皇遺寶阜亭將遊蓬萊絕影清冷兩兩白玉童雙吹紫鸞笙去影忽不見回風送天聲舉手遠望之飄然若流星願飡金光草壽與天齊傾（齊賢曰）天文志三台六星兩兩而居玉堂仙人侍從樂書王子晉之笙其制象鳳翼亦名參差竹嘗於緱氏山月下吹之莊子天籟注言天聲甚詳史類大流星言去之速也廣異記謝元卿至東岳夫人所居有異草葉如芭蕉花正黄色光可鑑曰此金明草晉咸和九年東華青童賜魏夫人石精金光化形靈元（士贇曰）選甘泉賦天聲起兮勇士厲甾尼詩道逢深識士舉手對吾揖舉手字見其四首註曹子建洛神賦遠而望之皎若太陽升朝霞晉天文志流星天使也自上而降曰流道經雲華夫人宴坐于瑶臺之上禹稽首問道召禹而謂曰我師三元道君曰上眞內經天眞所寶亦謂之太上玉佩金璫之妙文也吾所受寶書可以出火入水嘯吒幽冥收束虎豹呼召六丁隱淪八地顛倒五星久視存身與天相傾也此篇亦遊仙詩體恐是贈答之詩非泛然之作也

其八

咸陽二三月宮柳黄金枝緑幘誰家子賣珠輕薄兒

作百鳥鳴花枝玉劒誰家子西秦豪俠兒（王贊曰漢東方朔傳初帝姑館陶公主號竇太主堂邑侯陳午尚之午死主寡居年五十餘歲矣近幸董偃始偃與母以賣珠爲事偃年十三隨母出入主家左右言其姣好主召見曰吾爲母養之因留第中至年十八而冠出則執轡入則侍内爲人溫柔愛人以主故諸公接之名稱城中號曰董君後偃懼白主獻長門園上大說更名竇太主園爲長門宮上以錢千萬從主飲後數日上臨山林主自執宰敝膝道入登階就坐坐未定上曰願謁主人翁主乃下殿去簪珥徒跣頓首謝自引董君董君緑幘傅鞲隨主前伏殿下主乃贊館陶公主胞人臣偃昧死再拜謁因叩頭謝上爲之起有詔賜衣冠上偃起走就衣冠主自奉食進觴當是時董君見尊不名稱爲主人翁飲大驩樂於是董君貴寵天下莫不聞至年三十而終後數歲竇太主卒與董君會葬於霸陵是後公主貴人多踰礼制自董偃始（魏賢曰唐京兆府咸陽縣秦咸陽故地王莽傳玉具寶劒關中爲西秦漢書萬章長安人長安熾盛街閭各有豪俠章在城西柳市號曰城西萬子夏曹子建詩白馬飾金羈連翩西北馳借問誰家子幽并游俠兒）日暮醉酒歸白馬驕且馳意氣人所仰冶遊方及時子雲不曉事晚獻長楊辭賦達身已老草玄鬢若絲投閣良可嘆但爲此輩嗤（魏賢曰魏楊脩答曹子建書曰吾家子雲老不曉事前漢揚雄傳及贊曰揚雄字子雲蜀郡成都人博覧好辭賦漢成帝時客有薦雄文似相如者召雄待詔承明之庭從上行幸奏甘泉河東校獵等賦除爲郎給事黄門又從至射

能館上長楊賦以風哀帝時丁傅董賢用事諸附離之者或起家至二千石時方草太玄有以自守泊如也雄用心於內而不求於外時人皆忽之惟劉歆及范逡敬焉王莽時劉歆甄豐皆為上公莽既以符命自立即位之後欲絶其原以神前事而豐子尋歆子棻復獻之莽誅豐父子投棻四裔辭所連及便收不請時雄校書天祿閣上治獄使者來欲收雄雄恐不能自免廼從閣上自投下幾死莽聞之曰雄素不與事何故在此間請問其故廼劉棻嘗從雄學作奇字雄不知情有詔勿問然京師為之語曰惟寂寞自投閣爰清靜作符命雄以病免復召為大夫選古詩愚者愛惜費但為後世嗤〔士贇曰〕後漢書光武曰孝孫素謹輕薄兒誤之孝孫劉嘉詩摽有梅男女及時也召南之國被文王之化男女得以及時也子雲曰以自況也此時戚里驕縱踰制動致高位儒者沉困下僚是詩必有所感諷而作

其九

莊周夢胡蝶胡蝶為莊周一體更變易萬事良悠悠〔齊賢曰〕莊子云昔者周夢為胡蝶栩栩然胡蝶也不知周之夢為胡蝶與胡蝶之夢為周與周與胡蝶則必有辨矣一體之間尚有變易萬事豈能堅牢哉〔士贇曰〕莊子聖人達綢繆盡一體矣而不知其然性也乃知蓬萊水復作清淺流〔齊賢曰〕葛洪神仙傳曰麻姑云接待以來見東海三為桑田向到蓬萊水又淺於往者會時畧半也豈將復為陵陸乎方平笑曰聖人皆言海中行復揚塵也青門種瓜人舊日東陵侯富貴故如此

營營何所求〔齊賢曰〕阮嗣宗詩昔聞東陵瓜近在青門外漢書霸城門民間謂之青門史記蕭相國世家邵平者故秦東陵侯秦破爲布衣貧種瓜於長安城東瓜美時謂東陵瓜夫富貴無常昔時爲侯今焉爲圃任縁而已終日營營復何求哉毛詩營營青蠅又曰不知我者謂我何求鮑明遠詩營營市井人〔士贇曰〕史伯夷傳太史公曰子曰道不同不相爲謀亦各從其志也故曰富貴如可求雖執鞭之士吾亦爲之如不可求從吾所好莊子無思慮營營此詩達生者之辭也然意却有三節謂忽然爲人化爲異物忽爲異物化而爲人一體變易尚未能知悠悠萬事豈能盡知乎況又乃能知桑田滄海之變乎故侯種瓜富貴者固如是也既燭破此理則尚何所求而營營苟苟以勞吾生哉

其十

齊有倜儻生魯連特高妙明月出海底一朝開光曜
却秦振英聲後世仰末照意輕千金贈顧向平原笑

〔齊賢曰〕江淹詩光曜世所希此篇蓋慕魯仲連之爲人排難解紛功成而無取也按史記其略曰魯仲連齊人也好奇偉倜儻之畫策而不肯仕宦任職好持高節適游趙會秦圍趙聞魏將欲令趙尊秦爲帝乃見平原君曰將柰何平原君曰勝也何敢言事前亡四十萬之衆於外今又內圍邯鄲而不能去魏王使客將軍新垣衍令趙帝秦今其人在是勝也何敢言事魯仲連曰吾始以君爲天下賢公子也

吾乃今然後知吾君非天下賢公子也梁客新垣衍安在哉吾請爲君責而歸之平原君曰勝請爲介紹而見之於先生魯仲連見新垣衍而無言新垣衍曰吾視居此圍城之中無非有求於平原君者也今吾觀先生之玉貌非有求於平原君者也曷爲久居此圍城之中而不去魯仲連曰世以鮑焦爲無從頌音從容而死者皆非也衆人不知則爲一身彼秦者棄禮義而上首功之國也權使其士虜使其民彼即肆然以爲帝過而爲政於天下則連有蹈東海而死耳吾不忍爲之民也所爲見將軍者欲以助趙也新垣衍曰先生助之將柰何魯連曰吾將使梁及燕助之齊楚則固助之矣新垣衍曰燕則吾請以從矣若乃梁者則吾乃梁人也先生惡能使梁助之魯連曰梁未覩秦稱帝之害故耳使梁睹秦稱帝之害則必助趙矣新垣衍曰秦稱帝之害何如魯連曰秦無已而帝則且變易諸侯之大臣彼奪其所不肖而與其所賢奪其所憎而與其所愛彼又將使其子女讒妾爲諸侯妃姬處梁之宮梁王安得晏然而已乎而將軍又何得故寵乎於是新垣衍起再拜謝曰始以先生爲庸人吾乃今日知先生爲天下之士也吾請出不敢復言帝秦秦將聞之却軍五十里適會魏公子無忌奪晉鄙軍以救趙擊秦軍秦軍遂引而去於是平原君欲封魯仲連魯連辭讓使者三終不肯受平原君乃置酒酒酣起前以千金爲魯連壽魯連笑曰所謂貴於天下之士者爲人排患解難釋紛亂而無取也即有取者是商賈之事也而連不忍爲也遂辭平原君而去終身不復見唐書釋音倜儻不羈也太白意謂魯仲連崛起於齊猶明月出於海底光彩照曜天下人所同仰曹子建詩大國多良才譬海出明珠士贇曰張景陽詩魚目笑明月注明月寶珠也漢司馬相如傳曰穊[illegible]彈丶

吾亦澹蕩人拂

衣可同調【齊賢曰】澹蕩猶放蕩也左傳叔向拂衣從之謝靈運詩誰謂古今殊異世可同調李善曰調聲音和【士贇曰】太白平生豪邁藐視權臣浮雲富貴此詩蓋有慕乎仲連之爲人也鮑照詩春風澹蕩俠思多

其十一

黃河走東溟白日落西海逝川與流光飄忽不相待【齊賢曰】太白之意謂黃河東走白日西落不捨晝夜青春容色倏忽摧謝不如長松貫四時而不改柯易葉自非服煉九鼎食精養神累積長久安能變形而仙哉博雅云黃河出崑崙山東北陬入東海離騷云指西海以爲期王逸註引七戎六蠻九夷八狄謂之四海言皆迫海漢張騫度西海至大秦大秦之西鳥遲國鳥遲國之西復言有海西海之濱有小崑崙高萬仞方八百里曹子建詩驚風飄白日忽然歸西山論語子在川上曰逝者如斯【士贇曰】禹貢導河入于海博物志云東海謂之溟海西海之東有青海左太冲詩白日已西傾

春容捨我去秋髮已衰改人生非寒松年貌豈長在

吾當乘雲螭吸景駐光彩【齊賢曰】春容容顏也秋髮白髮也論語云歲寒然後知松栢之後凋也廣雅云有鱗曰蛟龍有翼曰應龍有角曰虯龍無角曰螭龍吸景吸日月之景以駐吾之顏采【士贇曰】傅休奕詩一絶如流光列仙傳子英贊曰遂駕雲螭超步太極郭景純遊仙詩雖欲騰丹谿雲螭非我駕遲迴古詩迴車駕言邁悠悠涉長道四顧何茫茫東風搖百

草所遇無故物焉得不速老盛衰各有時立身苦不早人生非金石豈能長壽考奄忽隨物化榮名以爲寶太白此詩亦此之意古詩欲用世而留名太白則欲學仙以離世其見趣又出乎流俗矣

其十二

松栢本孤直難爲桃李顏（齊賢曰）毛詩何彼襛矣華如桃李太白謂松栢挺然孤直不能如夭桃艷李嫣然媚人也（士贇曰）禮記其在人也如松栢之有心也故貫四時不改柯易葉荀卿子曰桃李倩粲於一時時至而後殺至於松栢經隆冬而不凋蒙霜雪而不變可謂得其真矣

昭昭嚴子陵垂釣滄波間身將客星隱心與浮雲閑長揖萬乘君還歸富春山（齊賢曰）嚴光字子陵一名遵會稽餘姚人少與光武同遊學及光武即位光乃變姓名隱身不見帝思其賢乃令以物色訪之后齊國上言有一男子披羊裘釣澤中帝疑其光乃備安車玄纁遣使聘之三反而后至車駕即日幸其館光臥不起帝即其臥所撫光腹曰咄咄子陵不可相助爲理邪光乃張目熟視曰昔唐堯著德巢父洗耳士故有志何至相迫乎帝曰子陵我竟不能下汝邪於是升輿歎息而去復引光入論道舊故相對累日帝從容問光曰朕何如昔時對曰陛下差增於往因共偃臥光以足加帝腹上明日太史奏客星御犯座甚急帝笑曰朕故人嚴子陵共臥耳除爲諫議大夫不屈乃耕於富春山後人名其釣處爲嚴陵瀨焉漢書酈食其長揖不拜（士贇曰）孟子曰賢者以

其昭昭使人昭昭論語不義而富且貴於我如浮雲漢書東方朔曰一當萬乘之主晏子春秋星之昭昭不如月之曖曖陸機詩昭昭清漢輝

清風灑六合邈然不可攀使我長嘆息冥棲巖石間齊賢曰張景陽詩清風激萬代謝靈運詩清辭麗藻淮南子曰猶條風之時灑曹子建詩光景不可攀陶潛詩歌竟長歎息

士贇曰漢書王貢龔鮑傳序揚雄論曰谷口鄭子真不詘其志耕於巖石之下名震于京師太白亦有高尚其事之意此詩有所慕而作

其十三

君平既棄世世亦棄君平觀變窮太易探元化群生寂寞綴道論空簾閉幽情齊賢曰鮑明遠詩君平獨寂寞身世兩相棄漢書王貢龔鮑傳序嚴君平卜筮於成都市以為卜筮賤業而可以惠衆人有邪惡非正之問則依蓍龜為言與人子言依於孝與人弟言依於順與人臣言依於忠各因勢導之以善從吾言已過半矣日裁閱數人得百餘錢足自養則閉肆下簾而授老子揚雄少學數為朝廷在位賢者稱君平德李強為益州牧喜謂雄曰吾真得嚴君平矣雄曰君備禮待之彼可見而不可得詘強以為不然至蜀致禮與相見卒不敢言以為從事乃嘆曰揚子雲誠知人士贇曰此兩句意出於莊子世喪道矣道喪世矣世與道交相喪之意謂君平抱濟世之才而無用世之意是平棄斯世矣世之人復不知君平之賢而不用之焉是世亦棄君平也莊子恬然寂寞虛無無為此天地之平道德之質也西都賦曰發

思古之幽情騶虞不虛來鸑鷟有時鳴齊賢曰騶虞白虎黑文尾長於軀不食生物不履生草可謂有仁心也毛詩仁如騶虞則王道成玉篇鸑鷟鳳之屬說文鸑鷟神鳥也周興鸑鷟鳴于岐山士贇曰此乃喻聖賢不虛生其出也有時安知天漢上白日懸高名海客去已久誰人測沉冥齊賢曰博物志昔有舊說天河與海通近世有人居海渚者年年八月有浮槎去來不失期人有奇志立飛閣於槎上多齎糧乘槎而去十餘月至一處有城郭狀屋舍甚嚴遥望宮中有織婦見一丈夫牽牛渚次飲之牽牛人乃驚問曰何由至此此人爲說來意并問此是何處答曰君還至蜀都訪嚴君平則知之竟不及登岸因還至蜀問君平曰某年某月有客星犯牽牛宿計其年月正是此人到天河時也士贇曰荊楚歲時記漢武帝令張騫使大夏尋河源乘槎經月而至一處見城郭如州府室内有一女織又見一丈夫牽牛飲河騫問曰此是何處答曰可問嚴君平織女取搘機石與騫而還後至蜀問君平君平曰某年某月客星犯牛女搘機石爲東方朔所識何圖括地象曰河精上爲天漢李陵詩招揺西北馳天漢東南流漢書曰蜀嚴湛冥久幽而不改其操嵇康注曰蜀郡嚴君平深沉玄默無欲言幽深難測也江淹詩誰能測幽微此詩雖詠史詩其自負之意亦深矣大意與詠子陵詩意同

其十四

胡關饒風沙蕭索竟終古木落秋草黃登高望戎虜

齊賢曰胡關胡虜之關若鴈門關玉關陽關之類諸胡出入之門也計漠北地平無草木多大沙鮑明遠詩疾風衝塞起沙礫自飄揚毛詩何草不黃士贇曰顔延之曰胡風南埃易通卦驗曰巽氣不至則大風揚沙鮑照詩寒風蕭索一旦至竟得幾時保光華後魏崔道固曰安都視人殊自蕭索莊子終古不忒楚詞長無絶兮終古按木落元本作歳落齊賢本作木落木落理差順今從齊賢本禮記草木黃落張景陽詩曰秋草含綠滋盧諶詩曰登高眺遐荒

荒城空大漠邊邑無遺堵白骨橫千霜嵯峨蔽榛莽

齊賢曰說文漠北方流沙也史記匈奴傳趙信教單于益北絶幕應劭曰幕沙幕匈奴之南界臣瓚曰沙土曰幕杜佑通典大漠國在鞠國北與骨師相接正觀二十一年通杜預注左氏方丈曰堵三堵曰雉左傳凡邑有宗廟先君之主曰都無曰邑千霜千年也如杜詩七暑三霜云上林賦崔巍嵯峨服虔注漢書榛木叢生也蕪城賦灌莽杳而無際士贇曰唐初以葛邏祿熾俟部置大漠州都督府又析大漠州置金附州都督府並隸北庭都護府潘岳關中詩肝腦塗地白骨交衢蔡文姬詩城郭爲山林庭宇生荆棘白骨不知誰縱橫莫蓋覆陸機詩崇山鬱嵯峨

借問誰凌虐天驕毒威武赫怒我聖皇勞師事鼙鼓

齊賢曰漢匈奴傳單于遺漢書曰南有大漢北有強胡強胡者天之驕子也毛詩王赫斯怒聖皇元宗也元宗承國家富庶侈心動遂貪邊功罷張九齡相李林甫楊國忠從事吐蕃南詔記唐世爲患左傳蹇叔曰勞師以襲遠樂書鼙鼓卑者所鼓司馬五鼓推而上之王執路鼓鼓之尤大者推而下之旅師執鼙鼓鼓之尤小者

司馬法曰萬人之師執大鼓千人之師執鼙鼓既勞師於鼙鼓之間
則陽和生物之仁盡變而為殺僇之氣矣【士贇曰】古詩借問歎者誰
記樂記鼓鼙之聲讙讙以立動動以進
衆君子聽鼓鼙之聲則思將帥之臣　**陽和變殺氣發卒騷**【齊賢曰】騷動也悲也按唐
書楊國忠薦鮮于仲通為

中土三十六萬人哀哀淚如雨

蜀郡長史率兵六萬討閤羅鳳戰瀘川舉軍没獨仲通挺身免後償
留後李宓率兵十餘萬擊羅鳳敗死西洱河國忠矯為捷書上聞自
再興師傾中國驍卒二十萬天下冤之則三十六萬當為二十六万
據吐蕃傳天寶二年吐蕃與閤羅鳳聯兵攻瀘南劒南節度揚國忠
方以姦罔上自言破蠻衆六萬於雲南拔故洪州等三城獻俘口則
南詔之橫實吐蕃助之也時羅鳳北臣吐蕃【士贇曰】禮記仲秋之月
殺氣浸盛陽氣日衰蔡琰胡笳十八拍云聞是漢　**且悲就行役**
家天子兮布陽和詩云哀哀父母又泣涕如雨

安得營農圃不見征戍兒豈知關山苦【齊賢曰】毛詩孝
子行役論語吾
不如老農吾不如老圃孟子征者上伐下也敵國不相征也史記婁
敬齊人成隴西戍猶守也王褒燕歌行无復漢地關山月古有度關
山曲【士贇曰】毛詩嗟予子行役夙夜无已顏延年詩嗟
予然行役蔡琰胡笳十八拍云關山阻脩兮行路難　**李牧今不**

在邊人飼豺虎【齊賢曰】盧子諒詩李牧鎮邊城荒夷懷南懼史
記李牧趙北邊良將常居鴈門備匈奴匈奴小
入佯北不戰以數千人委之單于聞之大率衆來李牧多為奇軍張
左右翼大破殺匈奴十餘萬十餘歲匈奴不敢近趙邊豺虎指匈奴

七哀詩盜賊如豺虎今以鮮于仲通爲劒南節度張虔陀爲雲南太守可以戲豺虎哉〔王贊曰〕此詩揚子見以爲討閤羅鳳之事非也雲南乃西南邊此詩專指北邊而言當是爲哥舒翰攻吐蕃石堡城之事而作也唐史天寶六載上欲使河西隴右節度使王忠嗣攻吐蕃石堡城忠嗣上言石堡城險固吐蕃舉國守之今頓兵其下非殺數萬人不能克臣恐所得不如所亡上意不快將軍董延光自請將兵攻石堡城上命忠嗣分兵助之忠嗣不得已奉詔而不盡副延光所欲延光過期不克言忠嗣沮撓軍計上怒貶忠嗣漢陽太守久之從漢東郡而卒八載上命哥舒翰帥隴右河西朔方河東兵凡六萬三千攻吐蕃石堡城其城三面險絶唯一徑可上吐蕃但以數百人守之多貯粮食積擂木及石唐兵前後屢攻之不能克翰進攻拔之獲吐蕃鐵刃悉諾羅等四百人唐士卒死亡畧盡果如忠嗣之言蓋當時上好邊功諸將皆希旨開邊隙忠嗣獨能持重安邊不生事嘗曰平世爲將撫衆而已吾不欲竭中國力以幸功名傳中所載全與李牧相類此詩末句曰李牧今不在邊人飼豺虎者蓋以李牧比忠嗣也今不在者翰取石堡時忠嗣已死二年無能諫止卒喪數万之師也此詩雖微而實顯其深得風之體歟史記李牧傳李牧趙北邊良將也居代鴈門備匈奴日饗士習射騎謹烽火多間諜爲約曰匈奴即入盜急入收保有敢捕虜者斬匈奴每入烽火謹輙入收保不敢戰如是數歲亦不亡失匈奴數歲無所得邊士日得賞賜而不用皆願一戰於是選士悉勒習戰單于大率衆來牧擊之大破殺匈奴十餘万騎滅襜襤破東胡降林胡單于奔走其後十餘歲匈奴不敢近趙邊城漢張耳陳餘〔叙〕傳據國爭權還爲豺虎

其十五

燕昭延郭隗遂築黄金臺劇辛方趙至鄒衍復齊來

（齊賢曰）史記燕昭王謂郭隗曰齊因孤之國亂而襲破燕誠得賢士以共國雪先王之恥孤之願也隗曰王必欲致士先從隗始況賢於隗者豈遠千里哉於是昭王為隗改築宮而師事之上谷圖經曰黄金臺易水南十八里燕昭王置千金於臺上以延天下士謂之黄金之臺王隱晉書曰段匹磾石勒進屯故安縣故燕太子丹金臺上二說不同并存之其後樂毅自魏往鄒衍自齊往劇辛自趙往與秦楚三晉合謀伐齊兵敗湣王出亡（士贇曰）鮑照詩將起黄金臺注云燕昭王置千金於臺上以延天下士

奈何青雲士棄我如塵埃

（齊賢曰）伯夷傳云閭巷之人欲砥行立名者非附青雲之士惡能施於後世哉毛詩不我遐棄（士贇曰）古詩昔我同門友高舉振六翮不念攜手好棄我如遺跡左思詩曰視之如塵埃

珠玉買歌笑糟糠養賢才

（齊賢曰）太白意謂吳姬越女貧其一歌笑則不惜珠玉之費至於賢人才士則待之以糟糠其好色而不好德如此則賢者將遠去徘徊顧望而不肯輒下（士贇曰）史平原君傳李同曰君之後宮婢妾被綺縠餘粱肉而民褐衣不完糟糠不厭淮南子貧民糟糠不接於口而虎狼熊羆厭芻豢百姓短褐不完而宮室衣錦繡後漢鍾離意傳藥崧河內人家貧為郎嘗獨直無被枕止食糟糠顯宗夜入臺輒見崧問其故甚嘉之詔太官賜尚書以下朝夕餐此聯蓋譏時相好色而不好德者

方知黄鶴舉千

里獨徘徊（齊賢曰）鶴一作鵠楚辭黄鵠之一舉兮知山川之紆曲再舉兮睹天地之圜方臨國中之衆人兮託回飈乎尚羊王逸注賢者亦宜高望遠慮以知君之賢愚也蘇子卿詩黄鵠一遠別千里顧徘徊（士贇曰）韓詩外傳田饒曰夫黄鶴一舉千里集君華池啄君稻粱君猶貴之以其從來遠也雞有五德君輕之以其近也飛來雙白鶴篇曰五里一反顧十里一徘徊太白少有高尚之志此詩豈出山之後不爲時相所禮有輕出之悔歟不然何以曰方知黄鶴舉千里獨徘徊吁讀其詩者百世之下猶有感慨

其十六

寶劍雙蛟龍雪花照芙蓉精光射天地雷騰不可衝一去別金匣飛沈失相從風胡滅已久所以潛其鋒吳水深萬丈楚山邈千重雌雄終不隔神物會當逢（齊賢曰）晉書張華傳初斗牛之間常有紫氣華聞豫章雷煥妙達緯象乃要煥登樓仰觀煥曰寶劍之精上徹於天耳華因問曰在何郡煥曰在豫章豐城華即補煥爲豐城令煥到縣掘獄屋基得一石函光氣非常中有雙劍並刻題一曰龍泉二曰太阿遣使送一與華留一自佩或謂煥曰得兩送一張公豈可欺乎煥曰本朝將亂張公當受其禍此劍當繫徐君墓樹耳靈異之物終當化去不永爲人服也華得劍報煥書曰詳觀劍文乃干將也莫邪何復不至雖然天生神物終當合耳華誅失劍所在煥卒子華爲州從事持劍行經延平津忽

於腰間躍出墮水使人没水取之不見劒但見兩龍各長數丈蟠縈
有文章没者懼而反須臾光彩照水波浪驚沸於是失劒華歎曰先
君化去之言張公終合之論此其驗矣吳王以歐冶子所作劒五一
純鈎二湛盧三豪曹四魚腸五巨闕示秦薛燭薛燭善相劒見純鈎曰
光乎如屈陽之華沉沉如芙蓉始生於湖觀其文如列星之行觀其
光如水溢於塘列士傳眉間尺者眉間廣一尺楚人干將莫邪之子
楚王夫人抱鐵柱心有所感後産一鐵楚王命莫邪鑄爲雙劒一雌
一雄莫邪留雄而以雌進楚王劒在匣中常常悲鳴王問群臣群臣
曰鳴雌憶其雄王怒收莫邪殺之士贇曰按此篇是用吳越春秋楚
昭王問風胡子及晉書張華雷煥書之事而成詩其間芙蓉字却
出越絶書今子見所引張華事是矣而所謂吳王問劒於薛燭者不
載出處詳味似是越絶書語句復爾乖訛豈當時率爾不經點對邪
抑不祖越絶而它有傳記如此邪雖然二書者不家有之因詳録全
文于后吳越春秋曰吳王有女滕玉因謀伐楚與夫人及女會蒸魚
王前嘗半而與女女怒曰王食魚辱我不忍久生乃自殺闔閭痛之
葬於國西閶門外鑿池積土文石爲椁題湊爲中金鼎玉杯銀樽珠
襦之寶皆以送女乃舞白鶴於吳市中令萬民隨而觀之還使男女
與鶴俱入羨門因發機以掩之殺生以送死國人非之湛盧之劒惡
闔閭之無道也乃去而出水行如楚楚昭王卧而寤得吳王湛盧之
劒於牀昭王不知其故乃召風胡子而問曰寡人卧覺而得寶劒不
知其名是何劒也風胡子曰此謂湛盧之劒昭王曰何以言之風胡
子曰臣聞吳王得越所獻寶劒三枚一曰魚腸二曰磐郢三曰湛盧
魚腸之劒已用殺吳王僚也磐郢以送其死女今湛盧入楚也昭王
曰湛盧所以去者何也風胡子曰臣聞越王元常使歐冶子造劒五

枝以示薛燭燭對曰魚腸劒逆理不順不可服也臣以殺君子以殺父故闔閭以殺王僚一名磐郢亦曰豪曹不法之物無益於人故以送死一名湛盧五金之英太陽之精寄氣託靈出之有神服之有威可以折衝拒敵然人君有逆理之謀其劒即出故去無道以就有道今吳王無道殺君謀楚故湛盧入楚昭王曰其直幾何風胡子曰臣聞此劒在越之時客有酬其直者有市之鄉三十駿馬千匹萬戸之都二是其一也薛燭對曰赤堇之山已令無雲若耶之溪深而莫測群神上天歐冶死矣雖傾城量金珠玉盈河猶不能得此寶而況有市之鄉駿馬千匹萬戸之都何足言也昭王大悅遂以為寶越絶書外傳記寶劒篇曰昔者越王勾踐有寶劒五聞於天下客有能相劒者名薛燭王召而問曰吾有寶劒五請以示之薛燭對曰愚理不足以言大王請不得已乃召掌者王使取豪曹薛燭對曰豪曹非寶劒也夫寶劒五色並見莫能相勝豪曹已擅名矣非寶劒也王曰取巨闕薛燭曰非寶劒也寶劒者金錫和銅而不離今巨闕已離矣王曰然巨闕初成之時吾坐於露壇之上宮人有四駕白鹿而過者車奔馬驚吾引劒而指之四駕上飛揚不知其絶也穿銅釜絶鐵鑩胥中決如粢米故曰巨闕王取純鈞薛燭聞之忽如敗有頃懼如悟下階而深惟簡衣而坐望之手振拂揚其華捽如芙蓉始出觀其釽爛如列星之行觀其光渾渾如水之溢於塘觀其斷巖巖如瑣石觀其才煥煥如冰將釋此所謂純鈞耶王曰是也客有直之者有市之鄉二駿馬千匹千戸之都二可乎薛燭對曰不可當造此劒之時赤堇之山破而出錫若耶之溪涸而出銅雨師掃灑雷公擊橐蛟龍捧鑪天帝裝炭太乙下觀天精下之歐冶乃因天之精神悉其伎巧造為大刑三小刑二一曰湛盧二曰純鈞三曰勝邪四曰魚腸五曰巨闕吳

王闔閭之時得其勝邪魚腸湛盧闔閭無道子女死殺生以送之湛盧之劒去之如水行秦過楚楚王卧而寤得吳王湛盧之劒將首魁慓而存焉秦王聞而求不得興師擊楚曰與我湛盧之劒還師去汝楚王不與時闔閭又以魚腸之劒刺吳王僚使披腸夷之甲三事闔閭使專諸為奏炙魚者引劒而刺之遂弑王僚此其小試於敵邦未見其大用於天下也今赤菫之山已合若邪溪深而不測群神不下歐冶即死雖復傾城量金珠玉竭河猶不能得此一物有市之鄉二駿馬千匹千戶之都二何足言哉張景陽七命光如散電質如耀雪形震薛燭光駭風胡或馳名傾秦或夜飛去吳盧湛詩緬成飛沉鮑照詩雙劒將別離先在匣中鳴雌沉吳江裏雄飛入楚城吳江深無底楚闕有崇扃一為天地別豈直限幽明神物終不隔千祀儻還并太白之詩似擬此作故全錄之

其十七

金華牧羊兒乃是紫煙客（齊賢曰）金華山在梓州射洪縣蔚藍洞天有焉婺州亦有金華山葛洪神仙傳皇初平丹溪人也年十五而家使牧羊有道士見其良謹便將至金華山石室中四十餘年忽然不復念家其兄初起入山索初平歷年不能得見後在市中有道士善卜乃問之曰吾有弟名初平因令牧羊失之今四十餘年不知死生所在願道君為占之道士曰金華山中有一牧羊兒姓皇名初平是卿弟非邪初起聞之驚喜即隨道士去尋求果得相見兄弟悲喜因問弟曰羊皆何在初平曰羊近在山東初起往視之了不見羊但見白石無數還謂初平曰山東無羊也初平曰羊在耳但兄自不見之初平便乃俱往看之乃叱

曰羊起於是白石皆變爲羊數萬頭初起曰弟獨得神通如此吾可學否初平曰唯好道便得耳初起便棄妻子留就初平共服松脂茯苓至五千日能坐在立亡行於日中無影而有童子之色後乃俱還鄉里諸親死亡畧盡乃復還去臨去以方授南伯逢易姓爲赤初平改字爲赤松子初起改字爲魯班其後傳服此藥而得仙者數十人焉郭璞遊仙詩駕鴻乘紫煙（士贇曰）劉向列仙嘯父傳贊曰丹火翼輝紫煙成蓋

我願從之遊未去髮已白（士贇曰）史記留侯世家曰願棄人間事從赤松子遊耳沈休文詩所願從之遊史記顏回年二十九而髮白張景陽詩憂來令髮白

不知繁華子擾擾何所迫崐山採瓊蘂可以煉精魄（齊賢曰）阮嗣宗詩昔日繁華子鮑明遠詩擾擾遊宦子崐山崐崘山也西京賦屑瓊蘂以朝飡陸士衡詩上山採瓊蘂江淹詩隱淪駐精魄（士贇曰）枚乘七發曰擾擾若三軍之騰裝選古詩極宴娛心意戚戚何所迫淮南子掘崑崘以下地中有增城九重珠樹玉樹琁樹不死樹在其西沙棠琅玕在其東絳樹在其南碧樹瓊樹在其北楚辭屑瓊蘂以爲粻淮南子愛養其精神撫靜其魂魄不以物易己而堅守虛無之宅者也郭璞江賦紛隱淪之列真挺異人之精魄此亦遊仙詩其間微寓嘆世之意而已

其十八

天津三月時千門桃與李朝爲斷腸花暮逐東流水

〔齊賢曰〕斷腸花猶唐明皇以千葉桃爲銷恨花任昉以萱草花爲療愁花之類言三月之朝人見桃李爛熳春心搖蕩感物傷情腸爲之斷至于日暮花已零落隨逐東流之水左太冲詩云俛仰生榮華咄嗟復凋枯人於斯世正如是耳〔士贇曰〕天津按三輔記云秦始皇并天下都咸陽端門四達以制紫宮渭水貫都以象天河横橋南渡以法牽牛即今所謂天津橋也呂氏春秋水泉東流日夜不休　前水復後水古今相續流新人非舊人年年橋上遊〔齊賢曰〕古詩云新人工織縑故人工織素以縑持比素新人不如故〔士贇曰〕尚書大傳大水小水東流歸海隋江揔詩故人雖故昔經新新人雖新復應故　雞鳴海色動謁帝羅公侯月落西上陽餘輝半城樓〔齊賢曰〕海色曉色也雞鳴之時天色昧明如海氣朦朧狀毛詩雞既鳴矣朝既盈矣東京記上陽宮在皇城西南南臨洛水西連穀水西京記上陽宮西有西上陽宮兩宮夾谷水架虹橋以通往來王仲宣詩白日半西山桑梓有餘輝〔士贇曰〕海色日出之光也曹植詩謁帝承明廬鮑照詩扶宮羅將相夾道列王侯　衣冠照雲日朝下散皇州鞍馬如飛龍黃金絡馬頭〔齊賢曰〕選詩春色藹皇州漢馬太后詔曰前過濯龍門上見外家起居者車如流水馬如遊龍古詩日出東南行一云黃金絡馬頭觀者滿道傍結客少年場云驄馬金絡頭〔士贇曰〕謝靈運詩雲日相輝映鮑照詩表裏望皇州又詠史詩䩨馬光照地　行人皆辟易志氣横嵩丘〔齊賢曰〕項羽傳人馬俱驚

辟易師古曰開張而易其本處懷舊賦俯眺嵩丘即嵩山也(士贇曰)
禮記志氣塞乎天地潘岳懷舊賦不歷嵩丘之山者九年于茲矣
入門上高堂列鼎錯珍羞(齊賢曰)劉孝標辨命論曰開東閣列五鼎周禮珍用八物(士贇曰)選
古樂府入門各自媚孟子曰勿視其巍巍然堂高數仞榱題數尺我
得志弗爲也蜀都賦曰吉辰良置酒高堂家語子路南遊於楚積粟
萬鍾列鼎而食南都賦
珍羞琅玕充溢圓方　香風引趙舞清管隨齊謳七十紫
鴛鴦雙雙戲庭幽(齊賢曰)南都賦齊僮唱兮列趙女坐南歌兮
起鄭舞曹植妾薄相行曰齊謳楚舞紛紛西
京雜記茂陵富人袁廣漢於北邙山下築園激水養紫鴛鴦崔豹古
今注鴛鴦雌雄未嘗相離(士贇曰)任彦升表曰雖室無趙女而門多
好事呂延翰注曰趙女歌舞妓也潘岳詩簫管悲且清梁元帝纂要
齊歌曰謳吳歌曰歈楚歌曰艷謠歌曰哇宋禮樂志鴛鴦七十二羅
列自成行　行樂爭晝夜自言度千秋功成身不退自古多
愆尤(齊賢曰)楊惲與孫會宗書曰人生行樂耳老子曰功成身退天之道也蔡澤曰商君白公吳起大夫種功成不去禍至如
此(士贇曰)選古詩晝短苦夜長何
不秉燭遊李少卿詩三載爲千秋　黃犬空嘆息綠珠成釁讎
(齊賢曰)嶺表錄異梁氏女今白州人有容貌石季倫以眞珠三斛買
之即綠珠也趙王倫專權孫秀使人求綠珠崇不與秀矯詔收崇崇
正當宴樓上謂綠珠曰我今爲爾得罪綠珠泣曰當効死於
官前因自投樓下而死(士贇曰)李斯黃犬事見擬恨賦注　何如

鴟夷子散髮棹扁舟（齊賢曰）史記貨殖傳范蠡既雪會稽之恥乃乗扁舟浮於江湖變名易姓適齊爲鴟夷子皮之陶爲陶朱公富至巨萬師古曰自號鴟夷者言若盛酒之鴟夷多所容受而可卷懷與時張弛（士贇曰）鍾會遺榮賦散髮抽簪永絶一丘後漢書曰袁閎散髮絶世張孟陽詩散髮歸海隅此詩之作其有所諷歟大意蓋謂天律橋水閣人亦多矣富與貴者自謂可以長保而不知退安知其無李斯石崇之禍乎何如范蠡之勇退爲高也今以唐史攷之謾舉最顯者而言如國忠毛仲輩後皆遭難則太白此詩亦可謂有先見之明者矣

其十九

西嶽蓮花山迢迢見明星素手把芙蓉虚歩躡太清（齊賢曰）蓮華山在華陰集仙傳明星玉女居華山服玉漿白日升天古詩纖纖出素手王逸注楚辭芙蓉蓮花也洞仙傳茅濛入華山修道白日升天先邑中歌曰神仙得者茅初成駕龍上昇入太清又孫文陽王文上與呂文敬曰我三人皆太清太和府仙人來採藥以成新學者（士贇曰）爾雅華山爲西嶽尚書西巡狩至于西岳注曰西岳華山華山記曰山頂有千葉蓮花服之羽化因名曰華山焉古詩迢迢牽牛星集仙録明星玉女者居華山服玉漿白日昇天中頂石龜其廣數畝高三仞其側有梯磴皆見玉女祠前有五石臼號曰玉女洗頭盆其中水色碧緑澄徹雨不加溢旱不減耗祠内有玉石馬一疋焉淮南子臺簡以游太清

霓裳曳廣帶

飄拂昇天行（齊賢曰）鮑照昇天行一云雲卧恣天行（士贇曰）楚辭青雲衣兮白霓裳古樂府攬衣曳長帶　邀

我登雲臺高揖衛叔卿（齊賢曰）廣記衛叔卿中山人漢儀鳳二年八月武帝閑居殿上忽一人乘雲車駕白鹿從天而下年可三十許帝驚問曰我中山衛叔卿帝[illegible]中山乃朕臣叔卿默然不應忽不知所在（士贇曰）謝靈運詩高揖七州外唐開元記華岳記雲臺觀中方寸上有山崛起神仙傳衛叔卿者中山人也服雲母得仙漢儀鳳二年八月壬辰孝武皇帝閒居殿上忽有一人乘雲車駕白鹿從天而下來集殿前其人年可三十許色如童子羽衣星冠帝乃驚問曰為誰答曰我中山衛叔卿也帝曰子若是中山人是朕臣也可前共語叔卿本意謂帝謂帝好道見之必加優禮而帝問云是朕臣也於是大失意望默然不應忽焉不知所在帝甚悔恨即遣使伯梁求見其子度世之華山尋之到其嶺絶巖之下望見其父與數人博戲于石上紫雲鬱鬱於其上白玉為床有數仙童執節立其後

恍恍與之去駕鴻凌紫冥（齊賢曰）郭璞遊仙詩駕鴻乘紫煙沈休文詩實至駕鴻輕鴻太白為翰林供奉道不合辭去浪跡天下已而祿山反僭號洛陽則太白身能全身遠害矣（士贇曰）老子曰恍恍惚惚其中有物

俯視洛陽川茫茫走胡兵流血塗野草豺狼盡冠纓（士贇曰）孟子曰登太山而小天下蓋登泰華山而望之則俯視洛陽矣戰國策秦王謂唐且曰天子之怒伏屍百萬流血千里揚子原野厭人之肉川谷流人之血司馬相如喻巴蜀檄肝腦塗中原膏液潤野草曹植詩豺狼當路衢李善因豺狼以喻小人也

按唐史至德間府庫無蓄積朝廷專以官爵賞功諸將出軍皆給空名告身自開府特進列卿大將軍下至中郎郎將聽臨事注名其後又聽以信牒授以官爵有至異姓王者諸軍但以職任相統攝不復計官爵高下及清渠之敗復以官爵收散卒由是官爵輕而貨重大將軍告身一通纔易一醉凡應募入軍者一切衣金紫稱大官而執賤役者名器之濫至是而極焉安史亂離之際朝廷借回紇兵復兩京故曰茫茫走胡兵復用官爵賞功不分流品故曰豺狼盡冠纓也太白此詩似乎紀實之作豈祿山入洛陽之時太白適在雲臺觀乎

其二十

昔我遊齊都登華不注峯茲山何峻秀綠翠如芙蓉

齊賢曰按左傳成公二年齊頃公與晉郤克戰于鞌齊師敗績逐之三周華不注九域志華不注在濟南府舊為齊州爾雅荷芙蕖郭璞曰別名芙蓉士贇曰按桑欽水經濟水入東北華不注山酈道元註曰單椒秀澤不連陵以自高虎牙桀立孤峯特拔以刺天青崖翠發望同點黛山下有華泉

蕭颯古仙人了知是赤松借予一白鹿自挾兩青龍

齊賢曰列仙傳赤松子神農時雨師服水玉教神農能入火不燒常居西王母石室中周義眞入龍嶠山見羨門子乘白鹿而行士贇曰列仙傳衛叔卿乘雲駕鹿傳于華山石上追之不可得又呼子先者漢中關下卜師壽百餘歲臨去呼酒家嫗令急裝便有仙人持二茅狗來至子先持一與酒嫗因各騎之乃龍也上華陰常於山大呼曰子先酒母在此此用其事以伸己意

也
含笑凌倒景欣然願相從（齊賢曰）沈休文詩一舉凌倒景凌陽子賞子明經曰倒景無去
地四千里其景皆倒下也（士贇曰）陶潛賦曰含言笑而不分惟兩子忻忻然常自以為治漢酈食其傳曰吾所願從游沈休文詩所願從
之游
泣與親友別欲語再三咽（齊賢曰）陸士衡詩嗚咽辭密親詩曰中心如噎謂噎憂不能息
也（士贇曰）陸機詩親友多零落選古詩一彈再三嘆
勗君青松心努力保霜雪（齊賢曰）北山移
文青松落陰白雲誰侶蘇子卿努力愛春華（士贇曰）尚書勗哉注曰勉也鮑照詩願君松栢心採照無窮極禮記其在人也如松栢之有
心也故貫四時不改柯易葉劉孝標絕交論援青松而示心指白水而旌信莊子天寒既至霜雪既降吾是以知松栢之茂也
世
路多險艱白日欺紅顏分手各千里去去何時還（齊賢
曰）王仲宣詩悠悠世路亂離多阻曹子建詩去去莫復道（士贇曰）顏延年詩首路喝險艱鮑照詩紅顏難長時易戢又紅顏零落歲將暮
寒光宛轉時欲沉江淹別賦曰造分手而銜涕謝宣遠詩分手東城闉古詩離家千里客蘇子卿詩去去從此辭江淹詩游子何時還
在世復幾時倏如飄風度空閶紫金經白首愁相誤
齊賢曰大藥謚一云紫金大丹若人服食自然不死古詩服食求神仙多為藥所誤（士贇曰）鮑照詩丈夫生世會幾時陶潛歸去來辭曰寓
形宇内復幾時曷不委心任去留又詩一生復能幾倏如流電驚孫子兵法曰速如飄風抱朴子曰鄭生唯見授金丹之經謝惠連詩毋

貽白首歎

撫己忽自笑沉吟為誰故名利徒煎熬安得閑余步

（齊賢曰）阮籍詩膏火自煎熬曹子建詩志士營世業小人亦不閑（士贇曰）曹孟德詩但為君故沉吟至今楚辭王逸九思怨上曰我心兮煎熬惟是兮用憂沈約詩聊可閑余步

終留赤玉舄東上蓬萊路秦帝如我求蒼蒼但煙霧

（士贇曰）列仙傳安期生留赤玉舄報秦始皇曰後數年求我於蓬萊山詳見第七首詩註莊子天之蒼蒼其正色邪江淹詩太谷晦蒼蒼此篇遊仙詩意分三節第一節謂從仙人以遠遊第二節謂別親友而鳴咽第三節是位別之際忽翻然自悟而笑曰沉吟位別者為誰故哉在世幾時不過為名利煎熬耳於己分上事初何所益末四句是決意遠遊之辭謂終當高舉但留遺跡於人間雖帝者求之且不可得豈更復為親友之戀哉此詩恐其是一時與親友話別者故中有不能忘情之詞未有求訣割斷之語也

其二十一

郢客吟白雪遺響飛青天徒勞歌此曲舉世誰為傳試為巴人唱和者乃數千

（齊賢曰）宋玉對楚王問曰客有歌於郢中者其始曰下里巴人國中屬而和者數千人其為陽阿薤露國中屬而和者數百人其為陽春白雪國中屬而和者數十人引商刻羽雜以流徵國中屬而和者不

過數人而已是其曲彌高其和彌寡陸士衡詩遺響入雲漢呑聲何足道歎息空凄然(齊賢)曰張奐與崔元始書曰匈奴若非其罪何肯呑聲寡婦賦撫衾裯而歎息(士贇)曰鮑照詩心非木石豈無感呑聲躑躅不敢言江淹恨賦莫不飲恨而呑聲陶潛詩歌竟長歎息持此感人多漢薄姬傳漢王心悽然憐薄姬莊子曰客悽然變容此篇感歎之詩也高才者知遇之難卑污者投合之易古猶今也士負才而不遇能不讀其詩而爲之呑聲歎息也歟

其二十二

秦水別隴首幽咽多悲聲胡馬顧朔雪躞蹀長嘶鳴(齊賢)曰三秦記隴坻在天水郡其坂九回登者七日乃越上有水四注下名隴頭水毛萇詩傳咽憂不能息感舊賦胡馬仰朔雲嘯賦奏胡馬之長嘶向寒風乎北朔赭白馬賦望朔雲而蹀足(士贇)曰隴頭水事見一卷註魏武帝詩北風聲正悲選古詩胡馬依北風鮑照詩胡風吹朔雪千里度龍山又安能蹀躞垂羽翼感物動我心緬然含歸情(齊賢)曰張景陽詩感物多所懷沈憂結心曲又曰感物多思情賈逵曰緬思貌(士贇)曰曹植詩感物傷我懷阮籍詩遠望令人悲春氣感我心陸機詩曰緬然若雙潛陶潛詩曰緬然睇層丘昔視秋蛾飛今見春蠶生嫋嫋桑柘葉萋萋柳垂榮(齊賢)曰毛詩昔我往矣楊柳依依今我來思雨雪霏霏曹子建詩昔我初遷朱華未稀今我旋止素

季雲飛太白意同此昔我在此見秋蛾之飛今餘改歳春蠶生兮天桑華如結柳條爭榮猶未得歸（士贇曰）沈休文詩寧憶春蠶起楚辭嫋嫋兮秋風王逸曰嫋嫋風吹木動貌謝玄暉詩桑柘起寒煙嵇康詩萋萋綠林舊榮揚暉

急節謝流水羇心搖懸旌揮涕且復去惻愴何時平（齊賢曰）王逸楚辭注謝去也謂時節之去如流水之急戰國策楚王曰寡人心搖搖如懸旌終無所泊陸士衡樂府云行行將復去又挽歌揮涕涕流離袁彥道詩惻愴心哀傷（士贇曰）曹植與呉質書曰日不我與曜靈急節孔子家語曰文伯卒敬姜曰二三婦無揮涕王肅曰揮涕不哭以手揮之也王粲詩揮涕獨不還顏延年詩惻愴山陽賦江淹別賦去復去兮長河湄又寢興何時平此篇別情之詩也其亦感物興悲觸景傷懷也歟

其二十三

秋露白如玉團團下庭綠我行忽見之寒早悲歳促（齊賢曰）庭綠庭草也張景陽詩晩節悲年促郭泰機詩天寒知運速（士贇曰）江淹賦秋露如珠秋月如珪明月白露光陰往來詩野有蔓草零露團兮注云漙漙然盛多貌漙本作團徒端切謝惠連詩團團蒲葉露張景陽詩庭草萋以綠曹植詩庭中有華樹綠葉發華滋

人生鳥過目胡乃自結束景公一何愚牛山淚相續（齊賢曰）張景陽詩人生瀛海內忽如鳥過目又蕩滌於邪志何為自結束晏子春秋曰景公遊牛首山北臨其國流涕曰若何去此而死

〔士贇曰〕列子齊景公遊於牛山北臨其國城而流涕曰美哉國乎鬱鬱芊芊若何滴滴音步郎切或作滂滂去此國而死乎使古無死者寡人將去斯而之何艾孔梁丘據皆從而泣曰臣賴君之賜疏食惡肉可得而食駑馬稜車可得而乘也且猶不欲死而况吾君乎晏子獨笑於旁公雪涕而顧晏子曰寡人今日之游悲孔與據皆從寡人而泣子之獨笑何也晏子對曰使賢者常守之則太公桓公將常守之矣使有勇者而常守之則莊公靈公將常守之矣數君者將守之吾君方將簑笠而立乎畎畝之中唯事之恤何暇念死乎則吾君又安得此位而立焉以其迭處之迭去之至於君也而獨為之流涕是不仁也見不仁之君見諂諛之臣臣見此二者臣之所為獨竊笑也景公慙焉舉觴自罰罰二臣者各二觴焉

物苦不知足得隴又望蜀人心若波瀾世路有屈曲三萬六千日夜夜當秉燭

〔齊賢曰〕光武敕岑彭書曰人苦不知足既得隴復望蜀魏公苦寒行羊腸坂詰屈古詩晝短苦夜長何不秉燭遊〔士贇曰〕三萬六千日人生百年之光景也雖太白造詞如此然其意却祖於左傳絳縣人年長矣有與疑年使之年曰臣小人也不知紀年臣生四百有四十五甲子矣師曠曰七十三年矣士文伯曰二萬六千六百有六旬此所謂奪胎換骨使事而不為事使者歟此篇大意謂人生在世少而壯壯而老老而死猶春而夏夏而秋秋而冬冬四時代謝功成者去理之常也柰何畏死戀戀斯世常懷不足之嘆而謬用其心哉既如此不知止足則百年之內惟當夜夜遊宴以留連光景而已識者觀之豈不大可笑歟太白此詩言不盡意而意在其中非聖於詩者孰能與此

其二十四

大車揚飛塵亭午暗阡陌中貴多黄金連雲開甲宅(齊賢曰)毛詩大車檻檻劉公幹詩廣路揚埃塵天台賦羲和亭午風俗通南北曰阡東西曰陌中貴中都貴人也史蘇秦既爲從長佩六國相印過洛陽昆弟妻嫂側目不敢仰視秦笑曰何前倨而後恭也嫂曰見季子位高金多也漢書音義有甲乙次第故曰甲第宣帝賜霍光甲第一區選詩王侯多第宅甲宅猶甲第也(士贇曰)漢田蚡傳治宅甲諸第田園極膏腴

路逢鬪雞者冠蓋何輝赫鼻息干虹蜺行人皆怵惕(齊賢曰)蘇秦說齊宣王曰臨菑民鬪雞走狗陳思王名都篇鬪雞東郊道左太沖詩冠蓋蔭四術齊長沙威王昱光當沈彼之事起昱光多從武容赫奕都街人曰煥煥蕭四繖鼻息軒鼻也劉邵趙郡賦呴煦氣成虹蜺孟子人皆有怵惕惻隱之心(士贇曰)按唐五行志玄宗好鬪雞貴臣外戚皆尚之賢者或弄木雞又陳鴻撰東城老父傳云賈昌生七歲趫捷過人解鳥語音玄宗在藩邸時樂民間清明節鬪雞戲及即位治雞坊于兩宮間索長安雄雞金尾鐵距高冠昂尾千數養于雞坊選六軍小兒五百人使馴擾教飼之上好之民風尤甚諸王外戚貴主侯家傾帑破産以償雞直都中男女以弄雞爲事貧者弄假雞帝出遊見昌弄木雞於雲龍門道旁召入爲雞坊小兒衣食右龍武軍昌三尺童子入雞群如狎群小壯者弱者勇者怯者水穀之時疾病之候悉能知之舉二雞畏而馴使之如人護雞坊中謁者王承恩言於玄宗召試殿庭皆中帝意即日爲

五百小兒長天子甚愛幸之金帛之賜日至其家開元十三年雞籠三百從東封父忠死太山下得子禮奉尸歸葬雍州縣官為葬器喪車乘傳洛陽道十四年三月衣鬪雞服會玄宗于温泉當時天下號為神雞童時人為之語曰生兒不用識文字鬪雞走馬勝讀書賈家小兒年十三富貴榮華代不如能令金距期勝負白羅繡衫隨軟轝父死長安千里外差夫治道挽喪車八月五日千秋節賜天下酺或酺于洛元會與清明節率皆在驪山每至是日萬樂具舉六宮必從昌冠鵰翠金華冠錦袖繡襦袴執鐸拂導群雞敘立于廣場顧眄如神指揮風生樹毛振翼礪吻磨距抑怒待勝進退有期隨鞭指低昂不失昌度勝負既決彊者前弱者後隨昌鴈行歸于雞坊角觝萬夫跳劍尋橦蹴毬踏繩舞于竿顛者意索氣沮已逡巡不敢入豈教猱擾龍之徒歟太白此詩似為此等而作西都賦冠蓋如雲荀子日月不尚其輝不赫曹植七啓慷慨則氣成虹蜺尚書怵惕惟厲莊子怵惕之恐不監於心

世無洗耳翁誰知

堯與跖（齊賢曰）琴操云堯大許由之志禪為天子由以其不善乃臨河而洗耳莊子柳下季之弟名盜跖從卒九千人橫行天下侵暴諸侯究室樞戶驅人牛馬（士贇曰）逸士傳巢父堯時隱人年老以樹為巢而寢其上故人號為巢父堯之讓許由也由以告巢父巢父曰汝何不隱汝形藏汝光非吾友也乃擊其膺而下之許由悵然不自得乃遇清泠之水洗其耳目曰嚮者聞言負吾友遂去終身不相見樊仲父牽牛飲之見巢父洗耳乃驅牛還恥令牛飲其下流也史淮陰傳蒯通曰跖之犬吠堯非其主也此篇諷刺之詩蓋為賈昌輩而作末句謂世無高識者故莫知此等之為跖行而太白輩為賢人也亦太白不遇而自嘆歟

其二十五

世道日交喪澆風散淳源不採芳桂枝反棲惡木根所以桃李樹吐花竟不言〔齊賢曰〕莊子曰唐虞始為天下梟淳散朴許慎淮南子注澆薄也梟與澆同王逸注楚辭桂樹芬芳以興屈原之忠良也管子曰士懷耿介之心不蔭惡木之枝離騷擥木根以結茝兮貫薜荔之落蘂李廣贊桃李不言下自成蹊〔士贇曰〕莊子世喪道矣道喪世矣世與道交相喪矣晉武帝紀制曰武皇制奢俗以變儉約正澆風而反淳朴選王簡栖撰頭陀寺碑文澆風上扇淳源下黷愛流成海情塵爲岳古詩蘭芳無人采淮南招隱賦攀援桂枝兮聊淹留陸士衡詩熱不息惡木陰劉向說苑曰夫樹桃李者夏得休息秋得食焉

大運有興沒群動爭飛奔歸來廣成子去入無窮門〔齊賢曰〕淵明詩日入群動息莊子黃帝見廣成子問曰敢問治身若何而可以長久廣成子曰無視無聽抱神以靜形將自正必靜必清無勞汝形無搖汝精乃可以長生黃帝再拜曰廣成子之謂天矣廣成子曰彼物無窮而人皆以爲終彼物無測而人皆以爲極今夫百昌皆生於土而反於土故余將去汝入無窮之門以遊無極之野吾與日月參光吾與天地爲常〔士贇曰〕史天官書曰亦有大運顏延年詩飛奔互流綴宋玉招䰟曰歸來歸來不可以託些此篇謂世不知有道者之可尊是世喪道矣有道者見世如此遂亦無心用世焉非所謂道喪世者歟故曰交相喪也於是淳源爲澆風所散無復古道矣不

採芳桂枝者以比有道者不見用反棲惡木根者以比不道者反見用焉此兩句伸上世喪道之意也所以桃李樹吐花竟不言者以比有道者見世不重道亦遂獨善其身而終身隱黙焉耳此兩句伸上道喪世之意也大運有興沒羣動爭飛奔者謂有道者不用世而舉世遂無知道之人於是乎暁風曰扇淳原日散大運有與有沒而世之人膠膠擾擾汩汩於情慾聲利之中不過如昆蟲鳥獸之爭飛奔而已可勝嘆哉歸來廣成子去入無窮門者乃太白見得世道如此决意爲有道者之歸廣成子乃上古有道之人黄帝之師故托廣成子而言也吁讀此詩者百世之下猶有感激

其二十六

碧荷生幽泉朝日豔且鮮秋花冒綠水密葉羅青煙

(齊賢曰)搴芙蓉兮木末王逸注芙蓉荷也生水中玉篇荷芙蕖蓮荷實杜預注左傳美色曰豔曹子建詩朱華冒綠池謝莊詩秋榮冒水陽景福殿賦朝日曜而增鮮陸士衡詩密葉成翠幄曹植詩被服麗且鮮陸機毛詩草木疏曰松蘿蔓松而生枝正青

秀色空絕世馨香竟誰傳坐看飛霜滿凋此紅芳年

(齊賢曰)張衡七辨曰淑性窈窕秀色美豔陸士衡樂府秀色若可飡尚書至治馨香七命曰飛霜迎節(士贇曰)李延年歌曰北方有佳人絕世而獨立于康琚詩凝霜凋朱顏

結根未得所願託華池邊

(齊賢曰)古詩結根太山阿史記崑崙山上有華

池陸士衡詩移居華池邊（士贇曰陸機詩結根奧且堅孟子得其所
哉魏文帝詩夕宴華池陰此篇荷興華池比也興謂君子有絕世之
行顯於僻野而不爲世所知常恐老之將至而所抱不見於所
用安得託身於朝廷之上而用世哉是亦太白自傷之意也歟

其二十七

燕趙有秀色綺樓青雲端（齊賢曰古詩燕趙多佳人美者顏如玉羅敷艷歌秀色若可餐陸士
衡詩飛陛躡雲端（士贇曰古詩西北有高樓上與浮雲齊交疏結綺
窗阿閣三重階淮南子曰魏闕之高上際青雲子虛賦曰上干青雲
眉目艷皎月一笑傾城歡常恐碧草晚坐泣秋風寒
（齊賢曰艷歌淑貌耀皎月美女篇曰容華耀朝日漢書李延年歌北
方有佳人絕世而獨立一顧傾人城再顧傾人國班婕妤怨歌行常
恐秋節至涼飆奪炎熱亦此意（士贇曰莊子眉目顏色之好
宋玉好色賦嫣然一笑惑陽城迷下蔡江淹詩閨草含碧滋纖手
怨玉琴清晨起長嘆焉得偶君子共乘雙飛鸞（齊賢曰陸
機詩佳人撫琴瑟纖手清且閑名都篇曰清晨復來還美女篇盛年
處房室中夜起長嘆左傳嘉耦曰妃又曰齊大非吾偶江淹詩盡
作秦王女乘鸞向煙霧陸士衡詩思駕歸鴻羽比翼雙飛翰（士贇曰
詩云窈窕淑女君子好逑曹植詩結髮辭嚴親來爲君子仇此詩比
興與二十六首同意謂懷才抱藝之士惟恐未見用之時而老之將
至思得君子而附離與共爵位而用世也士有志而不遇者讀之能

不一唱三嘆而有餘悲也邪

其二十八

容顏若飛電時景如飄風（士贇曰）陶潛詩東方有一士常有好顏容孫子兵法曰速如飄風草綠霜已白日西月復東（士贇曰）張景陽詩秋草含綠滋春秋元命苞曰霜以殺草記哀公問日月東西相從而不已華鬢不耐秋颯然成衰蓬古來賢聖人一一誰成功（齊賢曰）人之容色易變如時景易過草綠俄白旦晝俄夜不覺蒼鬢颯然成衰蓬矣劉備見髀裏肉生慨然流涕曰日月如流老將至矣而功業不建是以悲耳（士贇曰）古詩萬歲更相送聖賢莫能度君子變猿鶴小人爲沙蟲（齊賢曰）抱朴子曰周穆王南征久而不歸一軍皆化君子爲猿鶴小人爲蟲沙（士贇曰）造化權輿所載作周昭王南征餘仝不及廣成子乘雲駕輕鴻（齊賢曰）莊子廣成子曰我修身二千百歲吾形未嘗衰又連叔曰藐姑射之山有神人肌膚若冰雪綽約若處子吸風飲露乘雲氣駕飛龍而遊乎四海之外沈休文詩賓至駕輕鴻（士贇曰）神仙傳廣成子者古之仙人也居崆峒之山石室之中漢武帝內傳曰王母乘紫雲之輦駕九色斑麟郭璞遊仙詩曰駕鴻乘紫煙此言人暫少忽老光景易流千變萬化未始有極然不若仙化之爲高尚也

其二十九

三季分戰國七雄成亂麻(齊賢曰)三代之季分爲戰國韓魏燕趙齊楚秦號爲七雄春秋孔演圖天運三百歲雖雄代起班固賓戲七雄虓闞分裂諸夏前漢天文志秦以兵兼六國外攘四夷死人如亂麻(士贇曰)國語郭偃曰夫三季王之冝亡也韋昭曰季末也三季王桀紂幽王也

王風何怨怒世道終紛拏(齊賢曰)王風王國之風黍離以下是也(士贇曰)詩大序亂世之音怨以怒又關雎麟趾之化王者之風淮南子曰芒繁紛拏以相交持又芒繁亂澤巧僞紛拏

至人洞玄象高舉淩紫霞仲尼欲浮海吾祖之流沙(齊賢曰)至人至德之人至人洞知天數不興堯舜之運乃高舉遠引出風塵之表故孔子曰道不行乘桴浮于海老子西出關以升崑崙關令尹喜占風逆知當有神人來過乃掃道四十里見老子老子知喜命應得道乃停關中以長生之事授喜喜又請教誡老子語之五千言喜退而書之名道德經乃與喜俱之流沙之西服巨勝實莫之所終(士贇曰)淮南子夫至人登太皇馮太一玩天地于掌握之中易曰縣象著明莫大乎日月抱朴子曰故聾瞽在乎形器則不信豐隆之與玄象矣陸士衡詩輕舉乘紫霞唐以老子爲祖太白乃興聖皇帝九世孫故稱吾祖

聖賢共淪沒臨岐胡咄嗟(齊賢曰)古詩聖賢莫能度左思詩咄嗟復凋枯抱朴子曰且夫深入九泉之下長夜罔極始爲螻蟻之粮終與塵壤同體令人怛然心熱不覺咄嗟(士贇曰)此詩其作於安史

剗離之後遭難被黜之時乎不然何有羨乎古人之高飛遠舉者邪其志亦可哀矣

其三十

玄風變太古道喪無時還(齊賢曰)玄素之風變乎太古大道淪喪不可復還季世之人以榮枯得喪爲一身之損益徇名利是趨(士贇曰)江淹詩玄風空外慕庾元規表曰沐浴玄風梁昭明太子文選序曰式觀元始眇覿玄風列子太古之人從心而動不違自然莊子曰道喪世矣江淹詩遊子無時還擾擾季葉人鷄鳴趨四關(齊賢曰)孟嘗君入秦秦昭王囚之得釋即馳去夜半至函谷關關法鷄鳴出客孟嘗君客有能爲雞鳴而雞盡鳴遂發傳出如食頃秦追果至鮑明遠詩鷄鳴關吏起陸機洛陽記云洛陽有四關東成臯南伊闕北孟津西函谷綿客行一云升高臨四關(士贇曰)鮑明遠詩擾擾遊宦子季葉末世也孟子雞鳴而起孳孳爲利者跖之徒也但識金馬門誰知蓬萊山(齊賢曰)史記宦者門旁有銅馬故謂金馬門馬援傳武帝時相馬者東門京鑄銅馬法獻之詔立於魯班門外更名金馬門蓬萊山見其七註(士贇曰)三輔黃圖金馬門武帝得大宛馬以銅鑄像立於司馬門因以爲名東方朔主父偃嚴安徐樂皆待詔金馬門此言人但知人間之富貴而不知海外之仙景也白首死羅綺笑歌無時閑(士贇曰)左思詩白首不見招西京賦似不任乎羅綺綠酒哂丹液青娥凋素顏(齊賢曰)抱朴子曰余昔從鄭君受九

冊及金銀㡲經晉白太康元年爲䴊淥酒于太廟宋南平王白紵舞曲曰佳人舉袖曜青蛾方言秦晉間美貌謂之娥〔士贇曰〕陶潛詩綠酒開芳顏王康琚詩凝霜凋朱顏

大儒揮金椎琢之詩禮間蒼蒼三珠樹冥目焉能攀〔齊賢曰〕莊子儒以詩禮發冢大儒臚傳曰東方作矣事之何若小儒曰未解裙襦口中有珠詩固有之曰青青之麥生於陵陂生不布施死何含珠爲接其鬢壓其顪儒以金椎控其頤徐別其頰無傷口中珠淮南子凡海外三十六國三珠樹在其東北方有玉樹在赤水之上崑崙華丘在其東南方曹植詩山樹鬱蒼蒼〔士贇曰〕此詩太白感時憂世之作也意謂古道日喪季世之人不復返樸徂役於名利聲色之場至死不悟所謂儒者又皆假經誤世之人借儒術以行其竊取之心漢諺所謂懸牛頭賣馬脯盜跖行孔子語者皆是也彼豈知大道無爲自然之化哉三珠之樹喻大道也雖蒼蒼在前乃如之人目冥然無見安能攀而至乎憂憤之意微而顯矣

其三十一

鄭客西入關行行未能已白馬華山君相逢平原里璧遺鎬池君明年祖龍死〔齊賢曰〕史秦始皇紀三十六年使者從關東夜過華陰平舒道有人持璧遮使者曰爲吾遺鎬池君因謂曰今年祖龍死使者問其故因忽不見置其璧去使者奉璧具以聞始皇默然良久曰山鬼固不過

知一歲事也退言曰祖龍者人之先也使御府視璧乃二十八年行渡江所沉璧也於是始皇卜之卦得游徙吉遷北河榆中三萬家拜爵一級註云服虔曰鎬池君水神也張晏曰武王居鎬鎬池君則武王也武王伐商故神云始皇荒淫若紂矣今亦可伐也孟康曰長安西南有鎬池索隱曰按服虔云水神是也江神以璧遺鎬池之神告始皇之將終也且秦水德王故其君將亡水神先自相告也蘇林曰祖始也龍人君象謂始皇也服虔曰龍人之先象也言王亦人之先也應劭曰祖人之先龍君之象選詩行行重行行

秦人相謂曰吾屬可去矣一往桃花源千春隔流水

齊賢曰秦地之人知天下將亂乃相率避之入桃源中與斯世隔絶矣漢書云吾屬無患矣陶淵明桃花記晉太元中武陵漁人捕魚爲業緣溪行忽逢桃花夾岸芳華鮮美落英繽紛漁人異之前行盡水源便得一山有小口捨舟從口入豁然開明屋舍儼然有良田美地桑竹之屬男女衣着悉如外人黃髮垂髫見漁人驚問還家設酒殺雞作食自云先世避秦時亂來此問今是何世乃不知有漢無論魏晉停數日辭去既去得其船便扶向路處及郡下詣太守說如此太守即遣人隨其往迷不復得路後遂無問津者士贇曰危邦不入亂邦不居明哲保身之道也太白亦深羨夫避秦之人見幾而作卒能全身遠害者乎太白始遭永王璘之逼迫繼而不能自白竟遭竄逐之禍罹憂而有羨其志亦可哀也已秦人相謂曰吾屬可去矣此兩句是暗用史所謂侯生盧生相與謀曰始皇爲人天性剛戾樂以刑殺爲威秦法不得兼方不驗輒死貪於權勢至如此未可爲求仙藥於是乃亡去之事脱胎換骨了無斧鑿痕跡非聖於詩者孰能與於此乎此事

蟬在三十五年然借事爲議論不相害也千春事却祖謝眺酬德賦吹萬化而不喧度千春之可並齊天地於倏忽安事人間之紆婞哉

其三十二

蓐收肅金氣西陸弦海月（齊賢曰）左傳蔡墨曰少皥之子曰重曰該曰脩曰熙實能金木及水使重爲句芒該爲蓐收脩及熙爲玄冥杜預注秋物摧蓐而可收也山海經西方神蓐收左耳有蛇乘兩龍人面有毛虎爪執鉞金神也郭璞詩蓐收清西陸漢書日行西陸謂之秋曆書晦朔弦望初八日上弦二十三日下弦（士贇曰）記月令孟秋之月其神蓐收凉風至寒蟬鳴盛德在金魏伯陽周易參同契曰上弦平如繩下弦亦如之謂如弓之弦也

秋蟬號階軒感物憂不歇（齊賢曰）陸士衡詩感物百憂生謝靈運詩遇物難可歇杜預注左傳歇盡也（士贇曰）記月令孟秋寒蟬鳴古詩秋蟬鳴樹間曹植詩感物傷我懷撫心長太息古歌行感物懷所思謝靈運詩慼慼感物嘆謝惠連詩念離情未歇

良辰竟何許大運有淪忽（齊賢曰）阮嗣宗詩良辰在何許（士贇曰）謝靈運詩序良辰美景賞心樂事四者難并何晏景福殿賦乃大運之攸戾

天寒悲風生夜久衆星沒（士贇曰）選古詩海水知天寒楚辭哀江介之悲風李少卿詩遠望悲風至選古詩一云愁多知夜長仰觀衆星列

惻惻不忍言哀歌逮明發（齊賢曰）謝靈運詩惻惻廣陵散毛詩明發不寐顏延年詩明發動愁心（士贇曰）歐陽建詩惻惻心中酸劉琨詩哽咽不能言王粲詩不忍聽此

言左思詩哀歌和漸離謂若傍無人王景玄詩哀歌送苦言鮑照詩箏歌待明發此詩悲秋者之詩也自古志士感秋而悲者何蓋天道一歲之運猶人生一世之期也時至於秋歲功成矣老之將至功業未建名聲不昭能不感此而興悲邪嗟夫士有志而不遇於時者千載讀之同一悲感也

其三十三

北溟有巨魚身長數千里仰噴三山雪橫吞百川水〔齊賢曰〕三山蓬萊方丈瀛洲周書禹渫七十川以利天下尚書大傳百川趨於海木玄虛海賦魚則橫海之鯨突扤孤遊噏翕波則洪連䠞踖吹澇則百川倒流〔士贇曰〕此詩首尾莊子事詳見一卷大鵬賦註憑陵隨海運燀赫因風起〔齊賢曰〕道韞雪詩未若柳絮因風起王仲宣詩鶤鵠摩天遊〔士贇曰〕左傳馮陵我城郭莊子曰鷲揚而奮鬐白波若山海水震蕩聲侔鬼神燀赫千里東方朔七言曰折羽翼兮摩蒼天古鳥生八九子歌曰黃鵠摩天極高飛吾觀摩天飛九萬方未已

此詩言志之作也

其三十四

羽檄如流星虎符合專城〔齊賢曰〕說文檄以木簡為書長二尺以徵召魏武奏事曰若有急則

插以雞羽謂之羽檄漢制計戶點兵凡民二十三為正一歲為衛士一歲為材官騎士有事則命中都官將之制越則發會稽豫章兵擊胡則發齊遼東開西南夷則發巴蜀文帝二年初與郡守為銅虎符竹使符注以符代古者珪璋各分其半右留京師左以與之嚴助傳武帝曰吾新即位不欲出虎符發郡國兵（士贇曰）漢書高祖曰吾以羽檄徵天下兵子虛賦奔星注顔師古曰流星也晉書志曰流星天使也古詩四十專城居

喧呼救邊急群鳥皆夜鳴（齊賢曰）晉載記云符堅入寇安張氏諫曰諺云雞夜鳴者不利行師秋冬以來衆雞夜鳴（士贇曰）史歷書曰戰國並爭在於彊國禽敵救急解紛而已曹植詩邊城多警急鵴照詩要途問邊急莊子鴻蒙曰亂天之經逆物之情玄天弗成解獸之羣而鳥皆夜鳴災及草木禍及昆蟲噫治人之過也淮南子曰故人主有伐國之志邑犬羣嘷雄雞夜鳴庫兵動而戎馬驚此言一時之喧呼驚擾栖鳥亦不得以安其巢至於夜鳴也

白日曜紫微三公運權衡天地皆得一澹然四海清（齊賢曰）甘氏星經紫微宮一十四星在北斗北注云東垣七西垣七主大帝之坐書三公燮理陰陽故漢有日食地震水火之災則策免三公北斗第一星為天樞第二星曰璿第三星曰璣第四星曰權第五星曰衡第六星曰闓陽第七星曰招搖光老子云天得一以清地得一以寧王侯得一以為天下貞書曰求清四海（士贇曰）左思詩皓天舒白日晉天文志紫宮垣一曰紫微天帝之座也天子之常居也又曰為太陽之宗人君之象書茲惟三公論道經邦漢天文志南宮朱鳥權衡楊雄長楊賦海內澹然永無邊城之災金革之患江淹詩天地皆得一名實久

相賓

借問此何爲答言楚徵兵渡瀘及五月將赴雲南征

(齊賢曰)漢書高祖曰吾以羽檄徵天下之兵地志瀘水出牂柯郡句町縣諸葛亮出師表五月渡瀘深入不毛今戎瀘之間有渡瀘亭又戎州對江山下亂下臨馬湖蠻江路蠻自江水泌至城下疑是渡瀘遺跡按沉黎志亮南征由今黎州路黎州四百餘里至兩林蠻自兩林南瑟琶部三程至舊嶲州十程至瀘水自瀘水四程至弄棟即姚州地唐開元末皮邏閣逐河蠻取大和城天子賜名歸義歸義以利啖劍南節度求合南詔爲一寝以驕大删爲雲南王治大和城天寶七年歸義死閣羅鳳襲王鮮于仲通領劍南節度下忿少方略故事南詔嘗與妻謁都督過雲南太守張虔陀私之多所求丐羅鳳不應虔陀數詬歉之陰表其罪由是忿怨反發兵攻虔陀殺之取姚州及小夷州凡三十二明年仲通自將出靖州羅鳳遣使謝罪願還所虜得自新如不聽則歸命吐蕃恐雲南非唐有仲通怒因使者進薄白厓城大敗引還羅鳳遂北臣吐蕃會楊國忠以劍南節度使當國乃調天下兵十萬使侍御史李宓討之輦餉者尚不在數步海而疫死者相踵於道宓敗死於西洱河國忠矯爲捷書上聞自再興兵傾中國驍騎二十萬天下寃之(士贇曰)史世家孔子曰吾何爲於此按唐史雲南即南詔也本烏蠻別種高宗時遣使入朝開元時冊爲雲南王遣子閤羅鳳入貲後閤羅鳳亡去帝欲討之國忠薦鮮于仲通爲蜀郡長史率兵六萬人討之戰瀘川舉軍沒國忠素德仲通匿其敗更叙戰功仲通者蜀郡大豪也國忠困時頗資給之故以此報德云已上見唐書南詔及楊國忠等傳

怯卒非戰士炎方難遠行

(士贇曰)按唐兵志天

寶以後彍騎之法又稍變士皆失拊循折衝諸府至無兵可交六軍宿衛皆市人不能受甲炎方者南荒炎蒸之地也選詩離家遠行遊

長號別嚴親日月慘光晶泣盡繼以血心摧兩無聲

(齊賢曰)易曰家人有嚴君父母之謂也征戍之人憚炎方地熱路遠一去無還期長號以別父母悲慟之至感動天地日月為之無光王僧達詩白日無精景黃沙千里昏嗚呼痛哉江淹獄中書泣盡而繼之以血(士贇曰)韓非子曰卞和獻玉璞於楚不售乃抱其璞而哭於楚山三日三夜泣盡繼之以血江淹上書曰此少卿所以仰天搥心泣盡而繼之以血也潘岳寡婦賦痛切怛以摧心又口嗚咽以失聲兮涙横迸而霑衣又思纏綿以瞀亂兮心摧傷以惻愴兩無聲者謂父母別子之時心摧而無言可發也

困獸當猛虎窮魚餌奔鯨千去不一回投軀豈全生

(齊賢曰)左傳困獸猶闘謝玄暉詩長蛇固能翦奔鯨自此曝北門行投軀報明主身死為國殤

如何舞干戚一使有苗平

(齊賢曰)尚書舞干羽于兩階七旬有苗格(士贇曰)尚書帝曰咨禹有苗弗率汝徂征三旬苗民逆命益贊禹班師帝乃誕敷文德舞干羽于兩階七旬有苗格淮南子曰忠信形於內感動應乎外故禹執干戚舞于兩階之間而三苗服太白此詩蓋討雲南時作也首四句即見徵兵時景象而言五句至八句是設難謂當此君明臣良天清地寧海內澹然四郊無警之時而忽有此舉果何為哉九句至十二句乃白問之於人始知徵兵者討雲南貿子亡去之罪也十三句至二十二句乃白逆知當時所調之兵不堪受甲悲號而別真所謂驅市

人而戰之如以困獸當虎窮魚餌鯨吾見師之出而不見師之入也末二句則比南詔爲有苗而深嘆夫當國之大臣不能如益之贊禹禹之佐舜敷文德以來遠人致有覆軍殺將之恥也此詩愛君憂國之意深矣言之者無罪聞之者足以戒悲夫

其三十五

醜女來效顰還家驚四鄰壽陵失本步笑殺邯鄲人

齊賢曰莊子師金曰西施病心而矉其里其里之醜人見而美之歸亦捧心而矉其里其里之富人見之堅閉門而不出貧人見之挈妻子而去之走陸德明曰蹙頞曰矉〔士贇曰〕西漢書壽陵餘子學步於邯鄲失其故步匍匐而走南史垣崇祖傳自可拍手笑殺

一曲斐然子雕蟲喪天眞

齊賢曰論語子曰吾黨之小子狂簡斐然成章不知所以裁之揚子或問吾子少而好賦曰然童子雕蟲篆刻俄而曰壯夫不爲也

棘刺造沐猴三年費精神

齊賢曰韓子曰燕王好微巧衛人曰臣能以棘刺之端爲母猴王悅之養以五乘之奉王曰吾試觀客爲棘刺之母猴衛人曰臣爲棘刺之母猴也人主欲觀之必半歲不入宮中不飲酒食肉雨霽日出視之晏陰之間而棘刺之母猴乃可見燕王因養衛人而不能觀其母猴鄭人有臺下之冶者謂王曰臣則削者諸微巧必以削之所削必大於削今棘刺之端不容削則能與不能可知也王曰客爲棘刺之沐猴何以理之曰以削王曰吾欲觀客之削也客曰臣請之舍取之因

功成無所

逃治人謂王曰計無度量言談之士多棘刺之說也

用楚楚且華身（齊賢曰）列子宋人有爲其君以玉爲楮葉三年而成莊子朱泙漫學屠龍於支離益單千金之家三年技成而無用其巧毛詩衣裳楚楚（士贇曰）莊子云宋人資章甫而適越越人斷髮文身無所用之大雅思文王

頌聲久崩淪（齊賢曰）詩大雅首於文王（士贇曰）班固賦序昔王澤竭而詩不作成康沒而頌聲寢安得

郢中質一揮成斧斤（齊賢曰）莊子曰郢人堊漫其鼻端若蠅翼使匠石斲之匠石運斤成風聽而斲之盡堊而鼻不傷郢人立不失容宋元君聞之召匠石曰嘗試爲寡人爲之匠石曰臣則嘗能斲之雖然臣之質死久矣自夫子之死也吾無以爲質矣吾無與言之矣（士贇曰）此篇蓋譏世之作詩賦者不過藉此以取科第干祿位而已何益於世教哉太白嘗論詩曰將復古道非我而誰雅頌之作太白自負者如此然安得雅頌之人識之如郢人之質能當匠石之運斤耶

其三十六

抱玉入楚國見疑古所聞良寶終見棄徒勞三獻君（齊賢曰）卞和得玉璞於楚山之中奉而獻之楚武王王示玉人曰石也刖其右足武王沒獻之文王王示玉人曰石也刖其左足成王即位抱其璞哭於郊王使人攻之果得寶玉（士贇曰）淮南子和氏之璧得之者富許慎注曰楚人卞和得美玉璞於荊山下以獻武王王以示玉人玉人以爲石刖其左足文王即位復獻之以爲石刖其右足抱璞不釋而泣血及成王即位又獻之成王曰先君輕刖而重剖遂

剖視之果得美玉以爲璧韓非子卞和者楚野民也得玉璞於山中獻懷王使樂正子占之言玉王以爲欺謾刖其一足懷王死子平王立和復獻之平王王又以爲欺刖其一足平王死子立爲荊王和復欲獻之恐見害乃抱其玉而哭晝夜不止涕盡續之以血荊王遣問之於是和隨使獻玉王使剖之中果有玉乃封和爲陵陽侯卞和辭不就墨子曰和氏之璧所謂良寶

直木忌先伐芳蘭哀自焚盈蒲天所損沉冥道爲群

齊賢曰莊子太公任曰直木先伐甘井先竭龔勝傳卒有一老父來吊曰薰以香自燒膏以明自銷尚書蒲招損揚子蜀莊沉冥易天道虧盈而益謙士贇曰金樓子曰蘭含香而遭焚謝靈運詩沉冥空別理西都賦大雅宏達於茲爲群

東海沉碧水西關乘紫雲氣連及柱史可以躡清芬

齊賢曰史魯仲連見辛垣衍曰秦權使其士虜使其民彼即肆然而爲帝果而爲政於天下則連有蹈東海而死耳東海有碧水老子西入關關令尹喜占雲氣當有眞人過物色得老子士贇曰東方朔十洲記扶桑在東海之東岸一萬里復得碧海廣狹浩汗與合東岸大碧水既不鹹苦正作碧色扶桑在碧海之中地方百里上有仙官變化萬端劉向列仙傳老子姓李名耳字伯陽陳人也生於殷時爲周柱下史後周德衰乃乘青牛車去入大秦過西關關令尹喜先見其氣知有眞人當過物色而遮之果得老子老子亦知其奇爲著書授之後喜與老子俱遊流沙之西莫知所終關尹內傳關令尹喜關大夫也善於天文登樓四望見東極有紫氣喜曰應有聖人過果見老子漢武帝內傳曰西王母乘紫雲之輦陸機文賦誦先人

之情芬此篇感嘆之詩也前四句爲士不遇知己者嘆也直木忌先伐芳蘭哀自焚者爲才士用世知進而不知退適以自累其身者嘆也於是翻然悟曰虧盈者天之道也曷若沉冥隱晦效魯連柱史之高舉遠蹈與道爲羣以保其身也哉

其三十七

燕臣昔慟哭五月飛秋霜庶女號蒼天震風擊齊堂 齊賢曰淮南子鄒衍盡忠於燕惠王信讒而繫之鄒衍仰天而哭正夏而天爲之降霜許祭酒注淮南子曰齊寡婦庶賤之女也無子不嫁事姑謹敬姑無男有女利母財令母嫁婦婦終不肯女殺母以誣寡婦婦不能自明冤結叫天天爲作雷電下擊景公之臺毀景公之支體士贇曰淮南子曰庶女告天雷電下擊景公臺隕支體傷折海水大出江文通書曰昔者賤臣叩心飛霜擊於燕室庶女告天振風襲於齊臺

精誠有所感造化爲悲傷 士贇曰鄒陽上書曰夫精誠變天地而信不喻兩主豈不哀哉繆襲詩造化雖神明安能復存我列子造化之所始者謂之生此言風霜雷電皆造化之所爲也精誠之所感造化者亦爲悲傷故示警焉

而我竟何辜遠身金殿傍 士贇曰魏文帝燕歌行爾獨何辜限河梁鄒陽書曰日者謬得出入金華之殿何嘗不側身局禁者乎李白傳天寶初賀知章見其文嘆曰子謫仙人也言於玄宗召見金鑾殿論當世事奏頌一篇帝賜食親爲調羹有詔供奉翰林當塗令李陽冰序文集天寶中皇祖詔召就金馬降輦步迎如見綺皓以七寶床賜食御手調羹以

飯之曰卿是布衣名爲朕知豈於金鑾殿出入翰林文集樂府序翰林在天寶中賀秘監聞於明皇帝召見金鑾殿降步輦迎如見綺皓草和蕃書思若懸河

浮雲蔽紫闥白日難回光(齊賢曰)晉載記云不見雀來入燕室但見浮雲蔽白日紫闥猶宮也(士贇曰)史龜策傳日月之明時蔽於浮雲曹植表注心皇極結情紫闥崔駰達旨曰攀台階闚紫闥謝玄暉詩上干蔽白日曹植求通親親表若葵藿之傾太陽雖不爲回光然向之者誠也

群沙穢明珠衆草凌孤芳(齊賢曰)應德璉詩簡珠墮沙石注沙石喻小人孤芳蘭也(士贇曰)淮南子河水欲清沙壤穢之楚辭君弗度而弗察兮使芳草爲藪又欲荼薺不同畝兮蘭芷幽而獨芳

古來共嘆息流淚空霑裳(齊賢曰)魏武帝樂府云延頸長嘆息又云淚下霑衣裳(士贇曰)鮑照樂府古來共如此非君獨撫膺衛京詩撫衿長嘆息江淹詩零淚霑衣裳太白此詩其遭高力士懷脫靴之恥摘清平樂詞之語譖於貴妃放黜之時所作乎前八句引興述事浮雲比力士紫闥比中宮白日比明皇其意謂力士譖之於貴妃明皇復信貴妃之言而疎之難回光者上意卒不可回也羣沙衆草以喻小人明珠孤芳以喻君子古來共嘆息流淚空沾裳者此乃太白自解慰之辭謂君子爲小人所讒者自古皆然豈獨今之世哉夫如是則惟有空自流淚沾裳以寄吾睠戀之意云耳吁哀而不傷怨而不誹太白此詩蓋得之矣

其二十八

孤蘭生幽園衆草共蕪沒雖照陽春輝復悲高秋月（齊賢曰）水經云零陵郡都梁縣西小山上有渟水其中悉生蘭草緑葉紫莖楚辭有春蘭秋蘭石蘭王逸皆曰香草不分別也陸士衡樂府蘋以春輝蘭以秋芳（士贇曰）琴操孔子過谷中見蘭獨茂歎曰蘭當爲王者香今乃獨茂與草爲伍乃止車援琴鼓之自傷不逢時托辭於香蘭也此篇主意全出於此太白蓋自嘆也楚辭哀衆芳之蕪穢曹植詩云陽春布德澤萬物生光輝常恐秋節至焜黃華色衰

飛霜早淅瀝緑艷恐休歇（齊賢曰）謝靈運詩首夏猶清和芳草亦未歇楚辭芳以歇而不比杜預注左氏歇盡也（士贇曰）顔延之祭屈原文曰飛霜急節嬴芳詩流芳未及歇

若無清風吹香氣爲誰發（士贇曰）詩云穆如清風曹植詩爲誰發皓齒此亦比興之詩也首兩句謂君子在野未能自拔於衆人之中三句至六句謂雖蒙主知而小人之讒譖者已至孤寒之士亦如是而已矣末句則謂若非在位之人引類拔萃而薦用之則雖有德馨亦何以自見哉或者謂亦太白自傷而托辭於孤蘭也見前注

其三十九

登高望四海天地何漫漫（齊賢曰）爾雅九夷八狄七戎六蠻謂之四海寗戚歌長夜漫漫何時旦（士贇曰）阮籍詩登高望九州悠悠分曠野沈休文詩歸海流漫漫霜被群物秋風飄大荒寒

〔齊賢曰〕鮑明遠薊門行注中彼胡霧〔士贇曰〕後漢廣陵王荆飛書曰云
當爲秋霜注曰秋霜肅殺於物山海經曰大荒之中有山名曰大荒
之山日月所入是謂大荒之野中也曹植七
啓隱居大荒之庭吳都賦出乎大荒之中**榮華東流水萬事**
皆波瀾〔齊賢曰〕楚辭及榮華之未落王逸注榮華喻顏色陸士衡君子行翻覆若波瀾謂榮華如東流之水晝夜不停萬事
如波瀾忽生忽滅〔士贇曰〕抱朴子仙人殊趣異路以富貴爲不幸以
榮華爲穢汚書大傳曰大水小水東流歸海謝靈運詩萬事俱零落
白日掩徂輝浮雲無定端〔士贇曰〕江淹詩寒陰籠白日魏文帝詩西北有浮雲亭亭如車蓋謝
靈運詩漠漠無端倪楚辭蹇充倔而無端兮伯莽莽而無垠白日君象浮雲喻小人也**梧桐巢燕雀枳棘**
棲鸞鳥〔齊賢曰〕楚辭葛藟虆於桂樹兮鴟鴞集於木蘭以言小人進在高位貪佞升爲公侯梧桐本鳳凰所棲今燕雀巢之
枳棘燕雀所安今鸞鳥棲之亦比意〔士贇曰〕詩云鳳凰鳴矣于彼高
岡梧桐生矣于彼朝陽注云鳳凰之性非梧桐不棲俛覽傳曰枳棘
非鸞鳳所棲此亦喻小人在位君子在野之意也燕雀見後篇**且復歸去來劍歌行路難**〔齊賢
曰〕陶潛有歸去來辭馮驩彈鋏而歌曰長鋏歸來乎無以爲家〔士贇
曰〕史孟嘗君傳馮驩彈其劍而歌曰長鋏歸來乎出無輿樂錄曰行
路難古樂府名此篇登高望四海天地何漫漫者以喻高見遠識之
士知時世之昏亂也霜被群物秋風飄大荒寒者以喻陰小用事而
殺氣之盛也榮華東流水萬事皆波瀾者謂遭時如此所謂榮華者
如水之逝萬事之無常亦猶波瀾之無有底止也白日君象浮雲姦臣

也掩者蔽也徂輝者日落之光也以喻人君晩節爲姦臣蔽其明猶白日將落爲浮雲掩其輝也無定端者政令之無常也梧桐巢燕雀者喻小人在上位而得志也枳棘棲鵷鸞者喻君子在下位而失所也且復歸去來劍歌行路難者白意蓋謂危邦不入亂邦不居識時知幾之士當此之際惟有歸隱而已可詩意亦微而顯者歟

又一本云登高望四海天地何漫漫霜被羣物秋風飄大荒寒殺氣落喬木浮雲蔽層巒孤鳳鳴天倪遺聲何辛酸遊人悲舊國撫心亦盤桓倚劍歌所思曲終涕洄瀾士贇曰禮記仲秋之月殺氣浸盛陽氣日衰江淹詩殺氣起嚴霜古詩浮雲蔽白日莊子和之以天倪又曰舊國舊都望之暢然易曰磐桓利居貞象曰雖磐桓志行正也宋玉賦長劍耿介倚天之外阮籍詩感慨懷辛酸選古詩所思在遠道太白此詩其作於安史亂離之後乎惓戀京國之情溢於言辭之表讀之令人感傷此篇從殺氣落喬木八句元附在三十九首第四句之下云一本如此臆見觀之恐是當時初本改本編集者兩存之今揭出別作一首以爲又本三十九首云

其四十

鳳飢不啄粟所食唯琅玕焉能與羣雞刺蹙爭一飡

〔齊賢曰〕宋玉九辯曰驥不驟進而求服兮鳳不貪餧而妄食即此意離騷注南方有鳥其名爲鳳天爲生樹名曰瓊枝高百二十仞大三十圍以琳琅爲實嵇康詩朝食琅玕實屈原卜居云將與雞鶩爭食乎五臣曰雞鶩喻讒夫爭食爭祿也〔士贇曰〕江淹詩靈鳳振羽儀戢戢西海濱朝食琅玕實夕飲玉池津老萊子南方之鳥天爲生食樹名瓊枝以琅玕爲實

朝鳴崑丘樹夕飲砥柱湍

〔齊賢曰〕鳳凰翔萬仞之上過崑崙之疏圃飲砥柱山在河東縣東南居河中猶柱焉〔士贇曰〕韓嬰詩外傳黃帝召天老問鳳象何如天老對曰鳳鴻前而麟後蛇頭而魚尾龍文而龜背燕頷而雞喙五色備舉出君子之國翱翔四國之外過崑崙飲砥柱濯羽弱水暮宿丹丘見則天下安寧淮南子覽冥訓鳳凰之翔至德也雷霆不作風雨不興川谷不澹草木不搖而燕雀佼之以爲不能與之爭於宇宙之間還至其曾逝萬仞之上翱翔四海之外過崑崙之疏圃飲砥柱之湍瀨邅迴蒙氾之渚尚徉冀州之際徑躡都廣入日抑節羽翼弱水暮宿風穴當此之時鴻鵠鶬鶴莫不憚驚伏竄注喙江裔又況直燕雀之類乎東方朔十洲記崑崙在西海戌地北海亥地天帝君治處也詩云鳳凰鳴矣于彼高岡梧桐生矣于彼朝陽唐太宗鳳賦云晨遊紫霧夕飲玄霜桑欽水經又東過砥柱間註云砥柱山名也昔禹治洪水山陵當水者鑿之故破山以通河河水分流包山而過山見水中若柱故曰砥柱也

歸飛海路遠獨宿天霜寒

〔士贇曰〕詩云弁彼鸒斯歸飛提提陸機詩仰瞻淩霄鳥羨爾歸飛翼

幸遇王子晉結交青雲端

〔齊賢曰〕列仙傳周靈王太子名晉好吹笙作鳳鳴游伊洛間道士浮丘公接上嵩高山三十年

後乗白鶴住緱氏山頭舉手謝時人數日去〔士贇〕曰蘇武詩結交亦相因王康琚詩放神青雲外

感別空長嘆 齊賢曰劉公幹詩感慨以長歎〔士贇曰〕曹植詩中夜起長嘆此詩似太白自比之作太白雖帝族非 **懷恩未得報** 凡輩可儕然孤寒疎遠知章薦之方能致身金鑾蒙帝知遇可謂結交青雲端矣此恩未報臨別之時安能不感嘆哉

其四十一

朝弄紫泥海夕披丹霞裳 齊賢曰廣記東方朔嘗出經年乃歸母曰汝經年一歸何以慰我朔曰兒暫之紫泥海有紫水汙衣仍過虞淵湔洗朝發中還何云經年〔士贇曰〕此篇人多疑兩句為不類起句殊不知正是取法選詩體如朝發鄴都橋暮濟白馬津朝發廣莫門暮宿丹水山晨策尋絕壁夕息在山棲朝旦發陽崖景落憩陰峯曉日發雲陽落日次朱方朝遊遊曾城夕息旋直廬之類皆起句也而其文法則又皆自楚詞中來如朝發軔於天津兮夕余濟乎西極朝馳予馬乎江皐夕濟乎西澨是也此篇自為一首無疑 **揮手折若木拂此西日光** 齊賢曰山海經南海之內黑水之間有木名若木若木出焉又曰灰野之山有樹青葉赤華名若木日所入處生崑崙西淮南子若木在建木西末有十日其華照下地注若木端有十日狀如蓮華華猶光也然則若木有二此乃灰野之若木與〔士贇曰〕劉琨詩揮手長相謝離驂折若木以拂日兮聊逍遙以相羊此乃遊仙詩恣意大言倏而東忽而西政不辨是折何處若木也 **雲臥遊八極玉顏已千霜** 齊賢

曰鮑明遠升天行云雲卧恣天行淮南子八紘之外乃有八極神女賦苞溫潤之玉顏（士贇曰）列子伯昏無人曰夫至人者上闚青天下潛黃泉揮斥八極神氣不變

飄飄入無倪稽首祈上皇（齊賢曰）莊子天倪注倪際也原東皇太一一云穆將愉兮上皇（士贇曰）曹植七啓曰飄飄焉姣姣焉若狹六合而隘九州謝靈運詩漠漠無端倪莊子天有六極五常帝王順之則治逆之則凶九洛之事治成德備監照下土天下戴之此謂上皇又廣成子曰得吾道者上爲皇下爲王

呼我遊太素玉杯賜瓊漿一（齊賢曰）列子太素者質之始招䰟云華酌既陳有瓊漿郭璞遊仙詩容成揮玉杯

飡歷萬歲何用還故鄉永隨長風去天外恣飄揚（齊賢曰）賈誼惜誓曰念我長生而久仙兮不知及余之故鄉宗愨願乘長風破萬里浪（士贇曰）陸機詩長風万里舉何晏景福殿賦從風飄揚

此是遊仙詩然以比興觀之亦有深意觀者其無忽諸

其四十二

搖裔雙白鷗鳴飛滄江流宜與海人狎豈伊雲鶴儔

寄形宿沙月沿芳戲春洲吾亦洗心者忘機從爾遊

（齊賢曰）謝靈運詩搖裔起長津謝玄暉詩迥眺滄江流張華詩低飛雙白鷗列子海上之人有好鷗鳥者每旦之海上從鷗鳥遊鷗鳥之

至者百住而不止謝玄暉詩喧鳥覆春洲易曰聖人以此洗心莊子天機不張而五官皆備士贇曰此太白推興之詩也鮑照詩曰寧作野中之雙鳧不願雲間之別鶴詩意實祖乎此雲中之鶴乃供仙官控御者以喻在位之人也海上之鷗乃與野人狎翫者以喻閑散之人也太白少有放逸之志此詩豈供奉翰林之時忽動江海之興而作乎不然何以曰吾亦洗心者忘機從爾遊者哉飄逸不可羈之氣象槩可想見其太白心聲之所發歟

其四十三

周穆八荒意漢皇萬乘尊淫樂心不極雄豪安足論西海宴王母北宮邀上元齊賢曰沈休文詩秦王御宇宙漢帝恢武功懽娛人事盡情性猶未充銳意三山上託慕九霄中正與此意同列子周穆王駕八駿至赤水之陽升崑崙丘觀黃帝之宫觴王母于瑤池之上王母爲王謠王和之廣記元封元年七月七日王母乘紫雲輦駕九色斑麟降漢宫東向坐帝跪問寒暄畢因呼帝坐遣侍女與上元夫人相聞云比不相見四千餘年劉徹好道適來觀之夫人可暫來否帝問上元何眞也曰是三天眞皇之母上元之官俄而夫人至可年二十餘頭作三角髻餘髮散垂至腰帝拜夫人曰汝好道乎汝胎性暴胎性淫胎性奢胎性酷胎性賊五者常舍於榮衛之中雖慕長生亦自勞耳瑤水聞遺歌玉杯竟空言靈跡成蔓草徒悲千載魂齊賢

曰神仙傳茅君學道能使金按玉杯自來人前江文通恨賦試望平
原蔓草縈骨拱木斂魂人生到此天道寧論〔士贇曰〕封禪書漢文帝
時新垣平使人持玉杯上書闕下獻之平言上曰闕上有寶玉氣來
者已視之果有獻玉杯者刻曰人主延壽瑤水闕遺歌穆王事見前
句江詩云野有蔓草此言二君雖遇王母上元夫人然亦卒不免於
死是亦猶新垣平玉杯之空言耳後之求神仙者可不鑒諸當時明
皇亦好神仙之事此
詩蓋有所諷云耳

其四十四

綠蘿紛葳蕤繚繞松柏枝〔齊賢曰〕詩頍弁蔦與女蘿施于松
柏毛萇曰女蘿松蘿也郭景純詩
綠蘿結高林楚辭上葳蕤而防露注盛貌射雉賦繚繞盤碎魏明帝
怨歌行女蘿亦有託論語歲寒然後知松柏之後彫也〔士贇曰〕毛詩
草木疏曰今松蘿蔓松生而
枝正青蜀都賦曰敷蘂葳蕤草木有所託歲寒尚不移〔士贇曰〕陶
潛詩萬族各有託江淹詩兔絲及水萍所寄終不移謝靈運詩
天下昔未定託身早得所王粲詩人生各有志終不爲此移奈
何夭桃色坐嘆葑菲詩玉顏豔紅彩雲髮非素絲〔齊賢
曰〕毛詩桃之夭夭毛萇曰夭夭少壯也谷風云采葑采菲無以下體
孫炎曰葑蔓菁菲土瓜此二菜者皆上下可食然而其根有美時有
惡時采之者不以其根惡時并棄其葉喻夫婦以義合顏色相親亦
不可以顏色衰而棄其相與之禮太白意類此詩鬒髮如雲又曰素

絲五紽〔士贇曰〕宋玉神女賦貌豐盈以莊姝兮苞溫潤之玉顏江淹詩庭樹發紅彩詩云鬒髮如雲陸機詩柔顏收紅藻玄髮吐素華

君子恩已畢賤妾將何為〔齊賢曰〕陸韓卿歌曰賤妾終已矣君子定焉如古詩曰君亮執高節賤妾亦何為〔士贇曰〕江淹詩君子恩未畢零落在中路此意謂玉顏未改雲鬢未衰而君子之恩情中道絕矣尚何言哉詩有比有興所以抒下情而通諷諭也當時君臣夫婦之大倫不合於禮義而不克終者無所不有太白此詩必有為而作也觀者參之唐史其意自見

其四十五

八荒馳驚飈萬物盡凋落浮雲蔽頹陽洪波振大壑〔齊賢曰〕曹子建詩云驚風飄白日古詩浮雲蔽白日海賦擘洪波指太清楚辭上至列缺兮降望大壑列子勃海之東有大壑實惟無底之谷名曰歸墟〔士贇曰〕楊雄校獵賦玄冬季月天地隂陽萬物權輿於內徂落於外謝宣遠詩頹陽照通津頹陽落日也日君象以比昏君殷仲文表曰洪波振壑川無恬鱗驚飈拂野林無靜柯東方朔十洲記冥海洪波百丈龍鳳脫罔罟飄颻將安託去去乘白駒空山詠場藿〔齊賢曰〕龍鳳喻君子網罟喻禍患謂君子幸脫禍患將安所棲託乎隱於空山詠場藿之詩而已詩皎皎白駒食我場藿注馬五尺以上為駒王氏曰白駒以況絜白之賢人言宣王之時賢者有不得志而去國人欲留之曰皎皎白駒食我場中之藿我當縶維而留之也〔士贇曰〕東漢陳留父老曰龍不隱鱗鳳不藏羽網

羅尚懸去將安所李機演連珠曰頓網探淵不能招龍振綱羅雲不
必招鳳曹植作王粲誄曰我願假翼飄颻高舉鮑照誄鸛客離與時
飄颻無定所謝靈運詩去去情彌遲詩白駒刺宣王也註曰刺其不
能留賢也皎皎白駒食我場藿縶之維之以永今夕子按太白此詩
前四句是指遭祿山之亂乘輿播遷天下驚擾五句至末句是太白
羅難脫身羈囚無所依託也然太白亦人中之豪時君卒不能用之
惟有詠白駒之詩以自遣
耳此意明白坦然可見

其四十六

一百四十年國容何赫然隱隱五鳳樓峨峨橫三川

齊賢曰自武德迄天寶十四載凡百四十年國體光明赫然謂熾盛
貌開元二十三年上御五鳳樓酺宴三川鄭州地理志註華山北水黑
水洛水數會三川周之亡也其三川震乃涇渭洛非此三川戰國策
三川周室天下之朝市韋昭曰河洛伊故曰三川此河洛三川也士
贇曰司馬法曰國容不入軍陸機詩閶門
何峨峨漢書注應劭曰三川在今河南郡

王侯象星月賓客如雲煙

齊賢曰尚書洪範卿士惟月庶民惟星
西都賦煙雲相連東都賦其從如雲

鬭雞金宮裏蹴踘瑤臺邊

齊賢曰史記蘇秦曰臨菑民無不鬭雞走狗六博蹋踘
劉向別錄蹴踘者傳言黃帝所作或曰起戰國時蹋踘
兵勢也所以練武士知有材也皆因嬉戲以講練之金宮猶云珠宮
楚辭望瑤臺之偃蹇兮見有娀之佚女陸士衡樂府此徼瑤臺女士

贇曰鬪雞見前詩註鮑明遠詩集君瑤臺裏擧動搖白日指揮回青天當塗何翕忽失路長棄捐齊賢曰唐書張公論事有回天之力張景陽七命翕忽揮霍班婕妤怨歌行棄捐篋笥中士贇曰范曄後漢書曰左𢌞天唐獨坐謂中宮左珥唐衡也陸機弔魏武帝文曰夫以𢌞天倒日之力而不能振形骸之内後漢皇甫嵩傳曰指揮足以振風雲揚雄解嘲當塗者升青雲失路者委溝渠選古詩棄捐勿復道獨有揚執戟閉關草太玄齊賢曰夏侯湛誅執戟疲揚謝靈運詩又哂子雲閣執戟亦以疲文中子劉伶古之閉關人解嘲序哀帝時丁傅董賢用事諸附離之者起家至二千石時雄方草太玄有以自守泊如也漢書東方朔傳曰位不過侍郎官不過執戟蓋執戟者侍郎之職也揚雄解嘲曰位不過侍郎擢纔給事黃門則執戟者其職也曹植與揚脩書曰昔揚子雲先朝執戟之臣耳士贇曰此篇前六句意出自梁鴻五噫歌大意謂有唐得國之久如此國容之盛如此王侯賓客又如此所謂金宮瑤臺正當為延賢之地今乃爲鬪雞蹴踘之場白日青天者天日以比其君鬪雞蹴踘明皇所好此等之人得志用事舉動指揮足以動搖主聽指當塗何翕忽者以喻得其蹊徑而依附之者可以翕忽而暴貴也失路長棄捐者以喻不得其蹊徑而不依附之者終於棄捐而不見用也獨有揚執戟閉關草太玄者意謂當此之時無所守者鮮不依附之矣惟儒者獨有定守閉門著書而已此詩刺時之作也亦有所感而發歟

其四十七

桃花開東園含笑誇白日偶蒙東風榮生此艷陽質〔齊賢曰〕阮籍詩東園桃與李鮑明遠詩艷陽桃李節〔士贇曰〕曹植詩南國有佳人容華若桃李豈無佳人色但恐花不實〔齊賢曰〕晏子春秋齊景公謂晏子曰東海之中有棗華而不實何也晏子曰昔者秦穆公乘舟理天下黃布裹蒸至海而掾其布破黃布故水赤蒸故華而不實公曰吾佯問子對曰嬰聞佯問者佯對也楚辭九辯何曾華之無實兮從風雨而飛颺〔士贇曰〕後漢五行志童謠曰桂林花不實宛轉龍火飛零落早相失〔齊賢曰〕張景陽七命龍火西顥漢書東宮蒼龍房心心為大火故曰龍火龍火飛猶云西顥西顥則秋氣鼎至花實零落矣詩幽幽南山如竹苞矣如松茂矣阮籍詩零落從此始〔士贇曰〕鮑照詩紅顏零落歲將暮寒光宛轉時欲沉史天官書東宮蒼龍註角亢氐房心尾箕也又東宮蒼龍房心又周禮冬官注曰大火蒼龍宿之心又詩云七月流火注曰大火者寒暑之候火星中而寒暑退又國周語曰火朝覿矣注曰火見而清風戒寒江淹詩曰零落在中路詎知南山松獨立自蕭飋〔齊賢曰〕七命蕭瑟虛玄潘岳詩松栢轉蕭瑟〔士贇曰〕莊子仲尼曰受命於地唯松栢獨也在冬夏青青又莊子曰樹木固有立矣李善文選樹木向蕭瑟楊雄何東賦參天地而獨立兮此與詩也謂其無實行偶然榮遇者其寵衰則易至於棄捐孰若君子之有特操者獨立而不改其節哉其意卻祖荀子桃李倩粲於一時時至而後殺至於松栢經隆冬而不彫蒙霜雪而不變可謂得其真矣以此見古人作詩皆自學問中來也

其四十八

秦皇按寶劍赫怒震威神（齊賢曰）始皇年二十二冠而帶劍說苑曰秦帝按劍而坐詩王赫斯怒（士贇曰）江淹恨賦秦帝按劍諸侯西馳何晏景福殿賦張聖主之神威逐日巡海右驅石駕滄津（齊賢曰）山海經夸父與日競逐三齊要略始皇作石橋欲過海看日出處有神人能驅石下海陽城十一山石盡起立嶷嶷東傾如相隨行狀石去不速神輒鞭之石皆流血徵卒空九寓作橋傷萬人（齊賢曰）始皇三十二年發兵三十萬北擊胡三十三年發諸嘗逋亡人贅壻賈人略取陸梁地爲桂林象郡南海以適遣戍徐廣注五十萬人守五嶺（士贇曰）秦皇於海中作石橋或云非人功所建海神爲之豎柱始皇感其惠乃通敬於神求與相見神曰我形醜約莫圖我形始皇乃從石橋入三十里與神相見帝左右有巧者潛以腳畫神形神怒曰帝負約可速去始皇即轉馬前腳猶立後腳隨奔僅登岸但求蓬島藥豈思農扈春力盡功不贍千載爲悲辛（齊賢曰）始皇三十年之碣石使韓衆侯公石生求仙人不死之藥詳見前詩注左傳九扈爲農正注曰扈有九種也春扈鳻鶞夏扈竊玄秋扈竊藍冬扈竊黃棘扈竊丹行扈唶唶宵扈嘖嘖桑扈竊脂老扈鷃鷃以九扈爲九農之號各隨其宜以教民事爾雅扈字作鳸（士贇曰）此詩蓋時亦有所諷借秦爲喻云云言之者無罪聞之者足以戒豈曰小補之哉

其四十九

美人出南國灼灼芙蓉姿（齊賢曰）曹子建詩南國有佳人陸士龍詩皎皎彼姝子灼灼懷春粲西京雜記卓文君臉如芙蓉（士贇曰）詩灼灼其華曹植洛神賦迫而察之灼若芙蓉出綠波

皓齒終不發芳心空自持（齊賢曰）楚辭大招朱脣皓齒嫭以姱辛氏三秦記未央宮一名紫微宮西都賦煥若列宿紫宮是環鄒陽曰女無美惡入宮見妬（士贇曰）陸士龍詩巧笑發皓齒江淹詩終歎紫芳心曹植詩時俗薄朱顏為誰發皓齒

由來紫宮女共妬青蛾眉（齊賢曰）史天官書中宮太白星其一明者太一常居也旁三星三公或曰子屬後勾四星末大星正妃餘三星後宮之屬也環之匡衛十二星藩臣皆曰紫宮晉載記符堅滅燕慕容暐妹倩河公主年十四有殊色堅納之寵冠後宮弟沖年十二亦有龍陽之姿堅亦幸之姊弟專寵宮人莫進長安歌曰一雌復一雄雙飛入紫宮此雖非用其事謾載于此離騷眾女嫉予之蛾眉兮謠諑謂余以善淫楊雄反騷知眾嫮之嫉妒兮何必颺纍之蛾眉宋南平王白紵舞曲佳人舉袖曜青蛾

歸去瀟湘沚沈吟何足悲（齊賢曰）曹子建詩夕宿瀟湘沚毛萇詩箋曰沚渚也古詩沈吟聊躑躅謝惠連詩沈吟為爾感（士贇曰）此太白遭讒擯逐後之詩也去就之際曾無留難雖然自後人而觀之其志亦可悲矣

其五十

宋國梧臺東野人得燕石誇作天下珍却哂趙王璧

趙璧無緇磷燕石非貞真（齊賢曰）闞子曰宋之愚人得燕石於梧臺之側藏之以爲大寶周客聞而觀焉主人齋七日端冕玄服以發寶華匱十重巾十襲客見俛首掩口盧胡而笑曰此特燕石也與瓦甓不殊主人大怒曰商賈之言醫匠之心藏之愈固史記趙惠文王時得楚和氏璧秦昭王聞之願以十五城易璧論語磨而不磷涅而不緇（士贇曰）蔡邕琴操楚明光者楚王大夫也昭王得瑪氏璧欲以貢於趙王於是遣明光奉璧之趙瑪古和字史記秦王曰和氏璧天下共傳寶也盧諶詩趙氏有和璧天下無不傳

流俗多錯誤豈知玉與珉（齊賢曰）禮記貴玉而賤珉（士贇曰）禮記子貢問於孔子曰敢問君子貴玉而賤珉者何也爲玉之寡而碈之多與孔子曰非爲碈之多故賤之也玉之寡故貴之也夫昔者君子比德以玉焉詩云言念君子溫其如玉故君子貴之也此詩譏世之人不識眞儒而假儒之人反得用世而非笑眞儒焉辭簡意明切中古今時病讀之者其將有感於斯詩也歟

其五十一

殷后亂天紀楚懷亦已昏夷羊滿中野菉葹盈高門

比干諫而死屈平竄湘源虎口何婉孌女嬃空嬋媛

彭咸久淪沒比意與誰論

齊賢曰太白意以商紂比懷王屈原同比干竊嘗論之微子箕子比干皆商之宗臣馬融謂微子紂之庶兄箕子比干紂之諸父祿位豐盛社稷所寄焉者其心曉然知紂之不可扶周之不可遏各自靖以獻于先王微子抱祭祀以歸周以主於存宗祀也箕子佯狂爲奴以主於傳大法也比干強諫而死以主於紂之改行也屈原與楚同姓仕懷王爲三閭大夫三閭之職掌王族三姓曰昭屈景元和姓纂屈楚公族芈姓楚武王子瑕食采於屈因氏焉屈原序其譜屬率其賢良以厲國士入則與王圖議國事出則監察群下王甚珍之同列大夫上官靳尚妬害其能共譖毀之王疏屈原原作離騷以諷諫其後秦欲伐齊齊與楚從親惠王患之令張儀事楚王與懷王會原以秦虎狼之國不可信不如無行王卒行秦因留王其子襄王立復用讒言遷原於江南原放在草野作九章援天引聖以自證終不見省義不可以他往遂赴汨羅自沉而死蓋亦比干之志也人誰不死得其死爲難原與比干俱得死者矣淮南子本經訓曰夷羊在牧許慎注夷羊土神商之將亡見於商郊牧野之地離騷云薋菉葹以盈室兮判獨離而不服注薋蒺藜也菉王芻也葹枲耳也三物皆惡草以比讒諂盈室喻蒲朝也補註今詩薋作茨菉作綠本草云蓋草葉似竹而細薄莖亦圓小俗名菉蓐葹商支切形似鼠耳詩人謂之卷耳廣雅謂之葈耳莊子孔子曰幾不免虎口離騷經曰女嬃之嬋媛兮申申其詈予注曰女嬃屈原姊嬋媛猶牽引也補曰說文嬃女字也音須前漢有女嬃取此爲名水經引袁崧云屈原有賢姊聞原放逐亦來歸喻令自寬全鄉人冀其見從因名曰秭歸縣北有原故宅宅之東北有女嬃廟士贇曰史殷本紀曰紂愈亂不止微子數諫不聽乃

與太師少師謀遂去比干曰爲人臣者不可不以死爭迺強諫紂紂怒曰吾聞聖人心有七竅剖比干觀其心史屈原者名平爲楚懷王左徒王甚任之上官大夫與之同列爭寵因讒之王怒而疏屈平頃襄王立復短屈原於頃襄王頃襄王怒而遷之江濱於是懷石遂自投汨羅以死虎口事如史記秦二世拜叔孫通爲博士諸生曰先生何言之諛也通曰公不知也我幾不脫於虎口之判此謂比干以諫死是陷於虎口矣何所爲而婉孌如是哉詩云婉兮孌兮潘尼詩婉孌二宮徘徊殿闥注曰皆顧慕貌陸機詩婉孌岷山陰注曰婉孌存思貌離騷女須之嬋媛兮申申其詈予曰鮌婞直以亡身兮終然殀乎羽之野注曰女須屈原姊也女須以屈原剛直太過恐亦將如鮌之遇禍也離騷蹇吾法夫前脩兮非世俗之所服雖不周於今之人兮願依彭咸之遺則注曰彭咸殷賢大夫諫其君不聽自投水而死鮑照詩孤績誰復論此意謂時無彭咸可與論比干屈原之心者誰哉此詩比興之詩也其作於貶責張九齡之時乎殷后楚懷比時之昏君也夷羊蒲中野謂國將亡而妖孽作也菉葹盈高門喻小人在朝而據高位也比干屈平之竄死喻當時之忠臣諍上以直道而貶責者也虎口何婉孌者詩人興嘆之辭曰忠諫之士寧喪身而不悔視死如歸者果何所爲而然哉亦欲其君改行而國賴以安耳世人悲其以諫亡身如女須之詈予者徒多誰能如彭咸之先後合德而可與論心者歟太白此詩哀思怨怒有感於時事而作風刺譎諫之體兼盡之矣詩云云

詩云云章句云云乎哉

其五十二

青春流驚湍朱明驟回薄（齊賢曰）江賦驚波飛薄爾雅夏為朱明（士贇曰）爾雅春為青陽江淹詩青春蒲江皐潘安仁詩驚湍激巖阿賈誼鵩賦萬物回薄震蕩相轉不忍看秋蓬飄揚竟何托（齊賢曰）說苑秋蓬惡其本根美其枝葉秋風一起根本拔矣（士贇曰）曹植詩轉蓬離本根飄颻隨長風何晏景福殿賦從風飄揚光風滅蘭蕙白露洒葵藿（齊賢曰）宋玉招魂曰光風轉蕙氾崇蘭些九辯曰秋既先戒以白露兮冬又申之以嚴霜注光風謂雨已日出而風草木有光也美人不我期草木日零落（士贇曰）楚詞結微情以陳詞兮矯以遺夫美人昔君與我成言兮曰黃昏以為期羌中道而回畔兮反既有此他志又曰日月忽其不淹兮春與秋其代序惟草木之零落兮恐美人之遲暮此篇詩意全出於此美人況時君也時不我用老將至矣懷才而見棄於世能不悲夫

其五十三

戰國何紛紛兵戈亂浮雲趙倚兩虎鬬晉為六卿分姦臣欲竊位樹黨自相群果然田成子一旦殺齊君（齊賢曰）春秋之後號為戰國言相事攻戰也孟子序周衰之末戰國縱橫史記趙與秦會澠池秦王酒酣使趙王鼓瑟藺相如前曰聞秦王善為秦聲請奉盆缻秦王秦王不肯相如曰五步之內相如請以頸血濺大王王不懌為一擊缻罷歸拜相如上卿位廉頗之右頗宣言辱

之相如望見頗引車避舍人羞辭去相如止之曰强秦所以不敢加兵於趙者徒以吾兩人在今兩虎共鬬其勢不俱生吾所以爲此者先國家之急而後私讎也周制大國三卿晉時置六卿爲軍師中軍上軍下軍尉并佐凡六人皆卿魯襄公二十九年季札適晉說趙文子韓宣子魏獻子曰晉國其萃於三族乎昭公二十八年三卿誅公族各使其子爲大夫周定王元年左傳終定王盡二十八年而考王立盡十五年而威烈王立二十三年初命晉大夫魏斯趙籍韓虔爲諸侯而晉分魯莊公二十二年陳公子完奔齊爲田氏應劭云始食采地由是改姓田氏完卒謚敬仲生田穉孟夷孟夷生湣孟莊孟莊生文子無須事齊莊公卒生桓子無宇卒生武子開與釐子乞乞事景公爲大夫其收賦税以小斗受之以大斗予由此得衆心宗族益强魯昭公三年晏子使秦與叔向私語曰齊其爲田氏矣晏子卒范中行氏反晉晉攻之急中行請粟於齊田乞欲爲亂樹黨於諸侯乃說景公曰范中行數有德於齊不可不救齊使田乞救之而輸之粟景公太子死有寵姬曰芮子生子荼景公病命其相國惠子與高昭子以荼爲太子景公卒立荼是爲孺子景公它子陽生奔魯陽生素與田乞歡乞與鮑牧攻高昭子殺之國惠子奔莒乞使人迎陽生爲悼公遷孺子殺之乞爲相專齊政卒子常立爲成子弒悼公立子壬爲簡公魯哀四年常執簡公于舒州殺之春秋書曰齊人弒其君壬于舒州是也易曰臣弒其君子弒其父非一朝一夕之故其所由來者漸矣太白謂姦臣欲竊位樹黨自相群眞得春秋之旨矣王贊曰漢書天下紛紛何時定乎晉六卿者范氏中行氏智氏魏氏趙氏韓氏也史晉世家曰晉昭公卒六卿彊公室卑頃公十二年晉之宗家祁傒孫叔嚮子相悪於君六卿欲弱公室乃遂以法盡滅其族而分

其邑爲十縣各令其子爲大夫晉益弱六卿皆大其族後范中行智伯相繼亡靜公二年魏武侯韓哀侯趙敬侯滅晉後而三分其地莊子曰田成子一旦殺齊君而盜其國殺音弑按史記齊世家畧曰初簡公即位闞止爲政田成子憚之驟顧於朝御鞅言曰闞不可並也君其擇焉弗聽田氏方睦田豹爲子我臣幸於子我子我欲盡逐田氏豹遂以告子行曰彼得君弗先必禍子行舍於公宮夏五月壬申成子兄弟四乘如公子我在幄出迎之遂入閉門宦者禦之子行殺宦者公與婦人飲酒于檀臺成子迁諸寢子我出田氏追殺之郭關庚辰田常執簡公于徐州公曰余蚤從御鞅言不及此甲午田常弑簡公于徐州田常乃立簡公弟驁是爲平公平公即位田常相之專齊之政割齊安平以東爲田氏封邑康公十九年田常曾孫田和始爲諸侯迁康公海濱二十六年康公卒呂氏遂絶其祀田氏卒有齊國爲齊威王彊於天下太白此詩其作於天寶間乎時上自東都還從容謂高力士曰朕欲高居無爲悉以政事委林甫如何對曰天下大柄不可假人彼威勢成誰敢議之者上不悅豈太白時亦微聞其事位卑分踈欲諫不可故作是詩引古喻今以諷其上歟太白愛君憂國之意亦可尚矣

讀詩者宜細味之

其五十四

倚劍登高臺悠悠送春目齊賢曰宋玉曰長劍倚天外雍門周謂孟嘗君曰高臺既已傾曲池又已平子贇曰曹植詩高臺多悲風李善注高臺諭京師也宋玉大言賦曰長劒耿介倚天之外新語曰高臺百仞詩云悠悠我心謝玄

暉詩出没眺樓雉遠近送春目

蒼榛蔽層丘瓊草隱深谷（齊賢曰）蒼榛木叢也潘安仁詩荊棘成榛離騷云索瓊茅以筳篿兮命靈氛爲余占之注藑茅靈草文選藑作瓊（士贇曰）高誘淮南子注曰叢木曰榛小栗小棘曰榛詩云深谷爲陵

鳳鳥鳴西海欲集無珍木（齊賢曰）嵇康詩靈鳳振羽儀戲景西海濱（士贇曰）瑞應圖鳳凰者神鳥也詩云鳳凰鳴矣于彼高岡鮑照詩珍木抽翠條劉公幹詩珍木鬱蒼蒼

鸒斯得所居蒿下盈萬族（齊賢曰）阮籍詩鸒斯高下飛毛羽長詩傳鸒斯鵯居鵯居雅烏也鸒音預（士贇曰）詩云弁彼鸒斯歸飛提提鸒斯本鸒鳩也莊子鸒鳩翱翔于蓬蒿之間注曰本作鸒音預

晉風日已頽窮途方慟哭（齊賢曰）毛詩晉國風十二篇其十一篇皆刺止無衣一篇美武公耳則晉風日頽可知此意譏晉昭公不能進用賢才親睦九族封成師於曲沃曲沃盛強國人將叛而歸之曲沃武公卒伐晉侯昏滅之盡以其寶器獻周釐王王命武公爲晉君列於諸侯至此而後哭其國亡特無益矣魏氏春秋阮籍率意獨駕不由徑路車跡所窮輒慟哭而反（士贇曰）晉謝安傳史臣論曰頽風已扇雅道日淪此篇首兩句乃居高見遠之意也三句四句比小人據高位而君子在野也五句至八句蓋謂當時君子亦有用世之意而在朝無君子以安之反不如小人之得位呼儔引類至於万族之多也末句借晉爲喩謂如此則君子道消風俗頽靡居然可知若阮籍之途窮然後慟哭毋乃見事之晩乎皆以唐史攷之魏知古上疏諫睿宗爲城西隆昌二公主造金仙玉眞觀亦有今風教頽替日益甚之語則知太白此詩以古喩今無可疑者

子見乃直指爲毛詩晉國
風之事吾未敢以爲然也

其五十五

齊瑟彈東吟秦絃弄西音慷慨動顏魄使人成荒淫（齊賢曰）齊亦國於東秦亦國於西東吟西音猶晉侯與楚囚鍾儀琴儀操南音曹子建詩秦箏發西氣齊瑟揚東謳漢楊惲曰荒淫無度（士贇曰）魏文帝詩秦箏何慷慨齊瑟和且柔高唐賦使人心動阮籍詩僶俛趣荒淫彼美佞邪子婉孌來相尋一笑雙白璧再歌千黃金（齊賢曰）琴操王昭君至單于大悦遣使報送白璧一雙史記虞卿說趙孝成王一見賜黃金百鎰白璧一雙鮑照白紵曲千金顧笑買芳年列女傳楚成王登臺夫人鄭子瞀不顧王曰顧吾與女千金（士贇曰）東漢崔駰傳迴眸百萬一笑千金珍色不貴道詎惜飛光沉安識紫霞客瑤臺鳴素琴（齊賢曰）論語吾未見好德如好色者前綏聲歌曰輕舉乘紫霞（士贇曰）楚辭望瑤臺之偃蹇兮見有娀之佚女秦嘉婦徐氏書曰芳香既珍素琴又好嵇康詩習習谷風吹我素琴此詩興也刺世之流連光景貴色而不貴道若有道之士高尚其事者又豈世人之所能識哉

其五十六

越客採明珠，提携出南隅〔齊賢曰〕過秦論南取北[illegible]之地以爲桂林象郡後漢孟嘗爲合浦太守郡不產穀實而海出珠寶與交趾比境先時宰守貪穢詭人採求珠遂徙交趾郡界嘗到官未踰歲去珠復還〔士贇曰〕謝靈運詩越客揚子斷曹植遠遊篇夜光明珠下隱金沙採之誰遺漢女湘娥洛神賦或採明珠或拾翠羽記曲禮長者與之提携越在南地故曰南隅

清輝照海月，美價傾皇都〔齊賢曰〕謝靈運遊赤石進帆海詩揚帆采石華掛席拾海月本草引臨海志注云海月大如鏡白色呂向注云石華附石生海月如鏡皆可食中采拾之此言明珠之輝清海月宜其美價傾鴈都也〔士贇曰〕阮嗣宗詩明月曜清輝此海月非江賦王珧海月之謂乃清輝照映如月出於海也顏延年詩美價難克充曹植詩肅承明詔應會皇都

獻君君按劍，懷寶空長吁〔齊賢曰〕鄒陽書曰明月之珠以暗投人則人莫不按劍相眄左傳懷璧其罪〔士贇曰〕論語懷其寶而迷其邦

魚目復相哂，寸心增煩紆〔齊賢曰〕張景陽詩魚目笑明月四愁詩何爲懷憂心煩紆王逸曰紆屈也〔士贇曰〕洛書曰秦失金鏡魚目入珠盧諶書曰夜光報於魚目沈休文詩寸心於此足詩意蓋謂真儒不遇於世而假儒衣冠者反得位而哂笑焉真儒之心其煩憂從可知矣此乃太白譏世之作也雖然何世而不如此哉千載讀之猶有感激

其五十七

羽族禀萬化小大各有依〔齊賢曰〕蜀都賦羽族紛泊鷦鷯賦何造化之多端兮播群形之万類
〔士贇曰〕莊子曰是特犯人之形而猶喜之若人之形者萬化而未始有極也又況萬物之所係而一化之所待乎又窮髮之北有冥
海者天池也有魚焉其廣數千里未有知其脩者其名為鯤有鳥焉其名為鵬背若太山翼若垂天之雲摶扶搖羊角而上者九萬里絕
雲氣負青天然後圖南且適南冥也斥鴳笑之曰彼且奚適也我騰躍而上不過數仞而下翱翔蓬蒿之間此亦飛之至也而且奚適也
比小大之辯也故夫知效一官行比一鄉德合一君而徵一國者其自視也亦若此矣周周亦何辜六翮
掩不揮願銜衆禽翼一向黃河飛〔齊賢曰〕說文啁嘐也竹包切楚辭鵾雞啁哳而
悲鳴韓詩外傳云鴻鵠一舉千里所恃者六翮耳〔士贇曰〕周周鳥也事出韓子今子見引鵾雞為註非也按韓子曰鳥有周周者首重而
尾屈將欲飲於河則必顛乃銜羽而飲今人之所有飢不足者不可以不愛其羽也阮籍詩寒風吹四壁寒鳥相因依周周尚銜羽蛩蛩
亦念飢劉向新序鴻脩六翮而凌清風麃摽高翔抱朴子揮翮雲漢飛者莫我顧嘆息將安歸
〔齊賢曰〕王明君詞曰願假飛鴻翼乘之以遊征飛鴻不我顧竚立以屛營〔士贇曰〕晉書謝安嘗與孫綽等泛海風起浪湧諸人皆懼安吟
嘯自若風轉急安徐曰如此將安歸邪此詩全祖莊子韓子二事之意以鳥為喻言小大各有所依猶周周之無力者依有力者銜羽而
飲今有力者飛而不顧唯有嘆息而已猶言在野之賢望在位之賢汲引同類以就君祿而在位者曾無進賢之心有志而不能自拔者

茫無所歸惟有嘆息而已余因發而明之以愧當世在位之賢不能引拔同類者

其五十八

我到巫山渚尋古登陽臺（齊賢曰九域志夔州巫山縣距州東北七十五里有大仙廟即巫山神女祠夔州有古宮襄王所游地襄陽耆舊傳云赤帝姚姬未行而卒葬於巫山之陽故曰巫山之女宋玉高唐賦序曰楚襄王與玉遊雲夢之臺望高唐之觀其上獨有雲氣王問曰此何氣也曰所謂朝雲者先王嘗遊高唐夢一婦人曰妾巫山之女爲高唐之客王因幸之去而辭曰妾在巫山之陽高丘之阻旦爲朝雲暮爲行雨朝朝暮暮陽臺之下旦朝視之如言故爲立廟曰朝雲高唐賦曰㴱兮如風悽兮如雨風止雨霽雲無處所（士贇曰江淹詩相思巫山渚悵望陽雲臺）天空綵雲滅地遠清風來（士贇曰史天官書亦帝行德天牢爲之空　桓譚新論雍門周説孟嘗君曰今君下羅帷來清風刘休玄詩玉宇來清風）神女知已久襄王安在哉（齊賢曰江淹詩簫管有遺音梁王安在哉士贇曰神女賦序楚襄王與宋玉遊於雲夢之浦使宋玉賦高唐之事其夜王寢夢與神女遇焉）荒淫竟淪替樵牧徒悲哀（士贇曰阮籍詩三楚多秀士朝雲進荒淫　桓譚新論雍門周以琴見孟嘗君曰臣竊悲千秋萬歲後墳墓生荊棘狐兎穴其中樵兒牧豎躑躅而歌其上行人見之悽愴孟嘗君之尊貴如何成此乎孟嘗君喟然歎息涙下承睫此篇是太白南遊時過巫山懷古而作天空綵

雲滅地遠淸風來者謂無神女薦寢事也末四句謂時異事殊若襄王之荒淫者竟已淪替徒與樵牧之悲哀而已

其五十九

惻惻泣路岐哀哀悲素絲路岐有南北素絲易變移〔齊賢曰淮南子曰楊子見岐路而哭之爲其可以南可以北墨子見練絲而泣之爲其可以黄可以黑毛詩哀哀父母〔士贇曰歐陽建詩惻惻心中酸〕萬事固如此人生無定期田竇相傾奪賓客互盈虧世途多翻覆交道方嶮巇〔士贇曰田竇者竇嬰田蚡也按漢書曰竇嬰孝文皇后從兄子也喜賓客田蚡孝景皇后母弟也卑下賓客進名士家居者欲以傾諸將相蚡以王太后故親幸數言事多效士吏趨勢力者皆去嬰而歸蚡六年竇太后崩因與蚡爭灌夫事太后怒後嬰灌皆論棄市春蚡疾竟死曹顏遠詩富貴他人合貧賤親戚離廉藺門易軌田竇相奪移陸機詩曰休咎相乘躡翻覆若波瀾劉孝標書曰世路嶮巇太行孟門豈云嶄絶詩云人亦有言交道實難〕斗酒強然諾寸心終自疑〔齊賢曰名都篇美酒斗十千廣雅諾應也白馬篇一朝許人諾住諾相然許之辭老子曰輕諾者必寡信徐庶曰方寸亂矣〔士贇曰漢書張耳傳此因趙國立義不侵爲然諾者也又曰貫高能自立然諾灌夫傳已然諾師古曰謂一言許人必信之也沈約詩寸心於此足〕張陳竟火滅蕭朱亦星離〔齊賢

〔曰〕張耳陳餘為刎頸之交班固賛曰耳餘始居約時相然信以死及據國爭權卒相滅亡蕭育與陳咸朱博為友著聞當世故長安語曰蕭朱結綬王貢彈冠言其相薦達也〔士贇曰〕漢書張耳陳餘傳餘年少父事耳相與為刎頸交後有隙敘傳曰張陳之交遊如父子攜手遂秦附翼俱起據國爭權還為豺虎耳又蕭育傳育與博後有隙不能終故世以交為難故曰火滅星離也傳玄擬楚篇曰光滅星離

衆鳥集榮柯窮魚守枯池嗟嗟失懽客勤問何所規

〔齊賢〕〔曰〕陶潛詩衆鳥欣有託左太沖詩塊若枯池魚〔士贇曰〕曹顏遠詩晨風集茂林棲鳥去枯枝此詩譏市道交者必當時有所為而作太白罹難之餘交朋之交道其不能始終如一而奔趨權門者諒亦多矣徒有一類失懽之客勤勤問勞亦何所規益乎觀此詩者亦可以知人心之不古已夫

分類補註李太白詩卷之二

李太白詩集

三四

分類補註李太白詩卷之三

古樂府

遠別離

〔士贇曰〕樂府遠別離者別離十九曲之一也

遠別離古有皇英之二女乃在洞庭之南瀟湘之浦海水直下萬里深誰人不言此離苦〔齊賢曰〕大司命悲莫悲兮生別離〔士贇曰〕謝朓詩何爲遠別離漢書班婕妤賦美皇英之女虞兮博物志舜南巡不返葬於蒼梧之野堯二女娥皇女英追之不及至洞庭之山淚下染竹即斑妃死爲湘水神輿地志黃陵廟在潭州湘陰縣北八十里瀟湘之尾洞庭之口廟有晉太康九年碑額曰舜帝二妃之碑此意謂離恨之苦與海水俱深也日慘慘兮雲冥冥猩猩啼煙兮鬼嘯雨我縱言之將何補〔齊賢曰〕慘慘無光冥冥暗貌蜀都賦猩猩夜啼注猩猩生交趾封溪似猿人面能言語夜聞其聲如小兒啼啼呼也〔士贇曰〕王粲登樓賦步棲遲以徙倚兮白日忽其將匿風蕭瑟而並興兮天慘慘而無色楚辭山鬼表獨立兮山之上雲容容而在下杳冥冥兮羌晝晦東風飄兮神靈雨江淹詩夜聞[illegible]鮑照蕪城賦木魅山鬼野鼠城狐風嘷雨嘯昏見晨趨皇[illegible]不照余之忠誠雲憑憑兮欲吼怒〔齊賢曰〕寡婦賦曰仰

皇　大也左傳震電馮怒杜預曰馮盛也方言曰馮怒也
天　匹馮怒（士贇曰）楚辭所非忠而言之兮指蒼天以為正又
竭忠　人辜君兮
反離群而贅疣

堯舜當之亦禪禹（齊賢曰）孟子唐虞禪夏
后殷周繼（士贇曰）禮記
禮器曰堯授舜
舜授禹者時也

君失臣兮龍為魚權歸臣兮鼠變虎（齊
賢
曰楚辭神龍失水兮為螻蟻之所裁蜀先主曰孤之有孔明猶魚之
有水東方朔客難曰用之則為虎不用則為鼠（士贇曰）易繫辭君不
密則失臣老子輕則失臣劉向說苑吳王欲從民飲酒伍子胥諫曰
不可昔白龍下清冷之淵化為魚漁者豫且射中其目白龍上訴天
帝天帝曰當是之時若安置而形白龍曰我下清冷之淵化為魚天
帝曰魚固人之所射也若是豫且何罪夫白龍天帝貴畜也豫且宋
國賤臣也白龍不化豫且不射今棄萬乘之位而從布衣之士飲酒
臣恐其有豫且之患矣王乃止劉向上封事曰人臣操權秉持國政
未有不為
害者也

或言堯幽囚舜野死（士贇曰）史記正義曰括地志云
故堯城在濮州鄄城縣東北十
五里竹書云昔堯德衰為舜所囚也又有偃朱故城在縣西北十五
里竹書云舜囚堯復偃塞丹朱使不與父相見也書舜典注曰舜即
位五十年升道南方巡狩
死於蒼梧之野而葬焉

九疑聯綿皆相似重瞳孤墳竟何是（齊賢曰）漢紀望祀虞舜于九疑張揖曰九疑在零陵營道縣
文穎曰九疑山半在蒼梧半在零陵如淳曰在蒼梧馮乘縣
師古曰文說是也其下九峯形勢相似故曰九嶷山嶷音疑以今郡
縣考之九疑山在道州寧遠縣南六十里兩漢之泠道師古是文穎

之説而馮乗實今江華富川之地去九疑甚遠舂陵圖志九疑山亦名蒼梧山一曰朱明峯二曰石城峯三曰石樓峯四娥皇峯五曰舜源峯六曰女英峯七簫韶峯八桂林峯九杞林峯聳然於群峯之間望之大槩相似茲其爲九疑乎漢書舜重瞳子（士贇曰後漢地理志零陵郡營道南九疑山舜之所葬郭璞山海經注曰其山九谿皆相似故曰九疑湘州營陽郡記山下有舜祠故老相傳舜登九疑山海經曰蒼梧之丘其中有疑山焉舜之所葬在零陵縣界湘中記九嶷山在營道縣北九山相似行者疑惑故名之曰九疑山淮南子曰堯眉八彩舜重瞳子

帝子泣兮綠雲閒隨風波兮去無還慟哭兮遠望見蒼梧之深山（士贇曰帝子即娥皇女英也楚辭帝子降兮北渚目眇眇兮愁予鮑照詩垂綵綠雲中説苑不覩於海上何以知風波之惡漢賈誼傳䟽者或制大權偪天子可爲慟哭者此也楚辭荒忽兮遠望觀流水兮潺湲

蒼梧山崩湘水絕竹上之淚乃可滅（齊賢曰左傳山崩川竭後漢志零陵陽朔山湘水出以今郡縣考之湘水出靜江府興安縣海陽山秦史祿自鐔嶲分一派南下謂之灕水按晉志興安隸蒼梧郡在唐爲桂州理定縣本興安至德二載更名則漢言陽朔山者誤矣湘水自海陽下全州下永州與瀟水合又下衡州與蒸水合趨潭州以入于洞庭博物志曰舜死二妃淚下染竹即斑晉王珉傳王導初渡淮郭璞筮之曰淮水絕王氏滅（士贇曰此篇前輩咸以爲上元間李輔國張后矯帝制遷上皇詩太白有感而作余曰非也爲是説者蓋未嘗以全篇詩意意謂無借人國柄借人國柄則失其權失其權則雖

聖主　社稷妻子焉其禍有必至之勢也然則此詩之作其
在於天[illegible]之末乎按唐史高力士傳曰天寶中邊將爭立功帝嘗曰
朕春秋高朝廷細務付宰相蕃夷不龔付諸將寧不暇邪力士對曰
臣聞至閣門見奏事者言雲南數喪師又北兵悍且強陛下何以制
之臣恐禍成不可禁其指蓋謂祿山帝曰卿勿言朕將圖之又帝嘗
齋大同殿力士侍帝曰海內無事朕將吐納導引以天下事付林甫
若何力士對曰天下大柄不可假人威權既振孰敢議者帝不悅自
是國權卒歸於林甫國忠軍權卒歸於祿山翰太白此時熟識時
病欲言則懼禍及已不得已而形之詩章聊以致其愛君憂國之志
而已所謂皇英之事特借之以引喻發興而曰日日皇穹者所以比
其君而雲則其臣也詩曰日慘慘兮雲冥冥者喻君昏於上而權臣
障蔽於下也猩猩啼煙鬼嘯雨者極小人之形容而政亂之甚也我
縱言之將何補者太白感歎之辭謂時事如此矣我縱言之誠恐君
不以我爲忠而適以取憎於權臣也夫如是則又將何補哉堯舜當
之亦禪禹而下數句乃是太白所欲言之事謂權歸於臣其禍必至
於此所引竹書事特起興耳末句曰蒼梧山崩湘水絕竹上之淚乃
可滅者自意若曰事若至此是抱萬古之恨與山水而無窮也詩意
切直著明流出胷臆非識時憂世之士懷存君忠國之心者孰能與
於此使時有採詩之官而君之一悟俗之一改則安史之亂可消播
遷幽居之禍不作豈曰小補之哉若曰作於上元間則是夫人皆能
言之不幾於樂禍之小人也耶曾謂太白肯爲之乎
吾故表而出之後世無太白則已有則應必謂然

公無渡河

士贇曰按王僧虔技録曰公無渡河行亦曰
箜篌行其始義見崔豹古今注又琴操九引

有箜篌引亦曰公無渡河亦曰箜篌謡乃朝鮮津卒霍
里子高妻麗玉所作子高晨起刺船見一白首狂夫披
髪携壺亂流而渡其妻隨呼止之不及遂溺死妻乃援
箜篌而鼓之歌曰公無渡河公終渡河公墮河而死當奈
公何聲音悽愴曲終亦投河而死子高還以其聲語麗
玉麗玉傷之乃引箜篌寫其聲聞者莫不墮淚太白此
詩亦祖
此意耳

黄河西来决崑崙咆哮萬里觸龍門（齊賢曰）山海經穆天
子傳爾雅淮南子桑
欽酈元諸書皆曰河出崑崙墟色白潛流地中受衆渾濁故色黄河
自積石過燉煌酒泉張掖郡南東過隴西河關縣與洮水合又東過
金城允吾縣北又東流經天水安定北地朔方郡東轉寖搜縣北南
流過五原郡南東過雲中郡南過定襄西河郡東又南過上郡西然
後至龍門自積石至龍門三千餘里（士贇曰）山海經河源出崑崙之
山桑欽水經崑崙墟在西北去嵩高五萬里地之中也其高萬一千
里河水出其東北陬紆從其東南流入于勃海又出海外南至積石
山下有石門河水冒以西南流成公綏大河賦曰覽百川之弘壯莫
尚美於黄河潛崑崙之峻極出積石之嵯峨登龍門而南遊兮拂華
陰與曲阿凌砥柱而激湍兮踰汭洛而揚波禹貢導河積石至于龍
門

波滔天堯咨嗟大禹理百川兒啼不窺家殺湍湮
洪水九州始蠶麻其害乃去茫然風沙（齊賢曰）堯典曰
咨四嶽湯湯洪

水之割蕩[illegible]山襄陵浩浩滔天下民其咨海賦禹也啓龍門之岝嶺墾陵巒嶄鑿群山既略百川潛渫禹娶于塗山辛壬癸甲啓呱呱而泣〻〻弗子禹貢桑土既蠶生民詩麻麥幪幪則洪水既平之後九州始蠶麻之驗矣(士贇曰)書禹曰洪水滔天浩浩懷山襄陵下民昏墊予乘四載隨山刊木暨益奏庶鮮食予決九川距四海濬畎澮距川又娶于塗山辛壬癸甲啓呱呱而泣予弗子惟荒度土功注啓禹子也禹治水過門不入聞啓泣聲不暇子名之以大治度水土之功前漢溝洫志禹堙洪水諸夏乂安江淹詩但願桑麻成蠶月得紡績易通卦驗曰巽氣不至則大風揚沙

被髮之叟狂而癡清晨臨流欲奚為旁人不惜妻止之公無渡河苦渡之虎可搏河難馮公果溺死流海湄(齊賢曰)論語暴虎馮河(士贇曰)事見題注有長鯨白齒若雪山公乎公乎挂罥於其間箜篌所悲竟不還(齊賢曰)鯨魚見二卷

注雪賦雪山峙於西域海賦或屑沒於黿鼉之穴或挂罥於岑嶅之峯注曰言被漂溺死非一所也漢書塞南越禱祠太一后土作坎侯坎聲也應劭曰使樂人侯調作之取其坎坎應節因以其姓號為坎侯蘇林曰作箜篌(士贇曰)此篇大意謂洪水滔天下民昏墊天之作孽不可逭也地平天成上下相安之時乃無故馮河而死是則非所謂自作孽者歟亦可哀而不足恤也矣故詩曰旁人不惜妻止之也是亦諷止當時不靖之人自投憲網者借此為喻云耳

蜀道難（士贇曰）按王僧虔技録相和歌瑟調三十八曲内有蜀道難因知亦古樂府名也

噫吁戲危乎高哉蜀道之難難於上青天（齊賢曰）廣記太白嘗爲蜀道難難於上青天以刺嚴武後陸暢復爲蜀道易易於履平地以佞韋皐皐大喜賜羅八百匹劉向説苑枚乘諫吳王曰必若所欲爲危如累卵難於上天、

蠶叢及魚鳧開國何茫然爾來四萬八千歲不與秦塞通人煙（齊賢曰）揚雄蜀王本紀曰蜀王之先名蠶叢柏濩魚鳧蒲澤開明是時人民椎髻哤言不曉文字未有禮樂從開明上到蠶叢積三萬四千歲成都記蠶叢之後有柏濩柏濩之後有魚鳧魚鳧皆蠶叢之子魚鳧治導江縣嘗獵湔山得道乘虎而去杜宇遂繼魚鳧秦惠王討滅蜀王封公子通爲蜀侯惠王二十七年使張儀築都城後置蜀郡以李冰爲守冰穿兩江爲人開田百姓享其利蜀人始通中國

西當太白有鳥道可以橫絶峨眉巔（齊賢曰）太白山名南中志交趾郡治龍編自興古鳥道四百里史記高祖歌曰羽翼已就橫絶四海九域志峨眉縣去嘉州西九十里峨眉山隷焉（士贇曰）太白山在洋州眞符縣四百五十里山西隷鳳翔府山背屬眞符圖經大峨山峨眉縣南百里兩山相對如峨眉記云其山周匝千里有石龕百一十二大洞十一小洞二十八南北有臺

地崩山摧壯士死然後天梯石棧相句連（齊賢曰）昔秦欲伐蜀無路通遣人告蜀王曰秦有金牛其糞成金使蜀迎取之蜀王命五丁力士開

山取金牛蜀路說通秦伐蜀取其國號所開路曰金牛蜀王本紀曰天為蜀王生五丁力士能徙山秦王獻美女與蜀王遣五丁迎女見一大蛇入山穴中五丁共引蛇山崩厭殺五丁秦女皆上山化為石漢書張良說燒絕棧道(士贇曰)輿地廣記大劍山在劍門縣亦名梁山山有小石門穿山通道六丈有餘昔秦伐蜀不知道遂作五石牛以金置尾下言能糞金欲以遺蜀蜀王負力而貪乃令五丁開道引之秦因使張儀司馬錯引兵尋路滅蜀謂之石牛道梁州圖經云棧道連空極天下之至險興利州至三泉縣橋閣共一萬九千三百八十間護險編欄共四萬七千一百三十四間郡國志褒城縣北口曰斜南口曰褒長四百七十里同為一谷兩谷高峻褒水所流昔張良送高皇帝至褒中說燒棧道即此地入斜谷路至鳳州界百五十里有棧道二千九百八十九間板閣二千八百九十二間

上有六龍回日之高標下有衝波逆折之回川(齊賢曰)春秋命曆序曰皇伯登出扶桑日之陽駕六龍以下上蜀都賦羲和假道於峻岐陽烏回翼乎高標上林賦橫流逆折轉騰潎冽(士贇曰)圖經高標山一名高望乃嘉定府之主山巋然高峙萬象在前

黃鶴之飛尚不得過猨猱欲度愁攀援(齊賢曰)顏師古曰黃鵠一舉千里非白鵠也爾雅曰猱猨善援郭璞注便攀援五臣注文選曰猨狖輕捷之獸(士贇曰)後漢地理志曰南中志云朱提縣西南二里有堂狼山多毒草盛夏之月飛鳥過之不能得去崔豹古今注馬援武溪深曲曰鳥飛不度獸不能臨此句意出於此黃鶴飛之至高者猿猱最便捷者尚不得度則其為險絕可知韓詩外傳田饒曰夫黃鶴高飛一舉千里翟方進

傳以相攀援

青泥何盤盤百步九折縈巖巒(齊賢曰)九域志興州有青泥嶺山頂常有煙霧霰雪其嶺上入蜀之路蜀都賦九折之坂注九折坂在漢屬巖道縣卭萊山此特言青泥之路縈紆百步而九折耳(士贇曰)輿地廣記青泥嶺在沔州長舉縣西北五十里懸崖萬仞上多雲雨行者多逢泥淖後漢書地理志廣漢巖道有卭僰九折坂者卭郵置注二云華陽國志曰道至險有長嶺若棟八渡之難楊母閣之峻昔楊氏倡造作閣故名焉卭崍山本名卭莋故卭人莋人之界也巖阻峻廻曲九折乃至山上凝冰夏結冬則劇寒王陽行部至此而退

捫參歷井仰脅息以手撫膺坐長嘆(齊賢曰)何圖括地象曰岷山之地上有井絡謂岷山之精上為天之井星也甘氏星經曰參十星玉井四星在參左足下捫參必歷井也列子曰昔人有知不死之道者齊子欲學其道聞其已死乃撫膺而恨(士贇曰)楚辭據青冥而攄虹兮遂儵忽而捫天注捫摸也地理志禹貢梁州之域秦地鶉首之次天官東井輿鬼之分野入參一度古蜀國也宋玉高唐賦股戰脅息漢嚴延年傳豪強脅息顏師古曰脅歛也屏氣而息曹植詩中夜起長嘆

問君西遊何時還畏途巉巖不可攀(齊賢曰)自秦入蜀曰西遊(士贇曰)漢書傳終軍步入關關史與軍繻軍問何為吏曰為復傳還當合符軍曰丈夫西遊終不復傳還棄繻而去曹植詩攬衣起西游江淹詩遊子何時還史范睢傳曰王稽問魏有賢人可與俱西遊者乎高唐賦登巉巖而下望兮臨大阺之稸水劉孝綽詩高枝不可攀

但見悲鳥號古木雄飛從雌繞林

間又聞子規啼夜月愁空山蜀道之難難於上青天
使人聽此凋朱顏（齊賢曰）蜀記曰昔有人姓杜名宇王蜀號曰望帝宇死俗說云宇化爲子規子規鳥名也
蜀人聞子規鳴皆曰望帝也王康琚詩凝霜凋朱顏（士贇曰）樂府雉子斑古詞云雉子高飛止黃鵠高飛已千里雄來飛從雌視江淹雜
三言詩道經懷此書兮坐空山空山隱轔兮躬翠崿鮑照詩聽此愁人兮奈何登山臨水得留顏　連峯去天不
盈尺枯松倒掛倚絕壁飛湍瀑流爭喧豗砯崖轉石
萬壑雷其險也如此嗟爾遠道之人胡爲乎來哉（齊賢
曰）杜詩注城南韋杜去天尺五江賦砯巖鼓作注砯水擊巖之聲砯普冰切上林賦礧石相擊硠硠礚礚若雷霆之聲（士贇曰）木華海賦
磊匒匒而相豗注豗擊也越絕書春申君傳李園曰有遠道客詩云胡爲乎泥中　劍閣崢嶸而崔嵬一
夫當關萬夫莫開所守或匪親化爲狼與豺（齊賢曰）酈道元水經
註小劍去大劍三十里連山絕險飛閣相通故謂之劍閣左思蜀都賦曰一人守隘萬夫莫向張孟陽劍閣銘曰劍閣壁立千仞窮地之
險極路之峻一人荷戟百夫趑趄形勝之地匪親勿居（士贇曰）楚辭下崢嶸而無地兮崢嶸高貌爾雅石戴土謂之崔嵬漢韓安國傳雖
有親兄安知其不爲狼張耳陳餘叙傳據國爭權還如豺虎耳　朝避猛虎夕避長蛇磨牙吮

血殺人如麻（齊賢曰）古猛虎行曰飢不從猛虎食暮不從野鶴棲陸士衡猛虎行曰飢食猛虎窟寒棲野雀林左傳吳爲封豕長蛇揚雄長楊賦曰鑿齒之徒相與磨牙而爭之吮粗究切嗽也史天官書秦以兵滅六王并中國外攘四夷死人如亂麻（士贇曰）陸機詩猛虎憑林嘯謝玄暉詩長蛇固能剪錦城雖云樂不如早還家（士贇曰）圖經成都郡名錦城古詩客行雖云樂不如早旋歸蜀道之難難於上青天側身西望長咨嗟（齊賢曰）四愁詩側身西望涕沾裳太平廣記云太白初自蜀至京師賀知章聞其名首訪之既奇其姿又請所爲文白出蜀道難示之讀未竟稱嘆數四號爲謫仙人（士贇曰）鮑照詩咨嗟戀景況又絃絕空咨嗟○士贇箋事已有客曰洪駒父詩話云新唐書嚴武傳曰武在蜀放肆夸踞以故宰相爲部內刺史武踞慢不爲禮最厚杜甫然欲殺甫數矣李白作蜀道難乃爲房與杜危之也新唐書據范攄雲溪友議言之耳按唐書撫言載李白始自西蜀至京道未甚振因以所業贄謁賀知章知章覽蜀道難一篇曰子謫仙人也按白本傳天寶初因吳筠被召亦至長安時往見賀知章則與嚴武帥蜀歲月懸遠嘗見李集一本於蜀道難題下注諷章仇兼瓊也考其年月近之矣謂危房杜者非也新唐書第弗深考耳洪存中筆談云前史稱嚴武爲劍南節度不法李白爲作蜀道難按孟棨所記白初至京師賀知章聞名首詣之白出蜀道難時乃天寶初也嚴武爲劍南乃在至德已後肅宗時年代甚遠蓋小說所記率多舛誤今子以何說爲是乎予曰以臆斷之其說皆非也史不足徵小說傳記又足信乎所謂嘗見李集一本於蜀道難下注諷章仇兼瓊者山谷黃

曾直嘗於宜州用三錢買雞毛筆爲周惟深作草書蜀道難亦於題下註云諷章仇兼瓊也然天寶初天下乂安四郊無警劍閣乃長安入蜀之道太白非狂者乃拳拳然欲其嚴劍閣之守不知將何所拒乎以此知其不爲章仇兼瓊也嘗以全篇詩意與唐史參考之是蓋太白初聞祿山亂華天子幸蜀時作也若曰爲房琯杜甫章仇兼瓊而作何至始引蠶叢開國然言劍閣之險復及所守匪親化爲豺狼等語哉引喻非倫以是知其不爲章與房杜也按唐史哥舒翰兵敗潼關不守楊國忠首倡幸蜀之策當時臣庶皆非之馬嵬父老遮道諫曰宮闕陛下家居陵寢陛下墳墓今舍此欲何之又告太子曰若殿下與至尊皆入蜀中原百姓誰爲主建寧王倓亦曰今殿下從至尊入蜀若賊兵燒絕棧道則中原之地拱手授賊既上至扶風士卒潛懷去就往往流言不遜比至成都從官及六軍至者千三百人而已太白此時蓋亦深知幸蜀之非計欲言則不在其位不言則愛君憂國之情不能自已故作是詩以達意也詩曰噫吁戲危乎高哉蜀道之難難於上青天者極路險難之形容言當時欲從君于難者至蜀之難如上天之難也蠶叢及魚鳧開國何茫然爾來四萬八千歲不與秦塞通人煙者言最爾之蜀僻在一隅自古聲教所不暨雖秦塞之近且不相通非可爲中國帝王之都也西當太白有鳥道可以橫絕峩眉巔者言五丁未開道之前惟長安正西太白山僅有鳥道可以橫絕峩眉之巔非人迹所可往來也地崩山摧壯士死然後天梯石棧相鉤連者言五丁既開道之後梯棧相連始與秦通今焉安孰於蜀設若燒絕棧道則中原道斷矣上有六龍回日之高標下有衝波逆折之回川者言其險上際于天下極于地也黃鶴之飛尚不得過猿猱欲度愁攀援者言鳥獸猶憚其險人其可知也青泥何盤

盤百步九折縈巖巒者歷言蜀道險難之所也捫參歷井仰脅息以手撫膺坐長嘆者蓋參與井爲蜀分野捫參歷井言環蜀之境道里險難所在皆然令人脅歛屏氣而息惟有撫膺長歎而已也問君西遊何時還者君字非泛然而言猶杜子美北征詩恐君有遺失及君誠中興主之義所謂君者明皇也西遊者西幸也何時還者言既幸蜀矣何時可還中原而爲生靈之主也畏途巉巖不可攀者此兩句乃太白興歎發問之辭言君既幸蜀矣何時可還而畏途如此忠臣義士雖欲從君於難道路險阻不可以猝然攀附也史曰上至成都從官六軍近千三百人此其驗矣但見悲鳥號古木雄飛從雌繞林間又聞子規啼夜月愁空山者言朝夕之間空山叢林惟有禽鳥飛鳴則人迹之稀少從可知也復申之曰蜀道之難難於上青天者言其險之極一言之不足再言之也使人聽此凋朱顏者此乃太白自述聞此險之時欲攀從而不可徒感傷於心而形諸顏色也連峯去天不盈尺枯松倒掛倚絶壁飛湍瀑流爭喧豗砯厓轉石萬壑雷其險也如此者備言蜀道險難之狀也嗟爾遠道之人胡爲乎來哉者嗟字乃發嘆之音遠道之人以喻疏遠之臣言蜀道之險如此若向之疏遠者雖欲從君於難胡爲而能來也劍閣崢嶸而崔嵬一夫當關萬夫莫開所守或匪親化爲狼與豺者言贊帝幸蜀者不過謂有劍閣之險而已然太白私憂過計謂險則險矣守關者任非其人如豺狼之反噬是未可知此則尤可憂也朝避猛虎夕避長蛇磨牙吮血殺人如麻者言蜀與羌夷雜處如虎如蛇朝夕皆當避之或者變生肘腋是又可憂之大者也錦城雖云樂不如早還家者語意蓋自楚辭招魂中來言蜀都之樂不如早還中國之樂也復申之曰蜀道之難難於上青天側身西望長咨嗟者再言之不足故三言之反覆

再三謂從君子難者至蜀之難眞如上天之難矣夫如是則白也側身無所西望吾君惟有長嘆咨嗟以致吾睠戀之意云耳呼詩意亦微而顯者歟客曰是則然矣上皇西巡南京歌胡爲而作耶予曰蜀道難是初聞上皇倉猝幸蜀之時太白見得事理不便者如此情發於中不能已於言也西巡南京歌是事已定之時代人致頌之詞也成事不說遂事不諫朝廷處分已定太白不在其位可復更爲異議乎客又曰太白爲宋中丞撰請都金陵表胡爲稱美蜀都欲使上皇安居之耶予曰此亦代人之作也操辭者太白也命意者宋中丞也太白方依於中丞敢不從中丞之意而自爲異論乎此又不待辯而自明矣客語塞曰予不能辯之矣質諸後來之讁仙斯可矣

梁甫吟

（士贇曰）按王僧虔技錄相和歌楚調五曲内有梁甫吟行意始於諸葛亮後唯太白繼之耳

長嘯梁甫吟何時見陽春（齊賢曰）漢武登封泰山至于梁父九域志兗州有梁甫城諸葛亮嘗登鄒州獨樂山作梁父吟曰步出齊城門遥望蕩陰里里中有三墳纍纍正相似問是誰家冢田疆古冶子力能排南山文能絕地理一朝被讒言二桃殺三士誰能有此謀相國齊晏子（士贇）曰楚辭無衣裘以御冬兮恐溘死而不得見乎陽春

君不見朝歌屠叟辭棘津八十西來釣渭濱寧羞白髮照清水逢時吐氣思經綸廣張三千六百釣風期暗與文王親大賢虎變愚不測當年頗似尋常人（齊賢曰）朝歌在衛州戰國策姚

賈曰太公望朝歌之廢屠棘津之讎不庸又曰太公望老婦之逐夫
朝歌之廢屠文王用之而王注呂尚爲老婦所逐賣肉於朝歌肉上
生臭不售故曰廢屠天問曰師望在肆昌何識鼓刀揚聲后何喜注
云呂望在列肆文王親往問之望曰下屠屠牛中屠屠國文王喜載
與歸史記西伯將獵卜之曰所獲非龍非彲非虎非羆所獲霸王之
輔於是西伯獵果遇尚父於渭陽與語大悅曰吾太公望子久矣故
號曰太公望載與歸立爲師易曰大人虎變左傳曰爭尋常以盡其
民注八尺曰尋倍尋曰常孔叢曰尉繚子太公屠牛朝歌史游俠傳
呂尚困於棘津漢書地理志太公呂尚困於棘津城在瑯琊海曲水
經河水西又東逕棘津亭南酈道元引徐廣曰棘津在廣川司馬彪
曰縣北有棘津城呂尚賣食之困疑在此也劉澄之云譙郡鄼縣東
北有棘津亭故邑呂尚所困處也司馬遷云呂望東海上人也老而
無遇以釣干周文王行年五十賣食棘津七十則屠牛朝歌行年八
十釣于渭濱行年九十身爲帝師史記世家呂望蓋嘗窮困年老矣以
漁釣奸周西伯西伯將出獵卜之曰所獲非龍非彲非虎非羆所獲
霸王之輔於是西伯獵果遇太公於渭之陽與語大悅曰自吾先君
太公曰當有聖人適周因以興子眞是也吾太公望子久矣故號之
曰太公望載與俱歸立爲師易曰君子以經綸或問曰三千六百釣
何謂也子臆曰三千六百釣以指太公八十釣於渭十年間事也十
年三千六百日每日而釣故曰三千六百釣至九十乃遇文王是十
年矣禮記禮運人藏其心不可測度也

君不見高陽酒徒起草中長揖山東隆準公入門不拜騁雄辯兩女輟洗來趨風東下齊

城七十二指揮楚漢如旋蓬狂客落魄尚如此何況壯士當羣雄（齊賢曰）酈食其高陽人沛公畧地陳留麾下士適食其里中子酈生謂曰若見沛公曰臣里中有酈生年六十餘長八尺人皆謂之狂生生自謂非狂騎士言沛公至高陽傳舍使人召生生入謁沛公方倨床使兩女子洗足生長揖不拜曰公誅秦不宜倨見長者於是沛公輟洗起攝衣延坐高祖隆準而龍顏左傳郤至見楚子免胄而趨風注疾如風漢書酈生馮軾下齊七十餘城食其家貧落魄師古曰落魄失業無次也魄音薄（士贇曰）史記酈食其初謁沛公使者入通沛公方洗問使者何如人曰狀貌類大儒衣儒衣冠側注沛公使謝曰方以天下爲事未暇見儒人也食其瞋目按劍叱曰吾高陽酒徒也使者懼而失謁跪拾謁還走報曰客天下壯士也叱臣臣恐至失謁沛公遽延入酈生因言六國縱横時沛公喜賜酈生食問計號爲廣野君劉孝標廣絶交論馳黄馬之劇談縱碧雞之雄辯史孔子卒原憲亡在草澤中李蕭遠運命論張良受黄老之符三畧之説以遊羣雄我欲攀龍見明主雷公砰訇震天鼓（齊賢曰）後漢書攀龍鱗附鳳翼（士贇曰）班固叙傳曰攀龍附鳳並乘天衢王充論衡圖雷之狀纍纍如連鼓形又圖一人若力士謂之雷公使之左手引連鼓右手推之抱朴子曰雷者天地之鼓帝傍投壺多玉女三時大笑開電光倏爍晦冥起風雨閶闔九門不可通以額扣關閽者怒（齊賢曰）仙傳拾遺太公與一玉女投壺設

有不入者天爲之嚅嚧注嚅嚧開口而笑神異經東王公與玉女投壺梟而脫誤不接者天爲之笑開口流光今電是也左傳陰陽風雨晦冥毛詩風雨如晦招魂虎豹九關註言天門凡有九重使神虎豹執其關閉離騷曰吾令帝閽開關兮倚閶闔而望余注閶闔天門淮南子排閶闔論天門注云閶闔始升天之門天門上帝所居紫微宮門說文云閶天門闔門扇楚人名門曰閶闔（士贇曰）公孫子曰擊電無停光史龜策傳曰飄風日起正晝晦冥

白日不照吾精誠杞國無事憂天傾（齊賢曰）列子杞國人憂天崩墜身無所寄廢於飲食（士贇）曰鄒陽書夫精誠變天地而信不諭於兩主豈不哀哉

猰貐磨牙競人肉騶虞不折生草莖手接飛猱搏彫虎側足焦原未言苦（齊賢曰）長楊賦昔有強秦封豕其士猰貐其民鑿齒之徒磨牙而爭之爾雅猰貐類貙虎牙食人迅走山海經云小咸山有獸狀似牛而赤身人面馬足名曰猰貐騶虞仁獸不踐生草詩仁如騶虞尸子曰中黃伯曰余左執太行之獶而右搏雕虎（士贇曰）淮南子堯時有大風猰貐封豨脩蛇皆爲民害堯乃使羿繳大風於青丘之澤下殺猰貐斷脩蛇於洞庭禽封豨於桑林萬民欣悅毛詩疏陸機云騶虞仁獸也尾長於軀不食生物不履生草應信而至者也

智者可卷愚者豪世人見我輕鴻毛（齊賢曰）論語蘧伯玉邦有道則仕邦無道則卷而懷之故謂之智下愚之人則矜其豪強如飛廉惡來之徒燕丹子曰死有輕於鴻毛（士贇曰）禮記智者過之愚者不及此言智者卷而懷之爲甯武子之愚乃爲人豪耳論語曰

寗武子邦有道則智邦無道則愚漢司馬遷曰人固有一死死有重於太山或有輕於鴻毛用之所趣異也**力排南山三壯士齊相殺之費二桃**（士贇曰）齊相晏嬰二桃殺三士詳見一卷大獵賦田疆古冶之疇下注

吳楚弄兵無劇孟亞夫咍爾為徒勞（齊賢曰）漢書周亞夫乘傳至洛陽得劇孟喜曰吳楚舉大事而不求劇孟吾知其無能為也天下騷動大將軍得之若一敵國云（士贇曰）咍說文嗤笑也楚人謂相啁笑曰咍後漢梁竦曰州縣之職徒勞人耳

梁甫吟聲正悲張公兩龍劍神物合有時（士贇曰）蜀志諸葛亮躬耕隴畝好為梁甫吟魏伯陽周易參同契曰嗷嗷聲正悲兮如嬰兒之慕母魏武帝時北風聲正悲張華論劍事見二卷詩註古詩曰兔絲生有時

風雲感會起屠釣大人嵲屼當安之（齊賢曰）屠釣呂尚也尚書邦之杌隉孔安國曰杌隉不安（士贇曰）易雲從龍風從虎聖人作而萬物覩後漢二十八將傳曰感會風雲奮其智勇嵲屼不安貌書曰邦之杌隉易曰困于臲卼其義則一皆音五結五骨反此篇意思轉指甚多蓋太白借此以言志也長嘯梁甫吟何時見陽春是歎三士之不可復生亦以喻有志之士何時而遇主也君不見兩段乃太白耶自慰解之辭謂太公之老食其之狂當時視為尋常落魄之人後猶遇合如此則為士者終有遇合之時也我欲攀龍見明主乃太白於時事有所見而欲告於其君也雷公砰訇震天鼓帝傍投壺多玉女三時大笑開電光倏爍晦冥起風雨以喻權姦女謁用事而政令無常也閶闔九門不可通

以額扣關閽者怒以喻言路壅塞下情不得以上達而言者往往獲罪於權近也白曰不照吾精誠杞國無事憂天傾者乃太白灼見當時貴妃國忠林甫祿山竊弄權柄等事禍已胎而未形欲諫則言無證而不信倘使其君不鑒吾之誠則正所謂杞人憂天之類耳猰貐磨牙競人肉騶虞不折生草莖此乃深嘆當時小人在位為政害民有如猰貐磨牙競食人肉使有道之朝則當仁如騶虞雖生草不履況肯以人肉為食哉況肯輕殺一士哉手接飛猱搏雕虎側足焦原未言苦智者可卷愚者豪世人見我輕鴻毛力排南山三壯士齊相殺之費二桃白意蓋謂使當有道之朝得君而佐之為國出力剌姦擊邪不憚勤勞如接搏猱虎蹠側足焦原未足言苦耳今時事如此則惟當卷其智而為愚乃為人豪世不我知謂為眞愚而輕我如鴻毛然自亦卒不改行者亦思古來三壯士之功力如此一旦忤齊相用計殺之特費二桃殊不勞力白也倘不卷其智而懷之適足使權近得以甘心焉耳又何補哉吳楚弄兵無劇孟亞夫咍爾為徒勞者此又白深自慰解之辭謂當國者終須得人為用必有遇合之時也梁甫吟聲正悲張公兩龍劍神物合有時風雲感會起屠釣大人𡵓屼當安之者此乃申言有志之士終當如太公食其之感會風雲猶神劍之會合有時也則夫大人君子遭時屯否𡵓屼不安者且當安時以俟命可也安之兩字其義出莊子人間世曰自事其心者哀樂不易施乎前知其不可柰何而安之若命德之至也註云知不可柰何者命也而安之則無哀無樂何易施之有哉又德充符曰知不可柰何而安之若命唯有德者能之

烏夜啼

〔士贇曰〕按樂錄烏夜啼者清商曲也乃周房中樂之遺聲江左所謂梁宋新聲也其辭始於宋

臨川王義慶所作宋元嘉中徙彭城王義康於豫章郡
義慶時爲江州相見而哭文帝聞而怪之召還宅義慶
大懼妓妾聞烏夜啼叩齋閤云明日應有赦及旦改南
兗州刺史因此作歌故其詞云籠窻窻不開烏夜啼夜
夜望郎來盖詠其妾也太白
此詩亦祖此意詞不同耳

黃雲城邊烏欲棲歸飛啞啞枝上啼（齊賢曰啞於雅切不言也又烏格切笑聲）（士贇曰淮南子黃泉之埃上爲黃雲江淹詩黃雲蔽千里遊子何時還云）機中織錦秦川女碧紗如煙隔窻語停梭悵然憶遠人獨宿孤房淚如雨（齊賢曰鮑明遠詩蛾眉蔽珠櫳玉鉤隔瑣窻）（士贇曰鮑照詩看婦機中織又來時聞君婦閨中孀居獨宿有貞名亦云朝悲泣閑房又聞暮思淚沾裳詩云泣涕如雨）

烏棲曲

（士贇曰樂錄烏栖曲者烏獸二十一曲之一也）

姑蘇臺上烏棲時吳王宮裏醉西施（齊賢曰太平廣記曰賀知章見太白烏棲曲嘆賞曰此詩可以泣鬼神越絕書曰吳王起姑蘇臺五年乃成高見三百里漢濟南王傳注姑蘇臺一名姑胥臺故胥門外有九曲路乃闔閭遊姑蘇臺以望湖中今隸平江府寰宇記曰西施施其姓也有東施家西施家越絕書曰[illegible]踐得採薪二女西施鄭旦以獻吳王

外紀曰初闔閭起臺於姑蘇山山去國三十五里春夏游焉夫差高而飾之三年乃成周旋詰屈橫亘五里宮妓千人別立春宵宮爲長夜飲造千石酒鍾作天池池中作青龍舟舟中盛陳妓樂日與西施爲水嬉宮中作海靈館館娃閣銅溝玉檻宮之楹檻皆珠玉飾之(士贇曰)史記呉破越越進西施請退軍呉王許之王得西施多游姑蘇伍子胥諫曰臣恐姑蘇不久爲麋鹿所游王不聽

呉歌

楚舞歡未畢青山欲銜半邊日(齊賢曰)上林賦呉歈蔡謳奏大呂注呉蔡國名歈謳皆歌也歈音俞招魂宮庭震驚發激楚五臣云激急也楚舞舞賦云激楚結風陽阿之舞漢書高祖謂戚夫人曰爲我楚舞吾爲若楚歌古歩出夏門行云行行復行行白日薄西山王仲宣詩白日半西山桑梓有餘輝(士贇曰)樂録清商曲有子夜呉歌銀箭金壺漏水多起看秋月墜江波東方漸高奈樂何(齊賢曰)鮑照觀漏賦曰起攻階而升隩訪金壺之盈闕觀騰波之吞寫視驚箭之登没項羽歌曰虞兮虞兮奈若何(士贇曰)詩云東方明矣此詩雖只樂府然深得國風刺詩之體盛言其美而不美者自見觀者其毋忽諸

戰城南

(士贇曰)戰城南者漢短簫鐃歌二十二曲之一也古辭云戰城南死郭北野不葬烏可食此言野死不得葬爲烏所食願爲忠臣義士朝出戰而暮不得歸後來作者皆體此意魏曰定武功言曹公初破鄴也呉曰克皖城言孫權勝魏武於此城也晉曰景龍飛言景帝也梁曰漢東流言克魯山城也北齊曰立武

定言神武立魏王遷都於鄴而定天下也後周曰克沙
苑言太祖俘齊軍十萬於沙苑神武脫身遁也太白此
作則又指當時
之事而言也

去年戰桑乾源今年戰葱河道（齊賢曰）漢地志代郡桑乾縣音干言與突厥戰後漢書注葱嶺山名其山生葱故名唐地志安西郡去葱嶺七百里言與吐番戰（士贇曰）唐書王忠嗣傳天寶元年北討奚契丹戰桑乾河三遇三克耀武漢北高會而還李嗣業傳初討勃律遍道葱嶺水經曰河水又南入葱嶺山酈道元注曰河水重源有三非為二也一源西水捐毒之國葱嶺之上西出休循二百餘里皆故塞種也南屬葱嶺高千里西河舊事曰葱嶺在燉煌西八千里其山高大生葱故曰葱嶺也河源潛發其嶺分為二水一水西逕休循國南在葱嶺西郭義恭廣志曰休循國居葱嶺其山多大葱又逕難兜國北北接休循西南去罽賓國三百四十里

洗兵條支海上波放馬天山雪中草（齊賢曰）九域志安西都護府領月支條支部落唐條支都督府以訶達羅支國伏寶瑟顛城置漢武帝紀注天山即祁連也匈奴謂天為祁連西域傳天山冬夏有雪（士贇曰）漢書條支國臨西海又霍去病傳至祁連顏師古曰祁連山即天山也匈奴呼天為祁連通典唐置北庭節度防制突厥統瀚海天山伊吾三軍屯伊西二州之境治北庭都護府兵二萬人

萬里長征戰三軍盡衰老（士贇曰）後漢西域傳陳忠疏曰折衝萬里震怖匈奴漢嚴助傳曰天子之兵有征無戰詩閟宮箋曰大國三軍合三萬七千五百人

匈奴以殺戮爲耕作古來唯見白骨黃沙田(齊賢曰)蔡琰胡笳十七拍曰塞上黃蒿兮枝枯葉乾沙場白骨兮刀痕箭瘢王僧達詩黃沙千里(士贇曰)史匈奴傳匈奴無城郭常處耕田之業急則人習戰攻以侵伐其天性也蔡文姬詩白骨不知誰縱橫莫覆蓋王粲詩白骨平原蒲

秦家築城避胡處漢家還有烽火然烽火然不息征戰無已時(齊賢曰)始皇三十四年西北斥逐匈奴自榆中並河以東屬之陰山以爲三十四縣城河上爲塞又使蒙恬渡河取高闕陶山北假中築亭障以逐戎人徙謫居之漢光武紀修烽炬注曰前書賈誼傳音義文頴曰邊方備警作土臺臺上作桔橰頭上有兜零以薪草置其中有寇即然火擧之以相告曰烽火多積薪寇至則燔之望其煙曰燧晝則燔燧夜則擧烽廣雅曰兜零籠也唐六典曰鎮戍烽候所至大率相去三十里其逼邊者築城以致之其放煙有一炬二炬三炬四炬者毎日初夜擧一炬謂之平安火餘則隨寇多少爲差(士贇曰)史匈奴傳秦有隴西北地上郡築長城以拒胡漢書烽火通甘泉宮

野戰格鬭死敗馬號鳴向天悲烏鳶啄人腸銜飛上掛枯樹枝士卒塗草莽將軍空爾爲(齊賢曰)相抱而殺之曰格陳琳作飲馬長城窟行云男兒寧當格鬭死何能怫鬱長城道陶潛詩馬爲仰天鳴(士贇曰)此兩句是採摘古戰城南詞中語漢蕭何傳曹參有野戰畧地之功莊子曰在上爲烏鳶食司馬相如檄曰肝腦塗中原膏液潤野草王粲詩惜哉空爾爲

魏志臧洪傳表紹謂陳容曰汝非臧洪儔空爾爲也乃知兵者是凶器聖人不得已而用之(齊賢曰)太公六韜曰聖主號兵爲凶器不得已而用之(士贇曰)史越世家范蠡曰兵者凶器也老子兵者不祥之器非君子之器不得已而用之開元天寶中上好邊功征伐無時此詩蓋有所諷者也

將進酒(士贇曰)將進酒者漢短簫鐃歌二十二曲之一也魏曰平關中言曹公征馬超定關中也吳曰章洪德言孫權之德也晉曰因時運言時運之變聖德濟施也梁曰石首篇言平京城廢東昏也北齊曰破侯景言清河王岳殄侯景復河南也後周曰取巴蜀言太祖遣軍平定蜀地也唐時遺音尚存太白塡之以伸己之意耳

君不見黃河之水天上來奔流倒海不復迴(齊賢曰)曹植詩曰百川東到海何時復西歸(士贇曰)山海經河源出崑崙之上君不見高堂明鏡悲白髮朝如青絲暮成雪(齊賢曰)陸機詩云顏收紅藻玄髮吐素華(士贇曰)王丹丞融詩云欲知憂能老爲視鏡中絲人生得意須盡歡莫使金樽空對月(齊賢曰)江文通詩玉柱空掩露金樽坐含霜(士贇曰)漢王褒頌曰其得意如此鮑照詩人生貴得意懷願待君申列子曰子產有兄曰公孫朝好酒聚酒千鍾積麴成封子產以爲

戚因告以禮義之言朝曰吾知之久矣擇之亦久矣豈待若言而後識之哉凡生難遇而死之易及以難遇之生俟易及之死可孰念哉而欲尊禮義以誇人吾以此爲弗若死矣爲欲盡一生之歡唯患腹溢而不得恣口之飲不遑憂聲名之醜也此篇詩意全出於此後漢趙孝趙禮顯宗嘉兄弟篤行詔禮十日一就衛尉府太官送供具令對飲相對盡歡

天生我材必有用千金散盡還復來烹羊宰牛且爲樂會須一飲三百杯

齊賢曰太白上裴長史書曰昔東遊維揚不逾一年散金三十餘萬有落魄公子悉皆濟之曹植詩烹羊宰肥牛　士贇曰晉孫登曰人生而有才而不用其才果在於用其才史貨殖傳曰范蠡之陶爲朱公善治生十九年之中三致千金再分散與貧交疏昆弟此所謂富好行其德者也後年衰老而聽子孫子孫脩業而息之遂至巨萬漢楊惲書曰烹羊炮羔斗酒自勞古詩有云爲樂當及時

岑夫子丹丘生進酒君莫停與君歌一曲請君爲我側耳聽

齊賢曰杜工部詩多與岑參唱和且有詩云岑生多新語性亦嗜醇酎岑夫子必此人也丹丘生即元丹丘太白有元丹丘山居詩序曰元丹丘家頴陽新卜別業其地北倚馬嶺連峯嵩丘南瞻鹿臺極目汝海　士贇曰記孔子閒居傾耳而聽之不可得而聞也

鐘鼓饌玉不足貴但願長醉不願醒古來聖賢皆寂寞惟有飲者留其名

齊賢曰晉張翰曰使我有身後名不如即時一杯酒　士贇曰語禮云禮云玉帛云乎

哉樂二云樂二云鐘鼓二云乎哉古詩萬歲更相送賢聖莫能度不如飲美酒被服紈與素謝玄暉詩世祀忽寂寞

陳王昔時宴平樂斗酒十千恣讙謔主人何為言少錢徑須沽取對君酌（齊賢曰）曹子建封陳王為名都篇曰歸來宴平樂美酒斗十千注平樂觀名詩善戲謔兮箋云君子之德有張有弛故不常矜莊而時戲謔又酌言嘗之酌言獻之酌言酢之酌言醻之

五花馬千金裘呼兒將出換美酒與爾同銷萬古愁（齊賢曰）史記孟嘗君有一狐白裘直千金天下無雙西京雜記相如初與文君還成都居貧愁悶以所著鷫鸘裘就揚昌貰酒為歡又賀知章一見太白以金龜換酒與飲東方朔曰銷憂者莫若酒魏武帝樂府何以解憂唯有杜康（士贇曰）五花馬言其毛色也如九花三花之類老杜詩亦曰五花散作雲滿身又个个五花紋其義並出于隋丹元子步天歌曰五箇吐花王良星注一云王良五星其四星曰天駟旁一星曰王良亦曰天馬其星動為策馬故曰王良策馬車騎滿野謂馬之紋上應星宿也杜注無舉此者故并及之五臣文選曹植詩絃歌蕩思誰與銷愁此篇雖似任達放浪然太白素抱用世之才而不遇合亦自慰解之詞耳

行行且遊獵篇（士贇曰）行行且遊獵即征戍十五曲中之校獵曲也

邊城兒生年不讀一字書但將遊獵誇輕趫胡馬秋

肥宜白草騎來躡影何矜驕齊賢曰長楊賦求無邊成之災南史沈慶之手不知書毎將署事輒恨眼不識字西都賦趫悍虓豁趙夯國曰秋馬肥變必起矣曹子建七啓曰忽躡影而輕鶩注影日景也躡言疾也尚書驕淫矜侉士贇曰北齊盧潛與弟子遂少爲崔昂所知云此兒季足爲後生之俊但恨其俱不讀書耳古詩胡馬依北風漢明帝欲征匈奴竇固曰塞外草美馬不須穀金鞭拂雪揮鳴鞘半酣呼鷹出遠郊弓彎滿月不虛發雙鶬迸落連飛鶬齊賢曰鞘音筲鞭鞘也劉表刺史荊州築臺名呼鷹周禮近郊十二遠郊二十而三弓引滿如月之圓發而必中西都賦雙鶬下爾雅下落也鶬呼交切魏百官名曰三公拜賜鶬尾鶬箭十二枚士贇曰蒲月者彎弓圓滿之狀西都賦曰機不虛掎中必疊雙注曰不虛發也列子蒲且子之弋也弱弓纖繳乘風振之連雙鶬於青雲之際飛鶬鳴鏑也釋鶬箭音許交反海邊觀者皆辟易猛氣英風振沙磧儒生不及遊俠人白首下帷復何益齊賢曰漢書注辟易言開張而失其本處書音義曰水中有石曰磧沙州有磧長五百里廣五十里西都賦曰都邑遊俠張趙之倫白馬篇曰幽并遊俠兒董仲舒下帷讀書士贇曰漢書赤泉侯人馬俱驚辟易數里選西征賦出申威於河外何猛氣之咆勃蔡邕[illegible]廣侯碑曰英風發於天骨孔稚圭北山移文曰張英風於海甸阮籍詩英風截雲霓漢書曰秦地豪傑則遊俠通姦班固西都賦鄉曲豪舉遊俠之雄班固漢書贊曰布衣遊俠劇孟之

徒也漢書獻帝詔曰耆儒結童入學白首空歸漢董仲舒爲博士下帷講誦弟子傳以久次相授業或莫見其面蓋三年不窺園其精如此古詩虛名復何益天寶以後上好邊功武士得志儒生罕得進用太白號爲儒者亦自嘆云耳

飛龍引二首

［士贇曰］飛龍引者古樂府魚龍六曲之一此詞專言黃帝鼎湖丹成騎龍上昇之事

黃帝鑄鼎於荊山鍊丹砂丹砂成黃金騎龍飛上太清家雲愁海思令人嗟［齊賢曰］史記黃帝採首山銅鑄鼎於荊山下鼎成有龍垂胡髯下迎黃帝黃帝上騎羣臣後宮從者七十餘人龍乃上後世因名其處曰鼎湖抱朴子曰黃金入火百鍊不銷埋之畢天不朽金丹燒之愈久變化愈妙服此二藥令人不老不死又仙經曰朱砂爲金服之升仙上士也茹芝導引咽氣長生中士也食食草木千歲以還下士也又曰服神丹令人壽無窮乘雲駕龍上下太清黃帝以傳玄子戒曰此道至重必以受賢若非其人雖積金如山勿以告之［士贇曰］史封禪書李少君言上曰祠竈則致物致物而丹砂可化爲黃金黃金成以爲飲食器則益壽益壽而海中蓬萊仙者乃可見見之以封禪則不死黃帝是也虞羲詩瀚海愁雲生

宮中綵女顏如花飄然揮手凌紫霞［齊賢曰］詩有女同車顏如舜華劉越石扶風歌曰揮手長相謝紫霞見上［士贇曰］鮑照詩神丹神丹戲紫房紫房綵女弄明璫宋玉神女賦嘩乎如花陸機詩揮手如振素劉楨詩奮翅凌紫氛

從風縱體登鸞車登鸞車侍軒

轅遨遊青天中、其樂不可言（齊賢曰）離騷鳴玉鸞之啾啾韓詩外傳曰升車則馬動馬動則鸞鳴鸞鳴則和應許愼云鸞以象馬之聲五臣云軍鈴也黃帝姓公孫始作車天下號之爲軒轅（士贇曰）何晏景福殿賦從風飄揚張衡西京賦紛縱體而迅赴若驚鶴之群罷史記黃帝者少典之子姓公孫名軒轅索隱曰按皇甫謐云黃帝生於壽丘長於姬水因以爲姓居軒轅之丘因以爲名又以爲號張晏曰作軒冕之服故謂之軒轅

其二

鼎湖流水清且閑、軒轅去時有弓劍、古人傳道留其閑（齊賢曰）九域志鼎湖在陝州史黃帝騎龍上天小臣不得上乃悉持龍髯髯墮黃帝之弓抱朴子黃帝自擇亡日至七十日去七十日還葬喬山陵崩墓空無尸但劍舄在（士贇曰）古臨高臺詞云臺下清水清且寒陸機詩惠心清且閑江淹詩佳人撫琴瑟纖手清且閑列仙傳曰軒轅自擇亡日與群臣辭還葬橋山山崩棺空唯有劍舄在棺焉又漢武帝因巡朔方還祭黃帝於橋山上曰吾聞黃帝不死今有冢何也或對曰黃帝已仙上天群臣葬其衣冠後宮嬋娟多花顏、乘鸞飛煙亦不還（齊賢曰）文選云垂條嬋娟（士贇曰）張平子西京賦嚼清商而却轉增嬋娟以此豸江淹詩書作秦王女乘鸞向煙霧王粲詩揮涕獨不還騎龍攀天造天關、造天關聞天語（齊賢曰）史天官書曰北辰

一名天關(士贇曰)抱朴子曰俗人聞黄帝以千二百女昇天便謂黄帝單行此事致長生而不知黄帝於荆山之下鼎湖之上飛九丹成乃乘龍登天也黄帝自可有千二百女耳非單行得仙之由也楚辭攀天階而下視東漢書皇后紀夢攀天而上晉天文志牛六星天之關梁又南北兩河各三星分夾東井一曰天高天之闕門主關梁又東方角二星為天闕其間天門其內天庭也曹植遠遊詩靈鰲戴方丈神嶽巖巖嵯峨仙人翔其隅玉女戲其阿

長雲河車載玉女載玉女過紫皇(齊賢曰)大人賦曰排閶闔而入帝宮兮載玉女而與之歸紫皇紫微宮大帝也(士贇曰)晉天文志中宮北極五星鉤陳六星皆在紫宮中曰中一星曰天皇太帝即所謂紫皇也

紫皇乃賜白兔所擣之藥方後天而老凋三光(齊賢曰)傳玄擬天問曰月中何有白兔擣藥(士贇曰)古詩云採取神藥高山端白兔擣蝦蟆丸漢武帝內傳西王母謂武帝曰太上之藥乃有風實雲子玉津金漿有得服之後天而老凋三光者言三光有時凋落而此之真身則長存也

下視瑤池見王母蛾眉蕭颯如秋霜(齊賢曰)周穆王觴王母於瑤池之上大人賦曰吾乃今日覩西王母皬然白首(士贇曰)莊子云其下視亦猶是矣大人賦張揖注曰西王母其狀如人豹尾虎首蓬頭皬然白首詩螓首蛾眉

天馬歌

(士贇曰)天馬歌者古樂府車馬六曲之一漢郊祀樂歌亦有天馬之歌乃元狩三年馬生渥洼水中作及太初四年誅宛王獲宛馬作太白此辭其製恐不出此

天馬來出月氐窟背爲虎文龍翼骨嘶青雲振綠髮
蘭筋權奇走滅没(齊賢曰)大月氐本居燉煌祁連間至冒頓單于攻破月氐冒頓卒子老上單于殺月氐王
以其頭爲飲器月氐乃遠去大宛西擊大夏而臣之其衆小者不能
去保南山羌號小月氐九域志安西大都督護府領焉耆月支條支
部落長揚賦西壓月窟漢天馬歌驊騮駿驥虎脊龍文武帝時西域
大宛馬虎脊魚目龍文鳳頸尾如蒲梢安驥書曰望之大就之小筋
馬也漢書天馬歌曰志俶儻精權奇褚白馬賦曰雄志倜儻精權奇
兮又曰驅鶩迅於滅没伯樂曰天下之馬者若滅若没若亡若失相
馬經曰一筋從玄中出曰蘭玄中者目上陷如井字整蘭筋見選孔
璋書(士贇曰)漢西域贊孝武之世蒲稍龍文魚目汗血之馬充於黄
門列子伯樂曰良馬可以筋骨相也天下之馬若滅若没若亡若失若此者皆絶塵弭轍騰崑崙歷西極四
足無一蹶(齊賢曰)漢郊祀志天馬來窮西極離騷曰朝發軔於天津兮夕余至乎西極(士贇曰)漢志渥洼神馬歌天馬來
從西極涉流沙九夷服天馬來歷無草徑千里循東道天馬
來開遠門竦予身逝崑崙天馬來龍之媒遊閶闔觀玉臺雞鳴
刷燕晡秣越神行電邁躡慌惚(齊賢曰)褚白馬賦曰旦刷幽燕晝秣荊越魏都賦刷
馬江州毛詩言秣其馬杜預曰以粟飯馬曰秣(士贇曰)李尤七歎曰
神奔電驅星流矢激而則莫若益野騰駒也褚白馬賦窮神行之軌躅
天馬呼飛龍趨目明長庚臆雙鳧尾如流星首渴烏

口噴紅光汗溝珠（齊賢曰）渥洼馬樂章曰今安匹龍爲友赭白
馬賦曰㸌聳擢以鴻驚時儵忽而龍翥翕西京
賦萬騎龍趨楚辭長庚以繼日長庚太白星也謂眼如長庚星有光
曜安驥書曰雙鳧胸兩邊肉如鳧鳧間所開視之如雙鳧欲向上又
曰頭宜少肉如剝兔頭口中色欲鮮明舌欲方而薄長而大色如朱
李蘭刻漏法曰以銅爲渴烏渴烏猶剝兔一云傅玄乘輿馬賦曰頭似
削成毛如植髮赭白馬賦曰膺門沫赭汗溝走血（士贇曰）赭白馬賦
水軼驚鳧言頸項如鳧也後漢張讓趙忠説靈帝作翻車渴烏施於
橋西用灑南北郊路注曰翻車設機以引水渴烏爲曲筒氣接水上
此用其字謂馬昂首如渴烏之狀也伯樂相馬經曰膺門欲開汗溝
欲深口中欲得赤此用
口噴紅光易其字也曾陪時龍躡天衢羈金絡月照皇
都逸氣稜稜凌九區白璧如山誰敢沽（齊賢曰）易曰時乘
六龍以御天薦禰
衡表曰龍躍天衢王逸曰韁在口爲羈絡在頭爲羈曹子建白馬篇
曰白馬飾金羈説文曰羈絡頭古日出東門行曰黃金絡馬頭赭白
馬賦曰兩權嶫月相馬經曰權頰權欲滿如月蕪城賦稜稜霜氣（士
贇曰）易曰何天之衢亨梁元帝紫騮馬詩金絡飾連錢赭白馬賦妍
變之態既畢凌遽之氣方屬又蹙九區而率順
論語有美玉於斯韞匵而藏諸求善賈而沽諸回頭笑紫燕但
覺爾輩愚（齊賢曰）劉邵趙都賦曰良馬則飛兔奚斯常驪紫燕西
京雜記曰文帝有良馬九匹一名飛燕騮（士贇曰）尸子
曰我得民而治則馬有紫燕蘭池赭
白馬賦將使紫燕駢衡綠蛇衞轂天馬奔戀君軒駷躍驚

驕浮雲翻（齊賢曰）漢武紀李廣利斬大宛王獲汗血馬作西極天馬之歌應劭曰大宛舊有天馬種前肩髆出汗如血又一云渥洼水出天馬魏志曰駑馬戀棧豆駷荀勇切鮑明遠東武吟曰瘦馬戀君軒（士贇曰）漢天馬歌曰籋浮雲兮晻上馳萬里足躑躅遙瞻閶闔門不逢寒風子誰採逸景孫白雲在青天丘陵遠崔嵬（齊賢曰）司馬紹統詩曰撫劒起躑躅說文蹢躅住足也躑躅與蹢躅同天馬樂章曰游閶闔觀玉臺（士贇曰）仙傳拾遺周穆王乘八駿之馬觴西王母於瑤池之上王母謠曰白雲在天道里悠遠山川間之將子無死尚能復來易山川丘陵也詩維山崔嵬穆天子傳西王母謠曰白雲在天丘陵自出鹽車上峻坂倒行逆施畏日晚伯樂翦拂中道遺（齊賢曰）戰國策騏驥之齒長服鹽車而上太行白汗交流負轅而不能進伯樂遭之下車攀而哭之解紵衣以幕之騏驥於是俛而噴仰而鳴見伯樂之知己也伍子胥曰吾日暮途遠故倒行而逆施之比史盧思道曰翦拂吹噓長其光價絕交論曰翦拂使其鳴王逸曰孫陽伯樂姓名善相馬（士贇曰）賈誼賦驥垂兩耳服鹽車兮漢書主父偃曰吾日暮途遠故倒行逆施之少盡其力老棄之願逢田子方惻然爲我悲（齊賢曰）韓詩外傳田子方出見老馬於道問其御曰此何馬也曰公家畜也疲而不用故出之子方喟然歎曰少盡其力老棄其身仁者不爲束帛贖之窮士聞之知所歸心焉雖有玉山禾不能療苦飢（齊賢

(曰)七命曰太梁之禾不琁山之禾李善注琁山即崑崙山山海經曰崑崙山上有木禾長五尋大五圍(士贇曰)鮑照詩誠不及青鳥遠食玉山禾古豔歌曰腸中常苦飢

嚴霜五月凋桂枝伏櫪銜冤摧兩眉請君贖獻穆天子猶堪弄影舞瑤池

(齊賢曰)莊子伯樂曰我善教馬編之皁棧司馬彪音義曰棧櫪也皁也若櫪牀施之濕地史記造父取桃林驊騮綠驥獻之穆王王使造父爲御西巡狩見王母於瑤池之上(士贇曰)沈約詩秋風生桂枝魏武帝云老驥伏櫪志在千里列子周穆王命駕八駿之乘遂賓于西王母觴于瑤池之上鮑照舞鶴賦疊霜毛而弄影振玉羽而臨霞朝戲於芝田夕飲乎瑤池此篇蓋爲逸羣絶倫之士不遇知己者歎亦自傷其不用於世而求知於人也歟

行路難

(齊賢曰)晉山松傳舊歌有行路難曲詞頗踈質山松好之乃文其辭句婉其節制每因酣醉縱歌之聽者莫不流涕(士贇曰)行路難者古樂府道路六曲之一亦有變行路難

金樽清酒斗十千玉盤珍羞直萬錢

(齊賢曰)曹子建詩美酒斗十千漢明帝以赤瑛盤載櫻桃賜羣臣晉何曾日食萬錢(士贇曰)曹植樂府金樽玉盃不能使薄酒更厚謝靈運詩金樽盈清醑詩云清酒百壺張衡詩何以贈之雙玉盤南都賦珍羞琅玕充溢圓方

停杯投筯不能食拔劍四顧心茫然

(齊賢曰)古詩四顧何茫然(士贇曰)鮑照詩拔劍不能食擊柱長歎息列子子貢茫然自失莊子目茫然無見色若死灰世說衛洗馬

初渡江云見此茫然不覺百端交集也欲渡黃河冰塞川將登太行雪滿山
閑來垂釣碧溪上忽復乘舟夢日邊〔齊賢曰〕黃河至冬寒即凍徹底九域志太
行在懷州澤州歐陽堅石詩不上太行險誰知斯路難昔明帝曰只聞人自長安來不聞人自日邊來後人遂以日邊爲帝都〔士贇曰〕鮑
照舞鶴賦氷塞長川雪滿群山行路難行路難多歧路今安在〔齊賢曰〕列子大道以
多歧亡羊學者以多方喪生〔士贇曰〕列子揚子之鄰人亡羊既率其黨又請揚子之豎追之揚子曰嘻亡一羊何追者之衆鄰人曰多歧
路既反問獲羊乎曰亡之矣曰奚亡之曰歧路之中又有歧焉吾不知所以反也揚子戚然變容者移時不笑者竟日鮑照詩壯士皆死
盡餘人安在哉長風破浪會有時直挂雲帆濟滄海〔齊賢曰〕南史宗慤傳願乘
長風破萬里浪〔士贇曰〕古詩菟絲生有時夫婦會有宜海賦挂帆席馬融廣成頌然後方餘皇連舼舟張雲帆施蜺幬成公綏嘯賦浮滄
海以游志

其二

大道如青天我獨不得出羞逐長安社中兒赤雞白
狗賭梨栗彈劍作歌奏苦聲曳裾王門不稱情〔齊賢曰〕杜頭左

傳注曰二十五家爲社九域志京兆府治長安萬年二縣南都賦侯挑
梨栗史記馮驩彈其劒而歌曰彈鋏歸來乎食無魚鄒陽曰飾固陋
之心則何王之門
不可曳長裾乎

淮陰市井笑韓信漢朝公卿忌賈生〔齊賢〕

〔曰〕史記韓信淮陰人淮陰少年侮信曰若雖長大好帶劒怯耳衆辱信
曰能死刺我不能出胯下信孰視俛出胯下一市皆笑信以爲怯司
馬彪曰九夫爲井井有市鮑明遠詩營營市井人漢書天子議以誼
任公卿之位絳灌之屬盡害之〔士贇〕曰史賈生名誼文帝召爲博士
是時賈生最年少每詔令議下諸老先生不能言賈生盡爲之對諸
律令所更定及列侯悉就國其說皆自賈生發之於是天子議以賈
生任公卿之位絳灌東陽侯馮敬之屬盡害之乃短賈生曰洛陽之
人最年少初學專欲擅權紛亂諸事於是天子後亦疏之不用其議
乃以賈生爲
長沙王太傅

君不見昔時燕家重郭隗擁篲折節無嫌猜劇辛樂毅感恩分輸肝剖膽效英才昭王白骨縈爛草誰人更掃黃金臺行路難歸去來〔齊賢曰〕史記燕
昭王謂郭隗曰
齊因孤國亂而襲破燕誠得賢士以共國以雪先王之恥孤之願也
隗曰王必欲致士先從隗始賢於隗者豈遠千里哉於是昭王爲隗
改築宮而師事之樂毅自魏往鄒衍自齊往劇辛自趙往衍既如燕
昭王擁篲先驅請列弟子之座而受業江文通恨賦試望平原蔓草
縈骨上谷圖經曰黃金臺在易水南十八里古有行路難詩陶潛有
歸去來辭〔士贇〕曰鮑照詩時起黃金臺李善引王隱晉書曰段匹磾

討石勒進屯故安縣故燕太子丹金臺鮑照詩明遠自天斷不受外嫌猜

其二

有耳莫洗潁川水有口莫食首陽蕨（齊賢曰）琴操堯大許由之志禪爲天子由以其不善乃臨河而洗耳逸士傳曰堯遜天下於許由由逃之巢父聞而洗耳於河濱史記伯夷叔齊孤竹君之二子武王伐紂伯夷叔齊叩馬諫武王平商伯夷叔齊義不食周粟隱於首陽山采薇而食之馬融曰首陽山在河東蒲坂華山之北河曲之中詩曰山有蕨薇（士贇曰）巢父洗耳事見前卷詩註

含光混世貴無名何用孤高比雲月（士贇曰）選蔡邕撰陳太丘碑文含光醇德爲士作程崔子玉坐右銘曰曖曖內含光老子曰無名天地之始

吾觀自古賢達人功成不退皆殞身（齊賢曰）史記蔡澤說應侯曰四時之序成功者去商君爲秦孝公明法令禁姦本立威諸侯成秦國之業功已成矣而遂以車裂楚地數於千里持戟百萬白起一戰舉鄢郢以燒夷陵再戰并蜀漢又越韓魏攻強趙坑馬服功成矣而賜劍死於杜郵吳起爲楚悼王立法卑減太臣之威重罷無能廢無用南收楊越北并陳蔡破横散從功已成矣而卒枝解大夫種爲越王深謀遠計以亡爲存因辱爲榮報夫差之讎卒擒勁吳越成霸功已彰而信矣勾踐終負而殺之此四子者功成不去禍至於此（士贇曰）陶潛詩曰賢達無奈何老子曰功成名遂身退天之道也

子胥既棄吳江上

屈原終投湘水濱（齊賢曰）五子胥諫王釋齊而先越太宰嚭受越賂讒子胥賜屬鏤之劍子胥告舍人曰必抉吾眼懸吳東門以觀越之滅吳乃自剄王聞之怒取子胥尸盛以鴟夷革浮之江中應劭曰鴟夷榼形以馬革爲之屈原見上（士贇曰）史屈原名平令尹子蘭使上官大夫短屈原於頃襄王王怒而遷之屈原至江濱被髮行吟澤畔顏色憔悴形容枯槁於是懷石自投汨羅以死 陸機雄才豈自保李斯稅駕苦不早華亭鶴唳詎可聞上蔡蒼鷹何足道（齊賢曰）晉陸機字士衡有異才成都王穎與河間王顒起兵討長沙王乂假機後將軍河北大都督北中郎將長沙王乂奉天子與機戰於鹿苑機軍大敗宦人孟玖譖機於穎穎怒使牽秀密收機機神色自若既而嘆曰華亭鶴唳豈可復聞乎遂遇害史李斯楚上蔡人西說秦王爲丞相長男由爲三川守諸男皆尚秦公主女悉嫁秦諸公子三川守由告歸咸陽李斯置酒於家百官長皆前爲壽門庭車騎以千數李斯喟然歎曰嗟乎吾聞之荀卿曰物禁太盛夫斯乃上蔡布衣閭巷之黔首上不知其駑下遂擢至此當今人臣之位無居臣上者可謂富貴極矣物極則衰吾未知所稅駕也及二世元年具斯五刑論腰斬咸陽市斯出獄與其中子俱執顧謂其中子曰吾欲與若復牽黃犬俱出上蔡東門逐狡兔豈可得乎遂父子相哭而夷三族韓子曰衛靈公至濮水之上稅舍而牧李軌曰稅舍也 君不見吳中張翰稱達生秋風忽憶江東行且樂生前一杯酒何須身後千載名

(齊賢曰)晉書張翰字季鷹吳郡人有清才善屬文而任縱不拘時人號為江東步兵齊王冏辟為大司馬東曹掾冏時執權翰謂同郡顧榮語欲求去意榮執其手愴然曰吾亦與子採南山蕨飲三江水耳翰因見秋風起乃思吳中菰菜蓴羹鱸魚鱠曰人生貴得適志何能羈宦數千里外以要名爵乎遂命駕而歸俄而冏敗人皆謂之見機翰任心自適不求當世或謂之曰卿乃可縱適一時獨不為身後名邪答曰使我有身後名不如即時一杯酒時人貴其曠達

長相思

(士贇曰)樂府怨思二十五曲其一曰長相思

長相思在長安絡緯秋啼金井闌微霜凄凄簟色寒孤燈不明思欲絕卷帷望月空長嘆美人如花隔雲端(齊賢曰)張平子四愁詩我所思兮在太山亥轂子曰絡緯莎雞古今注曰促織一名絡緯以其鳴如紡績纖緯也戴延之西征記曰太極殿上有金井闌金博山鹿盧蛟龍負山於井上詩云有美一人(士贇曰)晉書樂志曰後園鑿井銀作床銀床井闌也曹植詩盛年處房室中夜起長嘆枚乘詩美人在雲端宋玉神女賦美貌橫生爗乎如花溫乎如瑩上有青冥之長天下有淥水之波瀾(齊賢曰)楚辭據青冥而攄虹兮遂儵忽而捫天(士贇曰)鍾會集言程盛曰丹霄之鳳青冥之龍選王儉文集序昴以丹霄之價弘以青冥之朔注青冥冥雲也何晏景福殿賦淥水浩浩天長路遠魂飛苦

夢魂不到關山難長相思摧心肝（齊賢曰）蔡琰胡笳曰關山阻脩兮行路難歐陽建詩曰痛哭摧心肝（士贇曰）張衡思玄賦天長地遠歲不留選古詩路遠莫致之韓非子六國時張敏與高惠爲友每相思不能得見敏於夢中往但行至半路即迷不知路遂回如此者三古歌曰大憂摧人肺肝心

上留田行（士贇曰）王僧虔技録曰上留田行者相和歌瑟調三十八曲之一也崔豹古今注曰上留田地名也其地人有父母死不字其孤弟者鄰人爲其弟作悲歌以風其兄故曰上留田曲

行至上留田孤墳何崢嶸積此萬古恨春草不復生悲風四邊來腸斷白楊聲（齊賢曰）古今注曰上留田地名也其地人有父母死不字其孤弟者鄰人爲其弟作悲歌以諷其兄故曰上留田古詩白楊多悲風蕭蕭愁殺人（士贇曰）何遜詩行路一孤墳路成墳已毀崢嶸髙貌梁簡文帝文千齡俱盡萬古誰留江淹詩曰行子腸斷借問誰家地埋沒蒿里塋古老向人言是上留田（齊賢曰）七哀詩借問誰家墳顔師古曰死人之里謂之蒿里或云下里（士贇曰）崔豹古今注田横門人蒿里歌曰蒿里誰家地聚斂精魂無賢愚諸葛亮梁甫吟步出齊東門遥望蕩陰里里中有三墳纍纍正相似問是誰家墳田疆古冶氏蓬科馬鬣今已平昔之弟死兄不葬他人於此

舉銘旌（齊賢曰）禮記孔子之喪有自燕來觀者舍於子夏氏子夏
曰聖人之葬人與人之葬聖人也子何觀焉昔夫子言曰
吾見封之若堂者矣見若防者矣見若覆夏屋者矣見若斧者矣馬
鬣封之謂也檀弓曰銘者旌也以死者爲不可別已故以其旌識之
〔士贇曰〕此篇主意正在此昔之宋死况不葬他人於此舉銘
旌兩句然與古今注異又不明載是何人姑闕以俟知者　一鳥
死百鳥鳴一獸走百獸驚桓山之禽別離苦欲去迴
翔不能征（齊賢曰）高誘呂氏春秋注曰征飛也〔士贇曰〕禮記三年
問凡生天地之間者有血氣之屬必有知有知之屬莫
不知愛其類今是大鳥獸則失喪其羣匹越月踰時焉則必反巡過
其故鄉翔回焉鳴號焉蹢躅焉踟躕焉然後乃能去之小者至於燕
雀猶有啁噍之頃焉然後乃能去之故有血氣之屬者莫知於人故
人之於其親也至死不窮將由夫患邪淫之人與則彼朝死而夕忘
之然而從之則是曾鳥獸之不若也夫焉能相與羣居而不亂乎後
漢書地理志永昌郡比蘇楪榆註云廣志曰有弔鳥山縣西北八十
里在阜山衆鳥千百羣共會鳴呼啁哳每歲十月八日晦望至集六
日則止歲凡六至雉雀來弔特悲其方人夜然火伺取無嗉不食者
以爲義鳥則不取也俗言鳳凰死於此山故衆鳥來弔劉向說苑孔
子晨立堂上聞哭者聲音甚悲孔子援琴而鼓之其音同也孔子出
而弟子有吒者問誰也曰回也孔子曰回何爲而吒回曰今者有哭
者其音甚悲非獨哭死又哭生離者孔子曰何以知之回曰似完山
之鳥孔子曰何如回曰完山之鳥生四子羽翼已成乃離四海哀鳴
送之爲是往而不返也孔子使人問哭者哭者曰父死家貧賣子以

葬之將與其別也引孔子曰善哉聖人也田氏倉卒骨肉分青天白日摧紫荆
交柯之木本同形東枝顦顇西枝榮無心之物尚如
此參商胡乃尋天兵齊賢曰續齊諧記京兆人田眞兄弟三人共分財各居堂前有一株紫荆花甚茂共
議破爲三待明截之忽一夕樹即枯死眞見之驚謂諸弟曰本同株
當分析便憔悴況人兄弟孔懷而可離是人不如樹木也兄弟相感
而更合交柯之木出琅山安都縣兩樹對生一樹枯則一樹生如是
歲更不俱生俱枯也左昭公元年晉侯有疾鄭伯使公孫僑如晉聘
且問疾叔向問焉曰寡君之疾病卜人曰實沈臺駘爲祟史莫之知
敢問此何神也子產曰昔高辛氏有二子伯曰閼伯季曰實沈居於
曠林不相能也日尋干戈以相征討后帝不臧遷閼伯於商丘主辰
商人是因故辰爲商星實沈於大夏主參唐人是因以服事夏商其
季世曰唐叔虞當武王邑姜方震大叔夢帝謂己余命而子曰虞將
與之唐屬諸參而蕃育其子孫及生有文在其手曰虞遂以命之及
成王滅唐而封太叔焉故參爲晉星士贇曰曹植詩倉卒骨肉情漢
書燕王旦曰今王骨肉至親蘇武詩曰骨肉緣枝葉結交亦相因李
善曰骨肉謂兄弟也楊
雄長楊賦曰天兵四臨孤竹延陵讓國揚名高風緬邈頹
波激清齊賢曰史記伯夷叔齊孤竹君之二子也父欲立叔齊及父卒叔齊讓伯夷伯夷曰父命也遂逃去叔齊亦不肯立
而逃之國人立其中子史世家吳二十五年王壽夢卒壽夢有子四
人長曰諸樊次曰餘祭次曰餘眛次曰季札季札賢而壽夢欲立之

季札讓不可於是乃立長子諸樊攝事當國王諸樊元年諸樊已除喪讓位季札季札謝曰曹宣公之卒也諸侯與曹人不義曹君將立子臧子臧去之以成曹君君子曰能守節矣君義嗣誰敢干君有國非吾節也札雖不才願附於子臧之義吳人固欲立之季札棄其室而耕乃舍之王諸樊卒有命授弟餘祭欲傳以次必致國於季札而止以稱先王壽夢之意且嘉季札之義兄弟皆欲致國令以漸至焉季札封於延陵故號曰延陵季子韋昭注國語曰緬猶邈也〔士贇曰〕孝經安親揚名晉陶潛傳史臣曰激清風於來葉

尺布之謠塞耳不能聽〔齊賢曰〕史孝文時淮南厲王長犯不軌徙蜀不食死輜中民有作歌歌淮南厲王曰一尺布尚可縫一斗粟尚可舂兄弟二人不相容上聞之乃嘆曰堯舜放逐骨肉周公殺管蔡天下稱聖何者不以私害公天下豈以我貪淮南王地邪乃徙城陽王王淮南故城而追尊謚淮南王爲厲王〔士贇曰〕此篇主意全在孤竹延陵讓國揚名尺布之謠塞耳不能聽數句非泛然之作蓋當時有所風刺以唐史至德間事考之其爲唆廷瑤李成式皇甫侁輩受肅宗風旨以謀激永王璘之反而執殺之太白目擊其時事故作是詩歟

春日行〔士贇曰〕春日行者時景二十五曲之一也

深宮高樓入紫清金作蛟龍盤繡楹佳人當窗弄白日絃將手語彈鳴箏〔齊賢曰〕玉帝吟曰上景發晨暉金霄鬱紫清楚辭挾秦箏而彈徵〔士贇曰〕鮑照詩鳳

樓十二重四戶八牖牕繡角金蓮花柱柱玉盤龍古詩燕趙多佳人
美者顏如玉被服羅衣裳當戶理清曲古詩盈盈樓上女皎皎當牕
牖又曰彈箏奮逸
響新聲妙入神

春風吹落君王耳此曲乃是昇天行因出天池汎蓬瀛樓臺蹙沓波浪驚（齊賢曰）鮑明遠樂府有升天行蓬瀛蓬萊
瀛洲也漢武於建章宮北治大池漸臺高二十餘丈名泰液池中有
蓬萊方丈瀛洲壺梁象海中神山（士贇曰）選古詩誰能歌此曲樂府
升天行鮑照作言學仙
者莊子南冥者天池也三千雙蛾獻歌笑撾鐘考鼓宮殿傾萬姓聚舞歌太平我無為人自寧（齊賢曰）雙蛾蛾眉也
後漢禰衡撾鼓老子
曰我無為民自正（士贇曰）莊子獻笑不及排詩云子有鍾鼓弗鼓弗
考書萬姓悅服詩既醉太平也醉酒飽德人人有士君子之行焉莊
子曰鼓歌以舞之又曰故君子不得已而臨蒞天下莫若無為無為
也而後安其性命之情董仲舒策制曰虞舜之時游於巖廊之上垂
拱無為而
天下太平三十六帝欲相迎仙人飄翩下雲軿帝不去留鎬京（齊賢曰）太白送權十一序曰吾素受寶訣為三十六帝之
外臣雲軿以雲為車也毛詩王居鎬京（士贇曰）三十六帝
乃三十六天帝君也見道書詩文王有
聲鎬京辟雍注云武王作邑於鎬京
安能為軒轅獨往入窅冥小臣拜獻南山壽陛下萬古垂鴻名（齊賢曰）軒轅
黃帝名帝鑄

鼎成乘龍上天窅冥杳冥也毛詩如南山之壽不騫不崩【士贇曰】莊子黃帝聞廣成子在崆峒之上往見之問至道之精廣成子曰我爲汝遂於大明之上矣至彼至陽之原也爲汝入於窅冥之門也至彼至陰之原也禮記小臣廉司馬相如封禪書前出所以永保鴻名而常爲稱首

前有樽酒行

【士贇曰】前有樽酒行者即樂府觴酌七曲之前有一樽酒也

春風東來忽相過金樽綠酒生微波落花紛紛稍覺多美人欲醉朱顏酡【齊賢曰】江文通詩金樽坐含霜曹子建樂府曰金樽玉杯不能使薄酒更厚吳都賦曰飛輕軒而酌綠醽湘州記湘州臨水縣有酃湖取水爲酒宋玉招魂曰美人旣醉朱顏酡【士贇曰】鮑照詩春風太多情謝靈運詩金樽盈清醑盛弘之荊州記曰淥水出豫章郡康樂縣其間烏程鄉有井官取水爲酒與湘東酃湖年常獻之世稱酃淥酒鮑照詩曄曄朱顏酡韻釋飲而面赭曰酡

青軒桃李能幾何流光欺人忽蹉跎【齊賢曰】謝叔原詩良遊常蹉跎【士贇曰】江淹詩桃與李兮嬌上春逸詩人壽幾何曹操詩對酒當歌人生幾何選古詩流光正徘徊世說周處嘆曰年已蹉跎

君起舞日西夕當年意氣不肯平白髮如絲嘆何益【士贇曰】漢書酒酣上自高歌起舞又莊舞項伯亦起舞祖逖傳劉琨因起舞詩云日之夕矣漢書李廣意氣自如匡衡傳曰意氣未

能平也古詩
虛名復何益

其二

琴奏龍門之緑桐玉壺美酒清若空（齊賢曰）九域志龍門
縣在河中府東北百
八十里枚乗七發曰龍門之桐高百尺而無枝使琴摯斫斬以爲琴
注摯師摯選詩清如玉壺氷（士贇曰）周禮大司樂龍門之琴於宗廟
中奏之詩云清酒百壺
曹植詩美酒斗十千催絃拂柱與君飲看朱成碧顏始
紅（士贇曰）侯瑾箏賦急絃促柱變調
改曲鮑照詩催絃急管爲君舞胡姬貌如花當壚笑春
風笑春風舞羅衣君今不醉將安歸（齊賢曰）古樂府胡姬
年十五春日獨當壚
漢司馬相如傳卓文君奔相如與俱之臨邛盡賣車騎買酒賣乃令
文君當壚師古曰賣酒之處以土爲壚居酒瓮四邊隆起其一面高
形似鍛爐俗學者皆謂當盧爲對温酒火盧失其義矣詩厭厭夜飲
不醉無歸（士贇曰）神女賦須臾之間美貌横生爗乎如花温乎如瑩
曹植詩羅衣何飄飄洛神賦被羅衣之璀璨兮古詩被服羅衣裳當
户理清曲漢書息夫躬絶命辭玄雲泱鬱將安歸晉謝安曰如此將
安歸
邪

夜坐吟（士贇曰）夜坐吟者樂府
時景二十五曲之一也

冬夜夜寒覺夜長沉吟久坐坐北堂（齊賢曰傷歌行曰憂人不能寐耿耿夜何長謝惠連詩沉吟爲爾感詩焉得諼草言樹之背注背北堂也士贇曰古詩天寒知夜長曹操詩沉吟至今）冰合井泉月入閨金釭青凝照悲啼金釭滅啼轉多掩妾淚聽君歌（齊賢曰釭古雙切西都賦金釭銜璧漢書孝成趙皇后弟爲昭儀居昭陽殿其壁帶往往爲黃金釭函藍田璧士贇曰鮑照詩軍井冰晝結士馬氈夜重西都賦註呂延濟曰金釭燈盞也潘岳笙賦衆滿堂而飲酒獨向隅而掩淚）歌有聲妾有情情聲（合）兩無違（士贇曰詩大序嗟歎之不足故永歌之永歌之不足不知手之舞之足之蹈之也情發於聲聲成文謂之音語孟懿子問孝子曰無違）一語不入意從君萬曲梁塵飛（齊賢曰陸士衡擬古冉唱梁塵飛七畧云漢興魯人虞公善雅歌發聲盡動梁上塵士贇曰鮑照詩萬曲不關心一曲動情多欲知情厚薄更聽此聲過前有樽酒行夜坐吟二三篇鮑照樂府曰紵詞體也老杜所謂俊逸鮑參軍者是矣）

野田黃雀行（士贇曰王僧虔技錄相和歌瑟調三十八曲內有野田黃雀行乃晉樂奏也晉曰伯益言赤烏銜書有周以興今聖皇受命神雀來也雀一作爵）

遊莫逐炎洲翠棲莫近吳宮燕吳宮火起焚巢窠炎

洲逐翠遭網羅（齊賢曰）吳都賦翡翠列巢以重行注翡翠巢於樹顛生子夷人稍從下其巢子大未飛便取之出交阯鬱林郡六帖云秦始皇時吳宮守吏以火照燕巢因燒吳宮東方朔十洲記云炎洲在南海中二千里去北岸九萬里有火林山鄭康成曰獸罟曰罝罘鳥罟曰羅網（士贇曰）郭璞翠贊翠雀鷸鳥越在南海羽不供用肉不足宰懷璧其罪賈害以采越絶書外傳記吳地傳西宮在長秋周一里二十六步秦始皇帝十一年守宮者照燕失火燒之匏照詩曰猶勝吳宮燕無罪得焚巢

蕭條兩翅蓬蒿下縱有鷹鸇柰若何（齊賢曰）莊子斥鷃騰躍而上不過數仞而下翱翔蓬蒿之間爾雅隼鷹鶻鳩鸇鷂屬晨風也詩云鴥彼晨風（士贇曰）左傳如鷹鸇之逐鳥雀也史項羽詩曰虞兮虞兮柰若何

箜篌謠（齊賢曰）古今注箜篌引者朝鮮津卒霍里子高妻麗玉所作（士贇曰）琴操五十七曲九引內有箜篌引亦曰公無渡河亦曰箜篌謠太白此詞用其名

攀天莫登龍走山莫騎虎（士贇曰）楚辭攀天階而下視東漢皇后紀夢攀天而上小臣攀龍而隋事見前飛龍引注漢王褒頌攀龍鱗附鳳翼隋獨孤后紀騎虎之勢必不得下

貴賤結交心不移唯有嚴陵及光武（齊賢曰）宋弘曰貧賤之交不可忘翟公曰一貴一賤交情乃見東漢嚴光字子陵一名遵會稽餘姚人少與光武同遊學及光武即位光乃變姓名隱身不見帝思其賢乃令以物色訪之后齊國上言有一男子披羊裘釣澤中帝疑

其光乃備安車玄纁遣使聘之三反而后至車駕即日幸其舘光臥不起帝即其臥所撫光腹曰咄咄子陵不可相助為理邪光乃張目熟視曰昔唐堯著德巢父洗耳士固有志何至相迫乎帝曰子陵我竟不能下汝邪於是升輿嘆息而去復引光入論道故舊相對累日帝從容問光曰朕何如昔時對曰陛下差增於往因共偃臥光以足加帝腹上明日太史奏客星犯御座甚急帝笑曰朕故人嚴子陵共臥耳除為諫議大夫不屈乃耕於富春山後人名其釣處為嚴陵瀨焉（士贇曰）王粲詩人生各有志終不為此移

周公稱大聖管蔡寧相容（齊賢曰）武王同母兄弟十人母曰大姒文王正妃其長子曰伯邑考次武王發次管叔鮮次周公旦次蔡叔度次曹叔振鐸次成叔武次霍叔處次康叔封次冉季載武王崩成王少周公專王室管蔡疑公不利於成王乃挾武庚作亂周公誅武庚殺管叔放蔡叔

漢謠一斗粟不與淮南舂（齊賢曰）漢文帝淮南王事見前上留田注

兄弟尚路人吾心安所從他人方寸間山海幾千重（齊賢曰）徐庶曰本與將軍圖霸王之業者以此方寸地耳（士贇曰）蘇武詩四海皆兄弟誰為行路人曹植求通親親表曰近且婚媾不通兄弟永絕吉凶之問塞慶弔之禮廢恩紀之違甚於路人隔門之異殊於胡越詩云他人有心又豈無他人又謂他人昆莊子吾見子之心矣方寸之地虛矣又列子曰人心險於山川

輕言託朋友對面九嶷峯開花必早落桃李不如松（士贇曰）九嶷峯見前注荀卿子曰桃李蒨粲於一時時至而後殺至於松

栢經隆冬而不彫家猶相率
而不變可謂得其貞矣

管鮑久已死何人繼其蹤（齊賢曰）史記曰
管仲少時與鮑叔牙游叔終善之管仲曰吾始困嘗與鮑叔賈分
財利多自與鮑叔不以我為貪知我貧也吾嘗與鮑叔謀事而更窮
困鮑叔不以我為愚知我時有利不利也吾嘗三仕三見逐於君鮑
叔不以我為不肖知我不遭時也吾嘗三戰三走鮑叔不以我為怯
知我有老母也公子糾敗召忽死之吾幽囚受辱鮑叔不以我為無
恥知我不羞小節而恥功名不顯於天下也生我者父母知我者鮑
子也鮑叔既進管仲以身下之不
多管仲之賢而多鮑叔能知人

雉朝飛（齊賢曰）古今注曰雉朝飛者犢牧子所作也齊
處士泯宣年五十無妻出薪於野見雉雌雄相
隨而飛意動心悲乃作雉朝飛之操以自傷（士贇曰）琴
操世言齊宣王時處士犢牧子作也年七十無妻採薪
於野見雉雌雄相飛乃仰天而嘆曰聖王在上恩及草
木鳥獸而我不獲因援琴而歌其聲中絕魏武帝有宮
人盧女者陰叔之妹七歲入漢宮學鼓琴琴特鳴異為
新聲能傳此曲至魏明帝出降為尹更生妻故得此聲
不絕按揚雄琴清英曰雉朝飛操者衛女傅母之所作
也衛女嫁於齊太子中道聞太子死問傅母曰且往當
喪喪畢不肯歸終之以死傅母悔之取女所自操琴於
冢上鼓之忽二雉俱出墓中傅母撫雉曰女果為雉邪
言未畢俱飛而起不見所往傅母悲痛援琴作操曰雉
朝飛據雄所記與思歸操之言相類恐是訛易今太白

所作亦但祖犢牧子事韓昌黎亦然無述雉之説者但韓集犢牧子作牧犢耳恐傳寫之誤

麥隴青青三月時白雉朝飛挾兩雌（齊賢曰）枚乘七發伯子牙歌云麥秀蔪兮雉朝飛埤蒼曰蔪麥芒慈歛切選詩麥隴多秀色射雉賦麥漸漸以擢芒雉鷕鷕而朝雊鸎綺翼而赬擖灼繡頸而衮背徐爰曰逸羣儁異之雉不但欲擅一場又挾兩雌也（士贇曰）莊子逸詩曰青青之麥生於陵陂續漢書威帝時童謡曰小麥青青大麥枯潘岳射雉賦擅場挾兩雌妬異鮑照詩雉朝飛振羽翼專場挾兩雌錦衣繡翼何離褷犢牧採薪感之悲春天和白日暖啄食飲泉勇氣滿爭雄闘死繡頸斷（齊賢曰）莊子澤雉十步一啄百步一飲（士贇曰）潘岳射雉賦灼繡頸而衮背鮑照雉朝飛詩刎繡頸碎錦臆雉子班奏急管絃傾心酒美盡玉椀（齊賢曰）樂府有雉子班曲（士贇曰）鮑照詩催絃急管爲君舞枯楊枯楊爾生稊我獨七十而孤棲彈絃寫恨意不盡瞑目歸黃泥（齊賢曰）易曰枯楊生稊老夫得其女妻無不利鄭康成曰荑與稊同徒稽切繫辭曰言不盡意應德璉詩身殞沉黃泥

上雲樂（齊賢曰）梁周捨上雲樂曰西方老胡厥名文康（士贇曰）樂府神仙二十二曲中有上雲樂亦曰

洛濵

曲

金天之西白日所沒齊賢曰西方爲金故西曰金天士贇曰淮南子西方曰昊天許慎曰昊白也西方金色白故曰昊也又西方金也其帝少昊許慎曰少昊黃帝之子青陽也以金德王號曰金天氏死託祀於白帝康老胡雛

生彼月窟巉巖容儀戍削風骨齊賢曰石勒年十四隨邑人行販洛陽倚嘯上都門王衍見而異之謂左右曰向者胡雛吾觀其聲視有奇志恐將爲天下之患馳遣收之會勒已去長楊賦曰西壓月窟巉巖高聳貌戍削巉臞貌士贇曰莊子太山巉巖陸士衡詩窈窕多容儀司馬相如子虛賦紛紛裶裶揚袘戍削張揖註曰戍削裁制貌通鑑晉安帝紀王義之風骨清舉上林賦曳獨繭之褕袘眇閻易以戍削郭璞註曰戍削言刻畫作之也宋孝武紀曰風骨瞻視非常士也宋高祖紀曰身長七尺六寸風骨奇偉同上桓玄曰劉裕風骨不恒蓋人傑也碧玉炅炅雙目瞳黃金拳拳

兩鬢紅華蓋垂下睫嵩嶽臨上脣不覩詭譎貌豈知

造化神齊賢曰碧玉炅炅言眼色碧而有光北夢瑣言孝德國人黃髮綠眼又堅昆部人髮黃目綠詩曰卷髮如蠆相書曰眉爲華蓋其眉長而復曰鼻爲中嶽其鼻下侵脣士贇曰繆襲詩造化雖神明大道是文康之嚴父

元氣乃文康之老親齊賢曰莊子道與之貌天與之形士贇曰老子曰有物混成先天地生寂兮寥

兮獨立而後改周行而不殆可以爲天下毋吾不知其名字之曰道晉孫楚石人銘曰大象無形元氣爲毋杳兮冥兮陶冶衆有白虎通曰地者元氣生萬物之祖也

撫頂弄盤古推車轉天輪(齊賢曰)徐整三五歷紀天地混沌如雞子盤古生其中萬八千歲天地開闢陽清爲天陰濁爲地盤古在其中一日九變神於天聖於地天日高一丈盤古日長一丈如此萬八千歲天數極高地數極深盤古極長後乃有三皇數起於一立於三成於五盛於七處於九故天地九萬里木華海賦狀如天輪呂氏春秋天地如車輪終則復始高誘曰輪轉也

二云見日月初生時鑄冶火精與水銀陽烏未出谷顧兔半藏身(齊賢曰)火精日也水銀月也春秋元命包曰陽成於三故日中有三足烏烏者陽精也尚書宅嵎夷曰暘谷屈原天問曰夜光何德死則又育厥利維何而顧兔在腹注夜光月也(士贇曰)淮南子天文訓積陽之熱氣生火火氣之精者爲日積陰之寒氣爲水水氣之精者爲月廣雅曰日一名陽烏

女媧戲黃土團作愚下人散在六合間濛濛若沙塵生死了不盡誰明此胡是仙眞(齊賢曰)山海經女媧之腸化爲神處栗廣之野注女媧古神女帝人面蛇身一日七十變其腸化爲此神淮南子曰黃帝生陰陽上駢生耳目桑麻生臂手此女媧所以七十化也(士贇曰)此句乃女媧鍊石補天缺之推耳淮南子道者舒之幎於六合謝靈運詩河洲多沙塵

西海栽若木東溟植扶桑別來幾多

時枝華萬里長（齊賢曰）山海經曰夜野之山有樹青華赤花名曰若木日所入處崑崙西附西極也淮南子曰若木在建木西末有十日其華照下地東方朔十洲記扶桑在碧海中葉似桑長數千丈大二千圍山海經黑齒之北曰暘谷九日居下枝一日居上枝戴鳥郭璞曰扶桑也天有十日迭出運照（士贇曰）淮南子地形訓扶木在陽州日之所曊許愼曰扶木扶桑也在陽谷南陽州東方也中國有七聖半路頹洪荒（齊賢曰）莊子黃帝將見大隗于具茨山方明爲御昌寓驂乘張若謵朋前馬昆閽滑稽後車至于襄城之野七聖皆迷無所問塗適遇牧馬童子問塗焉（士贇曰）揚子鴻荒之世聖人惡之陛下應運起龍飛入咸陽赤眉立盆子白水興漢光（齊賢曰）秦都咸陽即京兆府咸陽縣也漢樊崇起兵於莒王莽遣廉丹擊之崇等欲戰恐其衆與莽兵亂乃皆朱其眉以相別由是號赤眉西攻長安求劉氏後得城陽王章之後盆子立爲帝東觀漢記曰長沙定王中子買封春陵節侯節侯生戴侯戴侯生考侯考侯以春陵地勢下濕上書願徙南陽守墳墓元帝許之徙封南陽白水鄉九域志白水隸鄧州東京賦龍飛白水是也（士贇曰）東漢光武本紀論曰王莽篡位忌惡劉氏以錢文有金刀故改爲貨泉或以貨泉字文爲白水眞人叱咤四海動洪濤爲簸揚舉足蹋紫微天關自開張（齊賢曰）韓信曰項王喑噁叱咤千人皆廢晉志簸之揚之糠粃在前天文志紫微大帝所居北斗第一星曰天關（士贇曰）仲長統傳曰豈可鞭笞叱咤惟我所爲者乎天關見一卷注老

胡感至德東來進仙倡五色師子九苞鳳凰是老胡雞犬鳴舞飛帝鄉淋漓颯沓進退成行（齊賢曰）梁周捨上雲樂鳳凰是老胡家雞師子是老胡家狗漢烏弋山離國出師子似虎正黃有䫇耏尾端茸毛大如斗耏音而耏頰旁毛師古曰即爾雅狻猊也博物志魏武伐蹋頓經白狼山逢師子格之師子哮吼左右咸驚忽一物從林中出如貍超上王車軛其師子將至此物跳上其頭師子伏不敢起遂殺之得其一子還未至洛陽三十里路中雞犬皆伏無鳴吠者（士贇曰）後漢章和元年安息國獻師子形似麟而無角唐太宗時西域康居國獻師子帝珍其遠命虞世南作賦山海經丹穴之山有鳥狀如鶴五色而文名曰九苞鳳見則天下安寧瑞應圖鳳凰者仁鳥也雄曰鳳雌曰凰莊子乘彼白雲（士贇曰）帝鄉傳毅舞賦颯沓合并總照詩颯沓矜顧能胡歌獻漢酒跪雙膝立兩肘散花指天舉素手拜龍顏獻聖壽（齊賢曰）維摩詰經云會中有一天女以天花散諸菩薩大弟子上至諸菩薩悉皆墮落至大弟子便著不墮於是一切弟子皆以神力去花終不能去（士贇曰）此數句模寫其一時之威儀舉措耳釋迦譜云菩薩下生時墮蓮花上自行七步舉其右手作師子吼曰天上天下唯我獨尊此借用其事以形容老胡之狀也漢高紀隆準而龍顏莊子華封人請祝聖人壽北斗戾南山摧天子九九八十一萬歲長傾萬歲杯（齊賢曰）詩云如南山之壽不騫不崩梁周

拾上雲樂曰願明陛下壽千萬歲歡樂未渠央

夷則格上白鳩拂舞辭（齊賢曰）唐禮樂志曰白鳩吳拂舞曲也（士贇曰）拂舞歌五曲有白鳩篇亦曰白鳧舞以其歌且舞也亦入清商曲按晉楊泓舞序云自到江南見白符舞符即鳧也白鳧舞即白鳩舞也白鳧之辭出於吳本歌云平平白鳧思我君惠集我金堂謂晉為金德吳人患孫皓虐政而思從晉也然碣石章又出於魏武則知拂舞五篇並晉人採集亡國之前所作惟白鳧不用吳舊歌而更作之命曰白鳩篇

鏗鳴鐘考朗鼓（齊賢曰）鏗華鐘楚辭注[illegible]撞也考擊也（士贇曰）詩云子有鐘鼓弗鼓弗考歌白鳩引拂舞（齊賢曰）白鳩尸鳩之白者樂書曰考前史拂舞歌詩有白鳩濟濟獨漉碣石淮南王五篇並施殿庭盖出自江左驗其歌皆非吳辭也舊謂之吳舞觀楊泓序拂舞自到江南見白鳧舞或言白鳧鳩舞云有此來數十年矣察其辭旨言吳人患孫皓虐政而思屬晉耶白鳩之白誰與鄰霜衣雪襟誠可珍含哺七子能平均食不噎性安馴（齊賢曰）毛詩鳲鳩刺不壹也其一章云鳲鳩在桑其子七兮毛萇曰鳲鳩秸鞠也鳲鳩之養其子朝從上下莫從下上平均如一曹子建責躬表曰七子均養者鳲鳩之仁鳩不噎之鳥（士贇曰）孟子云白羽之白

歟

首農政鳴陽春天子刻玉杖鏤形賜耆人（齊賢曰月令季春之月鳴鳩拂其羽鄭玄注鳴鳩飛且翼相擊趨農急也又曰鳩搏穀也左氏郯子曰祝鳩氏司徒也鶻鳩氏司馬也鳲鳩氏司空也爽鳩氏司寇也鶻鳩氏司事也五鳩鳩民者也杜預注鳴鳩平均故爲司空平水土後漢禮儀志仲秋之月縣道皆按户比民年七十者授之以玉杖餔之以糜粥八十九十禮有加賜玉杖長尺端以鳩鳥爲飾鳩者不咽之鳥也欲老人不噎）

白鷺之白非純真外潔其色心匪仁闕五德無司晨胡爲啄我葭下之紫鱗鷹鸇鵰鶚貪而好殺鳳凰雖大聖不願以爲臣（齊賢曰莊子鷺不日浴而白韓詩外傳田饒曰雞戴冠文也足持距武也見敵而鬬勇也得食相呼義也鳴不失時信也雞有五德君猶烹而食之劉孝標演連珠曰雞善司晨雞陰晦而不輟其鳴爾雅葭蘆也郭璞曰葦也士贇曰蜀志揚顒曰雞主司晨）

日出入行（士贇曰日出入行即樂府時景二十一曲之一日出行也）

日出東方隈似從地底來歷天又入海六龍所舍安在哉（齊賢曰天問曰隅隈多有誰知其數爾雅厓內爲隩外爲隈淮南子曰爰止羲和爰息六螭是謂懸車注曰日乘車駕以六龍羲和御之日至此而薄於虞淵羲和至此而廻天問曰角宿未旦曜靈安藏注東方未明是時日安所藏其精光乎（士贇曰莊子曰

出於東方入於西極文中子曰出乎地萬物蕃息易時乘六龍以御
天晉傅玄日昇歌羲和初攬轡六龍並騰驤阮籍詩梁王安在哉
其始與終古不息人非元氣安得與之久徘徊草不
謝榮於春風木不怨落於秋天誰揮鞭策驅四運萬
物興歇皆自然齊賢曰易曰天行健君子以自強不息莊子夫
道伏羲得之以襲氣母日月得之終古不息鄭
玄注周禮曰終古猶言常也司馬彪氣母元氣之母易疏曰太極謂
天地未分之前元氣混而為一是太初太一也前漢律歷志曰太極
運三辰五星於上而元氣轉三統五行於下春秋迭運草木自榮自
落何謝何怨潘安仁詩曰四運紛可喜士贇曰選仲春令月百草滋
榮宋玉九辯秋之為氣也草木黃落而變衰淮南子黿
以為鞭策四運四時之運也老子曰天法道道法自然羲和羲和
汝奚汨没於荒淫之波魯陽何德駐景揮戈逆道違
天矯誣實多齊賢曰山海經曰東南海外有羲和之國有女子
名羲和是生十日常浴日於甘淵注云羲和天地
始生主日月者也故堯因是立羲和之官以立四時淮南子曰魯陽
公與韓遘戰酣日暮援戈而揮之日為之反三舍九域志汝州魯陽
關即魯陽公揮戈退日處尚書矯誣上天士贇曰廣雅曰御曰羲和
阮籍詩朝雲進荒淫王充論衡曰陽公揮戈事虛言也白詩蓋祖此
詩云忘
我實多吾將囊括大塊浩然與溟涬同科齊賢曰賈誼過
秦論曰囊括四

侮莊子大隗噫氣郭象注大塊者無物也帝系譜曰天地初起溟涬鴻濛莊子若然者豈見堯舜之教民溟涬然弟之哉郭象注溟涬甚貴之謂也(士贇曰)易括囊無咎莊子徐無鬼篇黃帝將見大隗于具茨之山注云大隗大道也在宥篇雲將曰吾遇天難願聞一言鴻濛曰噫心養汝徒處無爲而物自化墮爾形體吐爾聰明倫與物忘大同乎涬溟解心釋神莫然無魂萬物云云各復其根各復其根而不知渾渾沌沌終身不離若彼知之乃是離之無問其名無闚其情物固自生涬溟司馬彪云自然元氣也此篇大意全是祖莊子內雲將鴻濛問荅之意語多不能盡録試索觀之則見矣謂日月之運行萬物之生息皆元氣之自然人力不能與乎其間也

胡無人

(士贇曰)王僧虔技録相和歌三十八曲中有胡無人行

嚴風吹霜海草凋筋幹精堅胡馬驕(齊賢曰)出自薊北門行曰嚴秋筋竿勁虜陣精且強注竿箭幹公旦切(士贇曰)梁元帝纂要冬月厲風嚴風寒周禮冬官凡爲弓冬析幹而春液角夏治筋秋合三材寒奠體冰析灂鮑照詩何用獨精堅古詩胡馬依北風**漢家戰士三十萬將軍兼領霍嫖姚**(齊賢曰)史記闐顔之役漢馬十萬騎負私從馬凡十四萬匹粮重不與焉朔方之役武帝勒兵十八萬騎以見武節使郭吉風告單于此漢兵至盛也亦未至三十萬而太白云爾豈合步騎言之抑討祿山之師自有三十萬乎漢書大將軍受詔予壯士爲票姚校尉於是上曰票姚校尉去病斬首捕虜二千二十八級封去病爲冠軍侯服虔音飄搖師古曰票匹妙切姚羊召切票姚勁疾之貌荀悅漢紀作票

鷂字去病後為票騎將軍尚票姚之字耳今讀書者皆飄經不當其義詩人限於韻既有二音姑從其一（士贇曰）票姚字音辯見第五卷塞下曲第三首末句下註

流星白羽腰間插劍花秋蓮光出匣

（齊賢曰）陳孔璋箴曰飛兔流星注言疾也家語曰白羽若月上林賦曰彎蕃弱蒲白羽（士贇曰）魏文帝典論選𢀖良金命彼國工精而鍊之侔以清漳光似流星名曰飛泉崔豹古今注吳有白蛇紫電辟邪流星青冥百里六劒吳越春秋秦客薛燭善相劒吳王取純鈎示之薛曰光乎如芙蓉始生其紋如星行其光如波溢於塘郭元振劒歌琉璃匣裹吐蓮花錯鏤金環生明月

天兵照雪下玉關虜箭如沙射金甲

（齊賢曰）唐武德二年析甘州之福祿瓜州之玉門置肅州有玉門縣玉門關開元中沒吐番因其地置玉門軍（士贇曰）西域高昌傳正觀四年侯君集討定高昌先是國謠曰高昌兵如霜雪唐家兵如日月日月照霜雪幾何不殄滅東漢西域論曰臨西海以望大秦拒玉門陽關者四萬餘里靡不周盡焉又藏宮論閉玉關以謝西域之質

雲龍風虎盡交回太白入月敵可摧敵可摧旄頭滅

（齊賢曰）易乾卦雲從龍風從虎酉陽雜俎曰太白聞祿山反作胡無人詩曰太白入月敵可摧祿山死日果見太白食月史記天官書旄頭胡星也（士贇曰）此詩必作於上元之間撥太史之占而言也按唐書天文志上元元年五月癸丑月掩昴占曰胡王死三年建子月癸巳月掩昴出昴北八月丁卯又掩昴後漢天文志曰太白主奎婁胃昴畢觜參又主邊兵又晉天文志曰昴七星又為旄頭胡星李白統言之以太白也

自茲數年之後安史相繼滅亡恢復
兩京則此詩而驗諸史蓋可知矣

履胡之腸涉胡血懸胡青天上埋胡紫塞傍〔齊賢曰〕崔豹古今注秦築長城土色皆紫漢塞亦然故曰紫塞〔士贇曰〕劉向新序曰野人之用兵鼓聲則似雷號呼則動地塵氣充天流矢如雨扶傷舉死履腸涉血無罪之民其死者已量於澤矣而國之存亡主之生死猶未可知也其離仁義則遠矣或曰紫塞者岱山有紫堙城城傍有紫草生紫色故曰紫塞

胡無人漢道昌〔士贇曰〕左傳子母謂秦無人漢文敘傳曰登我漢道武帝制曰寖明寖昌之道詩至漢道昌一篇之意已足陛下之壽三千霜但歌大風雲飛揚安用猛士兮守四方一本云無此三句者是也使蘇子由見之必不肯輕致不識理之誚矣東坡云今太白集之有悲來乎笑矣乎及贈懷素草書數詩決非太白作蓋唐末五代間齊己輩詩也僕亦曰此詩末後三句安知非此輩所增乎致使太白貽譏於數百載之後惜哉雖然東坡能辨之須賓直致譏焉是亦足以定二蘇之優劣今遂刪去後人具正法眼藏者必蒙賞音

北風行

〔士贇曰〕樂府有時景二十五曲中有北風行

燭龍棲寒門光曜猶旦開日月照之何不及此唯有北風號怒天上來〔齊賢曰〕淮南子燭龍在鴈門北蔽于委羽之山不見日其神人面龍身而無足注龍銜燭以照太陰法身長千里視為晝瞑為夜吹為冬呼為夏又曰八紘之外又有八極北極之山曰寒門注積寒所在故曰寒門天問曰日安不

到燭龍何由照（士贇曰山海經鍾山之神名曰燭陰視爲晝暝爲夜吹爲冬呼爲夏身長千里人面蛇身赤色又名燭龍天不足西北無陰陽消息故有龍銜火精以照天門也）燕山雪花大如席片片吹落軒轅臺（齊賢曰唐地志幽州范陽郡幽都縣武德元年曰燕州本北燕州宋大明中元日雪花降殿庭右將軍謝莊下殿雪集衣白上以爲嘉瑞軒轅黃帝名黃帝與蚩尤戰于涿鹿之野應劭曰在漢上谷郡涿鹿縣（士贇曰韓詩外傳凡草木花多五出雪花獨六出淮南子地形訓汾出燕京注曰燕京山名也在太原汾陽汾水所出西南至汾陽冀州浸史五帝紀黃帝居軒轅之丘）幽州思婦十二月停歌罷笑雙蛾摧倚門望行人念君長城苦寒良可哀別時提劍救邊去遺此虎紋金鞞靫中有一雙白羽箭蜘蛛結網生塵埃（齊賢曰王昱元詩思婦臨高臺雙蛾蛾眉也戰國策齊王孫賈母謂賈曰汝朝出而晩來則吾倚門而望暮出而不還則吾倚廬而望陸士衡從軍行曰苦哉遠征人北戍長城阿苦寒行曰劇哉行役人慊慊常苦寒史記高祖曰吾提三尺劒取天下出自薊北門行曰分兵救朔方鞞靫箭藏也家語白羽若月張景陽詩蜘蛛網四壁士贇曰史五帝紀肇十有二州注馬融曰禹平水土置九州舜以冀州之北廣大分置并州燕齊遼遠分燕置幽州分齊爲營州於是爲十二州也長城事見前注鮑照詩留我一白羽將以分符竹）箭空在人今戰死不復迴不

忍見此物焚之已成灰黄河捧土尚可塞北風雨雪恨難裁（齊賢曰朱浮責彭寵曰以漁陽結怨天下猶河濱之人捧土以塞孟津毛詩北風其涼雨雪其雱士贇曰韓非子曰死者始而灰已而土）

俠客行

（士贇曰樂府俠遊二十五曲中有俠客行）

趙客縵胡纓吳鈎霜雪明（齊賢曰莊子說劍篇趙太子曰吾王所見劍士皆蓬頭突鬢垂冠曼胡之纓短後之衣瞋目而語難吳越春秋吳王闔閭既寶莫邪復命於國中作金鈎令曰能爲善鈎者賞之百金吳作鈎者甚衆而有人貪王之重賞也殺其二子以血釁金遂成二鈎獻於闔閭詣宮門而求賞王曰爲鈎者衆而子獨求賞何以異於衆夫子之鈎乎作鈎者曰吾之作鈎也貪而殺二子釁成二鈎王乃舉衆鈎示之何者是也王鈎甚多形體相類不知其所在於是鈎師向鈎而呼二子之名吳鴻扈稽我在於此王不知汝之神也聲絕於口兩鈎俱飛着父之胷吳王大驚曰嗟乎寡人誠負於子乃賞百金遂服而不離身沈存中曰吳鈎刀名刀彎今南蠻用之曰葛黨刀）銀鞍照白馬颯沓如流星（齊賢曰徐敬業詩汗馬躍金鞍陳孔璋箋曰飛兎流星注流星疾也士贇曰辛延年羽林郎詩銀鞍何煇煌江淹別賦龍馬銀鞍鮑照詩賓御紛沓颯鞍馬光照地李尤七歎曰神奔電驅星流矢驚則首君益野騰駒也）十步殺一人千里不留行（齊賢曰鄉

陽吳王書曰兵不留行莊子說劍篇莊子以劍見王王曰子之劍何
能禁制曰臣之劍十步一人千里不留行王大悅曰天下無敵矣

事了拂衣去深藏身與名（士贇曰）史老子傳良賈深藏若虛 閑
過信陵飲脫劍膝前橫將炙啖朱亥持觴勸侯嬴三
杯吐然諾五嶽倒爲輕眼花耳熱後意氣素霓生（齊賢）
曰史記魏公子無忌封信陵君魏有隱士曰侯嬴年七十爲大梁夷
門監者公子嘗置酒會客坐定從車騎自迎侯生曰臣有客在市屠
中願枉車騎過之公子引車入市侯生下見其客朱亥睥睨故久立
公子顏色愈和侯生乃就車至家坐上坐酒酣公子起爲壽罷酒侯
生謂公子曰朱亥賢者世莫能知故隱屠間耳史貫高爲人能自立
然諾曹植詩季布重然諾楊惲書酒後耳熱拊缶而呼烏烏（士贇曰）
史記游俠傳曰布衣之徒設取與然諾千里誦義死不顧此亦有
所長非苟而已史太史公曰人固有一死有重於泰山有輕於鴻毛
楚辭千鈞爲輕盧諶書曰意氣之間靡軀不悔選七啓
曰慷慨則氣成虹霓司馬相如大人賦垂絳幡之素蜺 救趙揮金
槌邯鄲先震驚千秋二壯士烜赫大梁城縱使俠骨
香不慚世上英（士贇曰）史魏公子無忌傳魏安釐王二十年秦
破趙長平軍又進圍邯鄲公子姊爲趙平原君
夫人數請救於魏魏王使將軍晉鄙將十萬衆救趙留軍壁鄴名爲
救趙實持兩端以觀望平原君使讓魏公子公子患之乃用侯生計

請如姬於王卧内竊虎符奪晉鄙軍使嬴客朱亥袖四十斤鐵椎椎殺晉鄙公子遂將其軍進擊秦軍秦軍解去遂救邯鄲存趙初公子過謁侯生侯生曰臣宜從老不能請數公子行日以至晉鄙軍之日北向自剄以送公子公子遂行至軍侯生果北向自剄詩云徐方震驚爾雅赫兮烜兮威儀也郭璞註曰貌光宣陸德明釋註曰烜者光明宣著今並作喧字音同

誰能書閣下白首太玄經

齊賢曰漢書揚雄傳雄校書天禄閣上又曰哀帝時丁傅董賢用事諸附離之者或起家至二千石時雄方草太玄有以自守泊如也士贇曰此詩似祖鮑照詩閉幃草太玄茲事殆愚任之意

分類補註李太白詩卷之三

分類補註李太白詩卷之四

樂府

關山月

（士贇曰）關山月者樂府鼓角横吹十五曲之一也王褒詞云無復漢地關山月

明月出天山蒼茫雲海間長風幾萬里吹度玉門關

（齊賢曰）吳氏語錄曰太白詩如明月出天山蒼茫雲海間長風幾萬里吹度玉門關皆氣蓋一世學者能熟味之自不褊淺矣天山在唐西州交河郡天山縣宗慤曰願乘長風破萬里浪緩聲歌曰長風萬里舉玉門關在唐沙州燉煌郡壽昌縣西北天山至玉門關不爲太遠而曰幾萬里者以月如出於天山耳非以天山爲度也（士贇曰）漢書霍去病遂至祁連山顏師古曰即天山匈奴呼爲祁連蒼茫雲海見一卷註漢西域傳西域以孝武時始通本三十六國其後稍分至五十餘皆在匈奴之西烏孫之南南北有大山中央有河東則接漢阸以玉門陽關西則限以葱嶺其南山東出金城與漢南山屬焉

漢下白登道胡窺青海灣

由來征戰地不見有人還

（齊賢曰）史記韓王信降匈奴引兵至晉陽城下高祖往擊之先至平城步兵未盡到冒頓四十萬騎圍高祖於白登七日徐廣注平城在鴈門唐書哥舒翰築城青海上吐蕃攻破之移築龍駒島吐蕃不敢近青海[illegible]西域傳吐谷渾城在青海西十五里（士贇曰）括地志云朔州定襄縣本漢平城縣東北三十里有白登山山上有臺名曰白登

臺漢書匈奴傳云蹋頓圍高帝於白登七日即此也服虔云白登臺名去平城七里唐哥舒翰傳築神威軍於青海上吐蕃至攻破之又築城於青海中嚴助傳曰天子之兵有征無戰

戍客望邊邑思歸多苦顏高樓當此夜嘆息未應閑

齊賢曰恨賦曰遷客海上流戍隴陰曹子建七哀詩明月照高樓流光正徘徊上有愁思婦悲嘆有餘哀邑一作色閑一作還士贇曰史漢高紀士卒皆歌思東歸曹植詩盛年處房室中夜起長嘆潘岳詩撫琴長嘆息

獨漉篇

士贇曰獨漉篇即拂舞歌五曲中之獨禄篇也特太白集中禄字作漉字其間命意造辭亦模倣規擬特古詞爲父報仇太白則爲國雪耻耳今録古詞于題下曰獨獨禄禄水深泥濁泥濁尚可水深殺我嚶嚶雙鴈遊戲田畔我欲射鴈念子孤散翩翩浮萍得風遥輕我心何合與之同并空床低幃誰知無人夜衣錦繡誰别僞真刀鳴削中倚床無施父冤不報欲活何爲

獨漉水中泥水濁不見月不見月尚可水深行人沒越鳥從南來胡鷹亦北渡我欲彎弓向天射惜其中道失歸路

齊賢曰晉志獨漉篇曰獨獨禄禄水中泥濁泥濁尚可水深殺我漉盧谷切古詩越鳥巢南枝士贇曰曹植詩安若濁水泥孟子越人彎弓而射之左思吳都賦昔鳴則彎弓阮籍詩黃鵠遊四海中路將安歸

落葉別樹飄

零隨風客無所托悲與此同羅幃舒卷似有人開明
月直入無心可猜(齊賢曰)南史四上傳洛葉何時還傅玄詩落葉隨風摧謝惠連雪賦曰從風飄零蘇子由
曰李太白詩過人其平生所享如浪花浪蘂其詩云羅幃卷舒似有
人開明月直入無心可猜不可及(士贇曰)宋玉風賦躋于羅帷經于
洞房鮑照詩羅帳空卷舒江淹詩明月入綺窻
鮑照詩頹隨明月入君懷左傳曰耦俱無猜　雄劍掛壁時時
龍鳴不斷犀象繡澀苔生國恥未雪何由成名(齊賢曰)列士傳
曰眉間尺名眉間闊一尺楚人干將鏌邪之子楚王夫人嘗於夏納
凉而抱鐵柱心有所感遂懷孕產一鐵楚王命鏌邪鑄爲雙劒三年
乃成劒一雌一雄鏌邪留雄而以雌進楚王劒在匣中常悲鳴王問
羣臣對曰劒有雌雄鳴者雌憶其雄王怒收鏌邪殺之眉間尺因殺
楚王王子斷頭曰水斷蛟龍陸剸犀兕(士贇曰)王子年拾遺記顓項
尚陽氏有畫影劒騰空劒若四方有兵此劒則飛赴指其方則剋未
用時在匣中常如龍虎吟鮑照詩雙劒將別離先在匣中鳴雌沈吳
江裏雄飛入楚城世語王子喬有一劒停空中作龍鳴虎吼經飛天
上曹植七啓曰步光之劒陸斷犀象未足稱雋唐太宗詩曰雪恥酬百王除兇報千古　神鷹夢澤不顧鴟
鳶爲君一擊鵬搏九天(齊賢曰)左傳楚子田于江南之夢許慎注淮南子曰九天八方中央也(士
贇曰)幽明錄楚文王少時雅好畋獵天下快狗名鷹畢聚焉有人獻
一鷹曰非王鷹之儔王見其殊常故爲獵於雲夢之澤毛群羽族爭

李詩注卷四

噬共六搏此鷹獨瞻目遠瞻俄而雲際有一物翱翔飄颻鮮白而不辨其形鷹見之便竦翮而升矗若飛電須臾羽墮如雪血洒如雨良久有一大鳥墮地而死度其兩翅廣數十里喙邊有黄衆莫能知時有博物君子曰此大鵬雛也文王乃厚賞之此詩比興之意謂士之用世則當爲國雪恥立大功以成名猶神鷹之不顧凡鳥而但擊九天之鵬也

登高丘而望遠海

(士贇曰)此題樂録及解題並無前聞太白此詩不過引秦皇漢武巡海求仙之事以通諷諫耳

登高丘望遠海六鼇骨已霜三山流安在(齊賢曰)魏文帝十五歌曰登山而遠望列子五山一曰岱輿二曰員嶠三曰方壺四瀛洲五蓬萊其根無所連著隨潮波上下帝命巨鼇十五舉首戴之五山始峙而不動龍伯之國有大人舉足不盈數步而暨五山之所一釣而連六鼇於是岱輿員嶠二山流於北極沉於大海仙聖之播遷者巨億萬計(士贇曰)登高望遠見一卷註宋玉賦高丘之阻陸雲九愍悲郢曰登高丘以遐望見思遊處之淹留**扶桑半摧折白日沉光彩**(齊賢曰)十洲記扶桑在碧海中(士贇曰)山海經大荒之中暘谷上有扶桑十日所浴九日居下枝一日居上枝皆戴烏淮南子日出於暘谷浴於咸池拂于扶桑是謂晨明登于扶桑爰將始行是謂朏明王粲賦曰白日忽其西匿江淹賦曰白日下壁而沉彩**銀臺金闕如夢中秦皇漢武空相待**(齊賢曰)郭景純遊仙

詩神仙排雲出但見金銀臺注齊威王使人入海求方丈蓬萊瀛州此三神山者神仙及不死之藥皆在而黃金白銀爲宮闕未至望之如雲〔士贇曰〕東方朔十洲記鍾山在北海子地上有金臺玉闕亦元氣之所含天帝之治處也史始皇本紀齊人徐市等上書言海中有三神山蓬萊方丈瀛洲仙人居之請得齋戒童男女求之於是遣徐市發童男女數千人入海求仙人史孝武本紀李少君言於上曰祠竈則致物而丹砂可化爲黃金黃金成以爲飲食器則益壽益壽而海中蓬萊仙者可見見之以封禪則不死黃帝是也臣嘗遊海上見安期生食臣棗大如瓜安期生仙者通蓬萊中合則見人不合則隱於是天子始親祠竈而遣方士入海求蓬萊安期生之屬居久之求蓬萊安期生莫能得而海上燕齊怪迂之方士多相效更言神事矣

精衛費木石黿鼉無所憑

〔齊賢曰〕博物志有鳥如烏之首白喙赤足名曰精衛昔赤帝之女名女娃遊于海溺死其神化爲精衛常取西山木石以填東海〔士贇曰〕述異記昔炎帝女溺死東海中化爲精衛每銜西山木石以填東海怨溺死也紀年周穆王三十七年征伐大起九師東至九江叱黿鼉以爲梁江淹恨賦秦皇按劍諸侯西馳削平天下同文共規方駕黿鼉以爲梁巡海右以送日太白詩蓋祖江淹賦也

君不見驪山茂陵盡灰滅牧羊之子來攀登盜賊劫寶玉精靈竟何能

〔齊賢曰〕始皇葬驪山漢武葬茂陵劉向傳曰始皇冢見發其後牧兒亡羊羊入其鑿牧者持火求羊失火燒其藏槨漢高紀項羽掘始皇冢收其財典論曰喪亂以來漢氏諸陵無不發掘至乃燒取玉柙金鏤張孟陽七哀詩珠柙離玉體

珍寶貝兒剽虜〔士贇曰〕史本紀二世皇帝九月葬始皇驪山始皇初即位穿治驪山及并天下天下徒送詣七十餘萬人穿三泉下錮而致椁宮觀百姓奇器珍怪徙藏滿之漢武帝建元二年置茂陵邑後葬茂陵漢書貢禹諫山陵厚葬書曰漢氏之法人君在位三分天下貢賦以一分入山陵武帝歷年長久比葬陵中不復容物霍光暗於大體奢侈過度其後至更始之敗赤眉賊入長安破茂陵取物猶不能盡漢劉向諫厚葬疏始皇葬於驪山之阿下錮三泉上崇三墳其高十丈周回五里有餘石椁為游館人膏為燈燭水銀為江海黃金為鳧鴈珍寶之藏機械之變棺槨之麗宮館之盛不可勝原又多殺宮人生埋工匠計以萬數驪山之作未成而周章百萬之師至其下矣項籍燔其宮室營宇往往咸見發掘其後牧兒亡羊入其鑿牧者持火照求羊失火燒其藏椁自古及今葬未有盛如始皇者也數年之間外被項籍之災內罹牧豎之禍豈不哀哉

窮兵黷武今如此鼎湖飛龍安可乘

〔齊賢曰〕黃帝鑄鼎於湖邊因名鼎湖鼎成乘龍上天〔士贇曰〕荀悅漢紀論曰武帝窮兵極武百姓空竭鼎湖飛龍黃帝事見三卷註張衡西京賦曰想升龍於鼎湖豈時俗之足慕此言二君窮兵黷武如此若黃帝之上仙安可得也唐明皇亦好神仙喜邊功者此詩其有所諷乎

陽春歌

〔士贇曰〕歌錄陽春歌楚曲也即時景二十五曲之一

長安白日照春空綠楊結煙垂裊風披香殿前花始

紅流芳發色繡戸中（齊賢曰）西京賦後宮則有蘭林披香（士贇曰）班固西都賦曰後宮則有掖庭椒房披香發越生云長安有披香殿曹植洛神賦曰步蘅薄而流芳潘岳詩流芳未及歇鮑照詩曰文牕綉戸垂羅幕繡戸中相經過飛燕皇后輕身舞紫宮夫人絶世歌聖君三萬六千日歲歲年年奈樂何（齊賢曰）西京賦正紫宮於未央漢書李延年故倡也女弟得幸號李夫人初夫人兄延年善歌舞武帝愛之延年侍上起舞歌曰北方有佳人絶世而獨立一顧傾人城再顧傾人國不知傾城與傾國佳人難再得上嘆曰世豈有此人乎平陽主因言有女弟上召見之實妙麗善舞由是得幸（士贇曰）西京雜記漢孝成皇后趙飛燕體輕弱行步進退色如紅玉擅寵後宮漢書趙飛燕體輕能掌上舞張衡西京賦曰正紫宮於未央

楊叛兒

（士贇曰）樂錄楊叛兒亦曰西曲楊叛兒本童謠也齊隆昌時女巫之子曰楊旻隨母入內及長爲太后所寵愛童謠云楊婆兒共戲來語訛轉婆爲叛也

君歌楊叛兒妾勸新豐酒（齊賢曰）九域志新豐故驪戎國在京兆府（士贇曰）西京雜記太上皇徙長安居深宮悽愴不樂高祖竊因左右問其故以平生所好皆屠販少年酤酒賣餅鬬雞蹴踘以此爲懽今皆無此故以不樂高祖乃作新豐移諸故人實之太上皇乃悅故新豐多無賴無衣冠子弟故也高祖少時常祭枌榆之社及移新豐亦還立焉高祖既作新豐并

移舊社衢巷棟宇物色惟舊士女老幼相攜路首各知其室放犬羊雞鴨於通途亦競識其家其匠人胡寬所營也移者皆悅其似而德之故競加賞贈月餘致累百金

何許最關人烏啼白門柳烏啼隱楊花君醉留妾家博山爐中沉香火雙煙一氣凌紫霞（齊賢曰魏志張邈傳呂布自稱徐州刺史太祖征布布與麾下登白門樓兵圍急乃下降即此地阮嗣宗時良辰在何許古楊叛曲暫出白門前楊柳可藏烏權作沉水香儂作博山爐漢故事諸王出閣則賜博山香爐呂大臨考古圖曰爐象海中博山下盤貯湯使潤氣蒸香象海之四環士贇曰西京雜記長安巧工丁緩者作九層博山香爐鏤以奇禽怪獸皆自然能動陸機詩曰輕舉乘紫霞

雙燕離

（士贇曰）琴操三十六雜曲中有雙燕離

雙燕復雙燕雙飛令人羨玉樓珠閣不獨棲金窓繡戶長相見（士贇曰）鮑照詩雙燕戲雲崖江淹詩願寄雙飛燕選詩願爲雙飛燕銜泥巢君屋東方朔十洲記崑崙山上有玉樓十二鮑照詩文牕繡戶垂羅幕魏伯陽參同契曰雄不獨處雌不孤居

栢梁失火去因入吳王宮吳宮又焚蕩雛盡巢亦空（齊賢曰）漢元鼎二年作栢梁臺師古曰三輔舊事云以香栢爲之太初元年栢梁臺災虞氏家記吳白門闔廬作至秦始皇守宮吏燭燕窟失火燒宮而此樓故存士贇曰栢梁臺災師古曰

天火曰災吳宮燕見三卷註　憔悴一身在孀雌憶故雄雙飛難再得傷我寸心中〔齊賢曰〕謝靈運詩孀雌戀舊侶南史王整之姊嫁為衛敬瑜妻年十六而敬瑜亡誓不嫁所住戶有燕巢常雙飛來去後忽孤飛女感其偏棲乃以縷繫脚為識後歲此燕果來猶帶前縷女為詩曰昔年無偶去今春猶獨歸故人恩既重不忍復雙飛〔士贇曰〕選詩云無棄憔悴淮南子曰童子不孤寡婦不孀高誘曰寡婦曰孀漢李延年詩佳人難再得謝靈運詩寸心若不亮毛詩我心憂傷此篇其太白自嘆之作乎首四句是喻其待詔金鑾得幸時也柏梁失火去喻遭讒放還時也中三句喻從永王璘敗以累遭責時也末四句是白嗟嘆之語謂放逐之餘思君而不得再見安得不為之傷心乎吁亦可哀也已

山人勸酒〔士贇曰〕樂府觴酌七曲其一曰山人勸酒

蒼蒼雲松落落綺皓〔士贇曰〕曹植詩山樹鬱蒼蒼劉公幹詩珍木鬱蒼蒼左思詩落落窮巷士綺皓乃商山四皓之綺里季也高士傳四皓見秦政虐乃逃入藍田山作歌曰漠漠高山深谷逶迤曄曄紫芝可以療飢唐虞世遠吾將安歸駟馬高蓋其憂甚大富貴之畏人不如貧賤而肆志乃共入商洛山以待天下定　春風爾來為阿誰蝴蝶忽然滿芳草秀眉霜雪顏桃花骨青髓綠長美好稱是秦時避世人勸酒相歡不知老〔士贇曰〕張景陽詩曰借問此何時蝴蝶飛

南園楚辭何所獨無芳草葛洪神仙傳伯山甫在華山精思服餌不老以藥與外生女服時年七十稍稍還少色如桃花阮籍詩曰自非王子晉誰能長美好莊子曰避世之士論語曰不知老之將至陶潛詩丈夫志四海我願不知老

各守麋鹿志　恥隨龍虎爭欻起佐太子漢皇乃復驚顧謂戚夫人彼翁羽翼成

齊賢曰史留侯世家上欲廢太子立戚夫人子趙王如意呂后恐留侯為畫策曰此難以口舌爭也顧上不能致者天下有四人逃匿山中義不為漢臣然上高此四人今公誠能令太子為書卑辭安車固請來以為客時時從入朝令上見之則一助也於是呂后令呂澤使人奉太子書卑辭厚禮迎此四人四人至客建成侯所十二年上從擊破布軍歸疾益甚愈欲易太子及燕置酒太子侍四人從太子年皆八十有餘鬚眉皓白衣冠甚偉上怪之問曰彼何為者四人前對各言名姓曰東園公角里先生綺里季夏黃公上大驚曰吾求公數歲公逃避我今公何自從吾兒遊乎四人皆曰陛下輕士善罵臣等義不受辱故恐而亡匿竊聞太子為人仁孝恭敬愛士天下莫不延頸欲為太子死者故臣等來上曰煩公幸卒調護太子四人為壽已畢趨去上目送之召戚夫人指示四人者曰我欲易之彼四人輔之羽翼已成難動矣呂后真而主矣戚夫人泣上曰為我楚舞吾為若楚歌歌曰鴻鵠高飛一舉千里羽翮已就橫絕四海橫絕四海當可奈何雖有矰繳尚安所施歌數闋戚夫人噓唏流涕上起去罷酒竟不易太子留侯本招此四人之力也士贇曰孟子舜居深山之中與鹿豕遊高士傳山巨源舉嵇康自代康曰譬猶禽鹿少見馴育則服教從制長而見羈雖飾以金

鑣饗以高肴愈思長林而志在豐草也劉孝標辨命論曰候草木以共彫與麋鹿而同死班固荅賓戲曰於是七雄虓闞分裂諸夏龍戰虎爭縱起字見北史崔浩傳云宋武帝祖帝欲取洛陽武牢滑臺浩曰陛下不以劉裕縱起納其貢使令死秉喪伐之雖得之不令也

歸來商山下泛若雲無情舉觴酹巢由洗耳何獨清
浩歌望嵩嶽意氣還相傾

齊賢曰史記曰堯讓天下於許由由恥之逃隱于登箕山上有許由冢几域志曰潁昌府唐之許州許昌郡有許由臺巢父臺七賢曰陶潛詞曰雲無心而出岫逸士傳曰巢父堯時隱人年老以樹爲巢而寢其上故人號爲巢父堯之讓許由也由以告巢父巢父曰汝何不隱汝形藏汝光非吾友也乃擊其膺而下之許由悵然不自得乃過清泠之水洗其耳拭其目曰嚮者聞言負吾友遂去終身不相見樊仲父牽牛飲之見巢父洗耳乃驅牛而還恥令其牛飲其下流也楚辭衆人皆濁我獨清陶潛詩意氣傾人命離隔復何有東漢吳漢傳意氣自若鮑照詩曰握君手執杯酒意氣相傾死何有此意謂巢由之矯激不若四皓之時行時止一出而國本定事成則復歸乎商山卷舒自在若無心之雲也中庸之德其至矣乎何以獨清爲哉太白蓋爲明皇欲廢太子瑛有所感而作是詩也初瑛母以倡進鄂光二王母以色選及武惠妃寵幸後宮生壽王愛與諸子絕等而太子二王以母失職頗怏怏惠妃女婿楊洄揣妃旨伺太子短譁爲醜語惠妃訴于帝且泣帝大怒召宰相議廢之張九齡諫得不廢俄而九齡罷李林甫專國數稱壽王美以探妃意妃果德之二十五年洄復搆瑛瑤琚與妃之兄薛鏽異謀惠妃使人詭召太子二王曰宮中有賊

請戒以兵入太子從之妃白帝曰太子二王謀反甲而來帝使中人視之如言遽召宰相林甫議答曰陛下家事非臣所宜豫帝意決乃詔廢爲庶人尋遇害天下冤之號三庶人歲中惠妃病數見庶人爲崇因召巫祈之請改葬且射行刑者瘞之訖不解妃死崇亡明皇之時盧鴻王希夷隱於嵩山李元愷吳筠之徒皆以隱逸稱或召至闕庭或遣問政事彼耳高談闊論然未有能如四皓之一言而太子得不易也末句曰浩歌望嵩嶽意氣還相傾亦深不滿於當時嵩嶽之隱者歟其意微而婉矣

于闐採花

（士贇曰樂府錄于闐採花者蕃胡四曲之一也太白此篇則借明妃之事以興世之君子不遭明君賢不肖易置如明皇之惡張九齡雖遣祭曲江竟何補哉此詩規意皆自國風中來讀者毋忽）

于闐採花人自言花相似明妃一朝西入胡胡中美女多羞死乃知漢地多名姝胡中無花可方比（齊賢曰西域傳于闐國王治西城去長安九千六百七十里于闐之西水皆西流注西海竟寧元年匈奴請壻漢氏元帝以齊國王襄女名嬙字昭君妻之單于大喜石季倫王明君序王明君本是王昭君以觸文帝諱改焉士贇曰漢書匈奴傳竟寧元年呼韓邪單于入朝自言願壻漢氏以自親元帝以後宮良家子王嬙字昭君賜單于單于懽喜乃上書願保塞江淹賦曰無色類之可方）丹青能令醜者妍無鹽翻在深宮裏自古妬蛾眉胡沙埋皓齒

齊賢曰西京雜記曰杜陵畫工毛延壽善爲人醜好老少必得其真元帝宮人頗多嘗令畫工圖之有欲呼者披圖以召故宮人多行賂於畫工昭君姿容甚麗無所苟求工遂毀其形狀後匈奴求美女帝以昭君充行既召見悅之而名字已去遂不復留帝怒殺毛延壽列女傳鍾離春齊無鹽邑之女爲人極醜皮膚若漆行年四十嫁不售齊宣燕於漸臺無鹽詣之召見爲陳四殆王立拆漸臺拜無鹽爲后離騷曰衆女嫉余之蛾眉兮謠諑謂余以善淫枚叔七發曰皓齒蛾眉命曰伐性之斧士贇曰楚辭朱唇皓齒豐肉微骨嫮目宜笑蛾眉曼只又美人皓齒嫮以姱此篇是借事引喻以刺時君昏瞶借聽於人而賢不肖易置者讀之令人感歎

鞠歌行

齊賢曰王僧虔技録有鞠歌行陸機序漢宮閣下有含章鞠室靈芝鞠室士贇曰王僧虔宴樂技録相和歌平調七曲有鞠歌行太白此詞始則傷士之遭讒廢棄中則羨乎四賢之遇合有時終則重嘆今人不能如古人之識士也亦借此自況云耳

玉不自言如桃李魚目笑之卞和恥楚國青蠅何太多連城白璧遭讒毀荆山長號泣血人忠臣死爲刖足鬼

齊賢曰漢書桃李不言下自成蹊張景陽詩魚目笑明月白頭吟玷白信青蠅韓子曰楚人和氏得璞玉於楚山中獻之武王玉使玉人相之曰石也刖其左足成王即位和又獻之玉人曰石也刖其右足文王即位和乃抱璞哭於楚山下王使玉人理其璞

而得寶名曰和氏之璧尹文子曰魏有田父得玉徑尺不知玉棄之野鄰人盜以獻魏王王召玉工相之曰敢賀大王得天下之寶王問其價工曰此無價以當之五城三郡聊可一觀王立賜獻者食上大夫之祿士贇曰雜書曰秦失金鏡魚目入珠詩云營營青蠅止于樊箋云興者謂蠅之爲蟲汙白使黑汙黑使白喻佞人變亂善惡也陳子昂詩青蠅一相點白璧遂成冤

聽曲知甯戚夷吾因小妻

齊賢曰通鑑外紀曰齊桓公郊迎客甯戚飯牛車下擊牛角而商歌曰南山矸白石爛生不逢堯與舜禪短布單衣適至骭從昏飯牛薄夜半長夜漫漫何時旦公聞之曰非常人也命後車載之賜衣冠與語大命後車載之賜衣冠與語大悅遂授以政管仲字夷吾潁上人論語管氏有三歸士贇曰管子云齊桓公使管仲求甯戚甯戚應之曰浩浩乎育育乎管仲未悟其婢子曰詩有之浩浩者水育育者魚未有室家安召我居洼魚水喻配偶也甯戚有伉儷之思故陳此詩又列女傳曰妾倩者齊相管仲之妾也甯戚欲見桓公道無從乃爲人僕將車宿齊東門之外桓公因出甯戚擊牛角而商歌甚悲桓公異之使管仲迎之甯戚稱曰浩浩乎白水管仲不知所謂不朝五日而有憂色其妾倩進曰今君不朝五日而有憂色敢問國家之事耶君之謀也管仲曰非汝所知也倩曰妾聞之也毋老老毋賤賤毋少少毋弱弱管仲曰何謂也倩曰昔者太公望年七十屠牛於朝歌市八十爲天子師九十而封於齊由是觀之老可老耶夫伊尹有莘氏之媵臣也湯立以爲三公天下之治太平由是觀之賤可賤耶睪子生五歲而贊禹由是觀之少可少耶駃騠生七日而超其母由是觀之弱可弱耶於是管仲乃下席而謝曰吾請語子其故昔日公使我迎甯戚甯戚曰浩浩乎白水

吾不知其所謂是故憂之其妾笑曰人已語君矣君不知識邪古有白水之詩詩不云乎浩浩白水鯈鯈之魚君來召我我將安居國家未定從我焉如此甯戚之欲得仕國家也管仲大悅以報桓公桓公乃修官府齋戒五日見甯子因以爲佐齊國以治君子謂妾倩爲可與謀詩云先民有言詢于芻蕘此之謂也須曰桓遇甯戚命管迎之甯稱白水管仲憂疑妾進問焉爲説其詩管喜報公齊得以治云云

秦穆五羊皮買死百里奚洗拂青雲上當時賤如泥

齊賢曰晉滅虞虜虞君與百里奚後爲穆姬媵於秦奚亡走宛楚鄙人得之秦穆公聞其賢欲重贖之恐楚以不與以五羖羊皮贖之穆公釋其囚與語大悅授以國政史須賈曰不自意君能自致於青雲之上曹植詩君如清路塵妾若濁水泥士贇曰呂氏春秋百里奚未遇時販牛於秦鬻以五羊之皮公孫枝得而獻諸繆公繆公用之謀無不當舉必有功劉向説苑秦穆公使賈人載鹽徵諸賈人賈人買百里奚以五羖羊之皮使將車之秦秦穆公觀鹽見百里奚牛肥曰任重道遠以險而牛何以肥也對曰臣飲食以時使之不以暴有險先後之以身是以肥穆公知其君子也令有司具沐浴爲衣冠與坐公大悅異日與公孫枝論政公孫枝天不寧曰君耳目聰明思慮審察君其得聖人乎公曰然吾悅夫奚之言彼類聖人也以爲上卿史伯夷傳曰閭巷之人砥名立行者非附青雲之士惡能施於後世也哉

朝歌鼓刀叟虎變磻溪中一舉釣六合遂荒營丘東

平生渭水曲誰識此老翁

齊賢曰九域志朝歌隸衛州紂所都唐汲郡淮南子曰太公之鼓刀

磻谿石在鳳翔府虢縣東南十八里有投竿跪餌兩膝所著之處毛詩閟宮曰遂荒大東注荒奄也士贇曰史齊世家太公望呂尚者東海上人本姓姜氏從其封姓故曰呂尚呂尚蓋嘗窮困年老矣以漁釣奸周西伯西伯將出獵卜之曰所獲非龍非彲非虎非羆所獲霸王之輔於是周西伯獵果遇太公於渭之陽與語大悅曰自吾先君太公曰當有聖人適周周以興子真是邪吾太公望子久矣故號之曰太公望載與俱歸立為師武王已平商而王天下封師尚父於齊營丘正義曰括地志營丘在青州臨淄北百步外呂氏春秋太公釣於茲泉遇文王酈元云磻溪中有泉謂之茲泉積水為潭即太公釣處今謂之凡谷有石壁深高幽邃人迹罕及東南隅有石室蓋太公所居水次盤石釣處即太公垂釣之所其投竿跪餌兩膝遺迹猶存是磻溪之稱也其水清泠神異北流十二里注于渭說苑呂望年七十釣于渭渚三日三夜魚無食者望即忿脫其衣冠上有農人者古之異人謂望曰子姑復釣必細其綸芳其餌徐徐而投無令魚駭望如其言初下得鮒次得鯉刺魚腹得書書文曰呂望封於齊望知其異楚辭天問呂望在肆昌何識鼓刀揚聲后何喜又思美人呂望屠於朝歌尚書大傳周文王至磻溪見呂望文王拜之尚曰尚釣得玉璜刻曰周受命呂佐符子曰太公釣隱磻溪五十有六年矣而未嘗得一魚魯連聞之往而觀其釣太公跪石隱崖且不餌而釣仰詠俯吟及暮而釋竿易曰大人虎變其文炳也

柰何今之人雙目送飛鴻士贇曰潘岳詩命也可柰何管子法法篇桓公在位管仲隰朋見立有間有二鴻飛過桓公嘆曰仲父今彼鴻鵠有時而南有時而北四方無遠所欲至而至焉惟羽翼之故寡人有仲父猶飛鴻有羽翼也嵇康詩目送飛鴻手揮五

絃此詩蓋深嘆今之人無知人之鑒卒之無可柰何唯有目送飛鳴以寄興耳太白負才而不用於時豈亦有感而作乎

幽澗泉

士贇曰樂府幽澗泉者山水二十四曲之一

拂彼白石彈吾素琴幽澗愀兮流泉深

齊賢曰琴譜有幽澗泉曲書曰昔人祥之日常彈素琴　素琴陶潛不解音聲而畜素琴一張每有酒適輒撫弄以寄其意士贇曰江淹賦濁醪夕引素琴晨張嵇康詩習習谷風吹我素琴

善手明徽高張清心寂歷似千古松颸颸兮萬尋

士贇曰楊雄解難曰絃者高張急徽物理論曰琴欲高張瑟欲下聲顔延年詩高張生絶絃聲急由調起江淹山中楚辭風颸颸兮木道寒盧思道納涼賦曰動颸颸於翠帳

中見愁猿弔影而危處兮叫秋木而長吟客有哀時失職而聽者淚淋浪以霑襟

齊賢曰嵇叔夜琴賦曰紛淋浪以流離士贇曰江淹賦弔影慙魂吳都賦猿父哀吟犍子長嘯楚詞坎壈兮貧士失職而志不平尸子曰曾子每讀喪禮淚下霑襟

乃緝商綴羽潺湲成音吾但寫聲發情於妙指殊不知此曲之古今幽澗泉鳴深林

士贇曰詩大序情發於聲選歸田賦彈五絃於妙指此謂澗泉松風之聲猿鳴客愁之狀皆寫於琴聲之中也

王昭君二首

〔士贇曰〕樂録王昭君亦曰王嬙亦曰王明君清商曲七曲之一也按文選石崇樂府王明君辭序曰王明君者本是王昭君以觸晉文帝諱改之匈奴盛請婚於漢元帝以後宮良家子昭君配焉昔公主嫁烏孫令琵琶馬上作樂以慰其道路之思其送明君亦必爾也其造新曲多哀怨之聲故叙之於紙云爾張永元嘉技録相和歌吟嘆四句亦有王昭君

漢家秦地月流影照明妃一上玉關道天涯去不歸〔齊賢曰〕唐沙州壽昌縣西北有玉門關蔡琰胡笳曰天無涯兮地無邊〔士贇曰〕玉門陽關見前注古詩相去萬餘里各在天一涯漢月還從東海出明妃西嫁無來日〔士贇曰〕陶潛詩素月出東嶺鮑照詩曰君不見城上日今暝没盡去明朝復更出今我何時當更然一去永滅入黃泉大白是用其意而易其辭謂漢月西没猶有東升之時若明妃之西嫁則無東歸之日矣燕支長寒雪作花蛾眉憔悴没胡沙生乏黄金枉圖畫死留青塚使人嗟〔齊賢曰〕燕支山及圖畫並見前注漢書呼韓單于既死子逵立昭君謂逵曰將爲漢將爲胡曰爲胡於是昭君服毒而死單于舉國葬之胡中多白草而此塚獨青〔士贇曰〕燕支山名見後幽州胡馬客歌注詩一云螓首蛾眉逸詩無棄蕉萃漢書匈奴傳嚴尤曰胡地沙鹵多乏水草

其二

昭君拂玉鞍上馬啼紅頰今日漢宮人明朝胡地妾(齊賢曰)漢武時身毒國獻連環羈皆以白玉作之馬腦石爲勒白光琉璃爲鞍鞍在暗室中常照十餘丈如晝日(士贇曰)胡地見前註此二篇蓋借漢事以詠當時公主出嫁異國者

中山孺子妾歌(士贇曰)漢書藝文志詔賜中山靖王噲及孺子妾冰未央材人歌詩四篇師古曰孺子王妾之有品號者也妾王之衆妾也冰其名材人天子内官如淳曰孺子幼少稱也太白蓋即其題而賦之也

中山孺子妾特以色見珍雖不如延年妹亦是當時絕世人(齊賢曰)孺子宮人也陸韓卿中山王孺子妾歌曰賤妾終已矣君子定焉如呂不韋使華陽夫人姊說華陽夫人曰以色事人者色衰而愛弛(士贇曰)李延年妹事見陽春歌注桃李出深井花豔驚上春一貴復一賤關天豈由身(齊賢曰)翟公罷廷尉賓客皆去書其門曰一貴一賤交情乃見(士贇曰)選樂府南國有佳人容華笑桃李江淹賦羅與綺芳嬌上春列子揚朱曰貴非所貴賤非所賤齊貴齊賤芙蓉老秋

霜團扇羞網塵（齊賢曰）王逸楚詞注芙蓉蓮華也傳玄鷹兎賦曰秋霜一下蘭艾俱落班婕妤扇詩曰裁爲合
歡扇團團似明月常恐秋節至凉風奪炎熱張華詩玉臺生網絲（士
贇曰）陸韓卿中山王孺子妾歌歲暮寒飈及秋水落芙蕖李善注云
爾雅曰荷芙蕖也郭璞曰別名芙蓉也曹植詩繁華將茂秋霜悴之
樂略晉中書令王珉好執白團扇其侍人謝芳歌之或云珉與嫂婢
謝芳有情嫂鞭撻過苦婢善歌而作此曲其辭曰團
扇復團扇持許自遮面憔悴無復理羞與郎相見

戚姬髡髮
入春市萬古共悲辛（士贇曰）漢史呂皇后傳高祖崩呂后爲皇太后令永巷囚戚夫人髡鉗衣赭衣令春
戚夫人春且歌曰子爲王母爲虜終日春薄暮常與死爲伍相離三
千里當誰使告汝太后聞之大怒曰廼欲倚汝子邪廼召趙王使人
持鴆飲之遟帝還趙王死太后遂斷戚夫人手
足去眼熏耳飲瘖藥使居鞠域中名曰人彘

荆州歌

（士贇曰）樂録都邑三十四曲有荆州樂又有荆州歌注云今荆南府也

白帝城邊足風波瞿塘五月誰敢過荆州麥熟繭成
蛾繰絲憶君頭緒多撥穀飛鳴奈妾何（齊賢曰）白帝城公孫述所築寰
宇記曰灩澦堆在夔州西南二百步蜀江中心瞿塘在州東一里冬
水淺石屹然露二百餘尺夏水漲沒水中十丈其狀如馬舟人不敢
進唐志江陵府本荆州南郡有荆門縣撥穀布穀項羽歌曰虞兮虞
兮奈若何（士贇曰）按元和志白帝即夔州城所據與赤平山相接初

公孫述殿前井有白龍出因號白帝山寰宇記曰公孫述據蜀士自稱曰白帝更魚復曰白帝城南都賦云白鶴飛兮繭曳緒翰曰循蠶曳絲緒而相連者也

設辟邪伎鼓吹雉子班曲辭

（士贇曰）雉子班漢短簫鐃歌二十二曲之一也亦曰鼓吹曲晉曰於穆我皇言武帝也北齊曰聖道洽言文宣之德無思不服也後周曰平東夏言高祖禽齊王於青州一舉定山東也按吳兢所引古辭云雉子高飛止黃鵠高飛已千里雄飛來從雌視以為始作之辭然樂府之題亦如古詩題所謂關雎葛覃之類只取篇中一二字以命詩初無義也後人即物即事而賦故於題有義據此古詞無雉子班之語往往雉子班之作復在此古詞之前吳兢未之見也如吳均可憐雉子班又後人所作也

辟邪伎作鼓吹驚雉子班之奏曲成喔咿振迅欲飛鳴扇翮錦翼雄風生雙雌同飲啄趫悍誰能爭乍向草中耿介死不求黃金籠下生（齊賢曰）樂書梁三朝樂有車輪折脰伎辟邪伎青紫鹿伎吳均雉子班曰可憐雉子班羣飛集野甸潘岳射雉賦逸羣之儁擅場挾兩注逸羣雋異之雉不但欲擅一場又挾兩雌也宋玉風賦曰此大

王之雉風莊子澤雉十步一啄百步一飲西京賦蹻悍虓豁射雉賦厲耿介之專心薛君韓詩章句曰雉耿介之鳥拾遺録曰魏禪晉之歲北闕下得一白燕以爲神物以金爲籠置之宮内〔士贇曰〕楚辭卜居喔咿嚅唲潘岳射雉賦越壑凌岑飛鳴薄廩老子云天下莫能爭也南史劉裕曰不復能草間求活

天地至廣大何惜遂物情善卷讓天子務光亦逃名所貴曠士懷朗然合太清〔齊賢曰〕老子大大地大善卷壇在沅州枉山下莊子曰舜以天下讓善卷善卷曰余立於宇宙之中冬日衣皮毛夏日衣葛絺逍遙於天地之間而心意自得吾何以天下爲哉去而入深山莫知其處又曰湯與務光天下務光怒之紀他聞之帥弟子而踆於窾水諸侯弔之淮南子曰太淸之始也和順以寂寞注云清靜也太清無爲之始者謂三皇之時和順而不逆天暴物寂寞不擾民〔士贇曰〕易繫包犧氏始作八卦以類萬物之情莊子讓王篇湯伐桀克之以讓務光務光曰知者謀之武者遂之仁者居之古之道也吾子胡不立乎務光曰廢上非義也殺民非仁也人犯其難我享其利非廉也吾聞之曰非其義者不受其祿無道之世不踐其土況尊我乎吾不忍久見也乃負石而自沈於廬水曹植詩曰小人自齷齪安知曠士懷鶡冠子曰上及太清天寶之末爭名者於朝爭利者於市太白此詩其有所諷歟

相逢行

〔士贇曰〕王僧虔技録相和歌清調六曲有相逢狹路行亦曰長安有狹斜行亦曰相逢行

相逢紅塵內高揖黄金鞭萬戸垂楊裏君家阿那邊

（齊賢曰）西都賦曰紅塵四合李陵詩曰紅塵塞天地羅敷艷歌曰俯仰終阿那

古有所思行

（士贇曰）王僧虔技録相和歌瑟調三十八曲内有有所思又漢短簫鐃歌二十二曲其一曰有所思亦曰嗟佳人註云漢太樂食舉十三曲第七曰有所思漢朝以此樂侑食

我思仙人乃在碧海之東隅海寒多天風白波連山倒蓬壺

（齊賢曰）七愁詩曰我所思兮在泰山莊子曰白波若山海賦曰波如連山列子曰歸墟中有五山一岱輿二員嶠三方壺四瀛洲五蓬萊（士贇曰）仙傳許遜隱西山作醉思仙之歌詩云我思古人十洲記扶桑在東海之東岸一萬里復得碧海廣狹浩汗與合東岸大碧水既不鹹苦正作碧色甘香味扶桑在碧海之中地方百里上有太上帝太真王父所治處地多林木葉皆如桑又有椹子變化萬端蓋無所形或有分形為白身十丈者選古詩枯桑知天風海水知天寒

長鯨噴湧不可涉撫心茫茫淚如珠西來有鳥東飛去願寄一書謝麻姑

（齊賢曰）山海經曰三危之山有青鳥居之注青鳥主為西王母取食漢武帝故事七月七日上齋居承華殿忽有一青鳥從西來集殿上上問東方朔朔曰此西王母欲來有頃王母乘紫雲車而至有二青鳥如烏大夾侍王母旁神仙傳王遠字方平漢桓帝時棄官入山嘗降蔡經家遣人召麻姑至一好女子年可十八九於頂上作髻手爪似鳥（士贇曰）長鯨見一卷注儀禮婦人拊心不哭陸機詩撫心痛荼

毒郭璞詩臨川哀年邁撫心獨悲吒山海經青鳥者西王母之使也人首鳥身衣青衣而飛行曰青鳥陶潛詩翩翩三青鳥毛色奇可憐朝爲王母使暮歸三危山我欲因此鳥具向王母言又仙傳麻姑自與王遠會後即於海州東海袞玉山坐化至今有紀異觀奉其肉身觀有女道士焉

又別離

（士贇曰）樂錄別離十九曲之一

別來幾春未還家玉窻五見櫻桃花況有錦字書開緘使人嗟（士贇曰）錦字是用竇滔妻蘇氏織錦作回文詩贈夫事見織錦囬文詩序至此腸斷彼心絕雲鬟綠鬢罷梳結愁如囬飆亂白雪（齊賢曰）鮑照詩野風吹秋木行子心腸斷曹植詩何意囬飆舉去年寄書報陽臺今年寄書重相催東風兮東風爲我吹行雲使西來待來竟不來落花寂寂委青苔（齊賢曰）宋玉高唐賦序曰妾在巫山之陽高丘之阻旦爲行雲暮爲行雨朝朝暮暮陽臺之下（士贇曰）孟子君是以不果來也魏文帝秋胡行朝與佳人期日夕殊不來張景陽詩青苔依空牆

白頭吟

（士贇曰）樂府白頭吟始於卓文君事見詩內註

錦水東北流波蕩雙鴛鴦雄巢漢宮樹雌弄秦草芳寧同萬死碎綺翼不忍雲間兩分張〔齊賢曰〕古今注曰鴛鴦水鳥鳧類也雌雄未嘗相離人得其一一思而死故謂之匹鳥射雉賦鸎鴛綺翼而經鵠〔士贇曰〕錦水即成都錦江橋之水也圖經曰汶江一名流江經縣南七里蜀守李冰穿二江成都中皆可行舟溉田萬頃蜀中謂流江爲笮橋水此水濯錦鮮於他處晉符堅載記民謠曰一雌復一雄雙飛入紫宮詩云鴛鴦在梁注比則相偶飛則成雙此時阿嬌正嬌妒獨坐長門愁日暮但願君恩顧妾深豈惜黃金買詞賦相如作賦得黃金丈夫好新多異心〔齊賢曰〕漢武故事景帝問兒欲得婦否曰欲得長公主指其女曰阿嬌好不否曰若得阿嬌當作金屋貯之外戚傳曰陳皇后長公主標女曾祖陳嬰爲堂邑侯傳子至孫午尚長公主生女武帝立爲太子長主有力取主女爲妃及即位立爲皇后十餘年無子聞衛子夫得幸幾死者數焉上怒策罷退居長門宮〔士贇曰〕司馬長卿長門賦序孝武皇帝陳皇后時得幸頗妒別在長門宮愁悶悲思聞蜀郡成都司馬相如天下工爲文奉黃金百斤爲相如文君取酒因于解悲愁之辭而相如爲文以悟主上皇后復得幸按唐書王皇后傳始后以愛弛不自安乘間泣曰陛下獨不念阿忠脫紫半臂易斗麪爲生日湯餅耶帝憫然動容阿忠后呼其父仁皎云繇是父乃廢常時王湮作翠羽帳賦諷帝未幾卒後宮思慕之帝亦悔王湮之賦與相如事絕類大

白可謂善於引喻矣古樂府長跪問故夫新人復何如新人雖云好未若故人姝後漢竇玄別夫書曰衣不厭新人不厭故 一朝將聘茂陵女文君因贈白頭吟東流不作西歸水落花辭條羞故林（齊賢曰）樂府解題曰相如將聘茂陵女爲妻文君作白頭吟以自絶古樂府長歌行曰百川東到海何時復西歸（士贇曰）西京雜記司馬相如將聘茂陵女爲妾卓文君作白頭吟以自絶曰皚如山下雲皎若雲間月良人有兩意故與相訣別又曰今日斗酒間明日溝水頭蹀躞溝水上溝水東西流又曰悽悽重悽悽嫁娶不須啼願得一心人白頭不相離相如感之乃止不聘妾焉何遜詩復如東流水未有西歸日夜雨滴空階曉燈暗離室 兎絲固無情隨風任傾倒誰使女蘿枝而來強縈抱兩草猶一心人心不如草（齊賢曰）爾雅唐蒙女蘿女蘿兎絲古詩與君爲新婚兎絲附女蘿毛萇詩傳女蘿松蘿也 莫捲龍鬚席從他生網絲且留琥珀枕或有夢來時（齊賢曰）古今註曰孫興公問世稱黃帝乗龍上天羣臣援龍鬚鬚墮地而生草曰龍鬚有之乎曰無也龍鬚草一名縉雲草世人妄傳如今有虎鬚草江東亦織爲席號西王母席可復是西王母乗虎而墮其鬚乎江淹詩玉臺生網絲宋武帝寡慾寧州嘗獻琥珀枕時將北伐以琥珀療金瘡帝悅命碎分賜諸將（士贇曰）晉東宮舊事太子有獨坐龍鬚席赤皮席花席涇席唐地理志秦州天水郡丹州丹陽郡土貢龍鬚席西京雜記趙

飛燕為皇后其女弟在昭陽殿遺石三十五條内有琥珀枕覆水再收豈滿杯棄妾已去難重廻(齊賢曰後漢何苗謂兄進曰覆水不收宜深思之贇按舊妻與玄書棄妻斥女敬白贇生(士贇曰)莊子云覆杯水於坳堂之上)古來得意不相負秖今惟見青陵臺(齊賢曰韓憑戰國時為宋康王舍人妻何氏美王欲之使舍人築青陵臺夫人作詩曰南山有烏北山張羅烏自高飛羅當奈何又曰烏鵲雙飛不樂鳳凰妾是庶人不樂宋王遂自縊韓亦死王怒埋之宿夕木生背有鴛鴦栖其上音聲感人化為蝴蝶臺在開封(士贇曰)王褒頌曰其得意如此此詩其為明皇寵武妃廢王后而作乎其事詳見二卷註唐詩人多引春秋為魯諱之義以漢武比明皇中間比義引事讀者自見蓋王皇后乃元宗為臨淄王時所聘龍鬚席則晉東宮事意有在矣琥珀枕則皇后事意謂一枕遊仙之時夢中或者相遇否則無再合之期矣噫惋意悲國風好色而不淫小雅怨誹而不亂是詩得之矣)

其二(士贇曰按此篇出入前篇語意多同或謂初本云)

錦水東流碧波蕩雙鴛鴦雄巢漢宮樹雌弄秦草芳相如去蜀謁武帝赤車駟馬生輝光一朝再覽大人作萬乘忽欲凌雲翔聞道阿嬌失恩寵千金買賦要

君王

齊賢曰史記司馬相如蜀郡成都人蜀人楊得意為狗監侍上上讀子虛賦而善之曰朕獨不得與此人同時哉得意曰臣邑人司馬相如自言為此賦上驚召問相如相如曰有是然此乃諸侯之事未足觀也請為天子遊獵賦賦成奏之天子以為郎天子既美子虛之事相如見上好神仙因曰上林之事未足美也因奏大人頌天子乃悅飄飄有凌雲氣游天地之間意　士贇曰司馬相如傳相如遊獵賦成奏之天子以為郎後通邛筰乃拜相如為中郎將建節往使馳四乘之傳因巴蜀幣物以賂西南夷至蜀太守以下郊迎縣令負弩矢先驅蜀人以為寵於是卓王孫臨邛諸公皆因門下獻牛酒以交驩卓王孫喟然而歎自以得使女尚司馬長卿晚乃厚分與其女財與男等　初相如往京師過蜀郡升仙橋題其柱曰不乘駟馬車不復過此橋

相如不憶貧賤日位高金多聘私室茂陵姝子皆見求文君歡愛從此畢淚如雙泉水行墮紫羅襟五起雞三唱清晨白頭吟長吁不整綠雲鬢仰訴青天哀怨深城崩杞梁妻誰道土無心東流不作西歸水落花辭枝羞故林

齊賢曰蘇秦嫂謝秦曰見季子位高金多也孟子華周杞梁之妻善哭其夫趙岐注二人齊大夫死於戎事其妻哭之哀城為之崩　士贇曰司馬相如傳相如客游梁歸而家貧無以自樂後於臨邛通卓文君夜亡奔相如與馳歸成都家徒四壁立乃與文君之臨邛賣酒市中卓

王孫恥之不得已分與文君僮百人錢百萬及其嫁時衣被財物文
君乃與歸成都爲富人茂陵事見前篇注劉琨詩虎下如流泉五起
者五更而起也漢書曰雉三號天平明琴操杞梁妻嘆者齊邑杞殖
之妹所作也殖戰死妻泣曰上則無父中則無夫下則無子人生之
苦至矣乃放聲長號杞城爲之頹投水死其
妹悲之爲作是操梁乃殖字詳見左傳註

頭上玉燕釵是妾嫁時物贈君表相思羅袖幸時拂莫捲龍鬚席從他生網絲且留琥珀枕還有夢來時鸕鷀裘在錦屛上自君一掛無由披妾有秦樓鏡照心勝照井願持照新人雙對可憐影覆水却收不滿杯相如還謝文君迴古來得意不相負秪今惟有青陵臺

齊賢曰趙后妹
名合德有紫玉
九雛釵西京雜記相如居貧愁懣以所著鷫鸘裘就市人楊昌貰酒
淮南子注鷫鸘長脛綠色其形似鴈一曰鳳凰之別名也秦女弄玉
吹簫樓上得仙故曰秦樓古詩新人工織縑故人工織素異苑曰罽
賓國王得一鸞三年不鳴夫人懸鏡照之覩影悲鳴一奮而絶士贇
曰曹植詩云頭上金爵釵西京雜記高祖初入咸陽宮府庫珍寶尤
異者有方鏡廣四尺高五尺九寸表裏有明人直來照之影則倒見
以手捫心而來則見腸胃五藏歷然無礙人疾病在内則掩心而照
之則知病之所在又女子有邪心則膽張心動秦始皇常以照宮人

瞻張心動者殺之後詩中事雜見前篇註更不重述

採蓮曲

齊賢曰秦川唱采蓮歌令競渡船唱齊橈引笛唱絲虹丁船頭刻爲獸頭起齊景公公造采蓮舟令宮人綵女撐之士贇曰樂録草木二十四曲内有採蓮曲

若耶溪傍採蓮女笑隔荷花共人語日照新妝水底明風飄香袂空中舉齊賢曰樂書採蓮之舞衣紅繪短袖暈裙雲鬟髻乘綵船持花士贇曰越絕書薛燭對越王曰若耶之溪涸而出銅今在會稽縣東南北流二十五里與鏡湖合梁羊侃姓豪侈善音律自造採蓮棹歌甚有新致姬妾列侍古樂府江南詞曰江南可採蓮曹子建詩曰清風飄我衣

岸上誰家遊冶郎三三五五映垂楊紫騮嘶入落花去見此踟蹰空斷腸士贇曰詩云搔首踟蹰辛延年羽林郎詩銀鞍何煜爚翠蓋空踟蹰魏文帝詩念君客遊思斷腸

臨江王節士歌

士贇曰樂府遊俠曲二十一中有臨江王節士歌

洞庭白波木葉稀燕鴻始入吳雲飛吳雲寒燕鴻苦風號沙宿瀟湘浦齊賢曰楚辭湘君曰洞庭波兮木葉下士贇曰月令仲秋鴻鴈來賓經湘水自陽海發源

至零陵而營水會之二水合流謂之瀟湘瀟湘者水清深之名也

節士悲秋淚如雨白日當天心照之可以事明主壯士憤雄風生安得倚天劍跨海斬長鯨齊賢曰臨江節士史失其名唯古樂府載送陸厥臨江王節士歌曰節士慷慨髮上衝冠彎弓掛若木長劍竦雲端宋玉風賦曰此大王之雄風又大言賦曰長劍耿介倚天外吳都賦長鯨吞航脩鯢吐浪士贇曰韓詩外傳壯士悲秋感陰氣也詩云泣涕如雨左思詩皓天舒白日史易水歌曰風蕭蕭兮易水寒壯士一去兮不復還漢書趙廣漢見事風生晉明帝紀曰斬鯨鯢而拜園闕

司馬將軍歌

士贇曰樂府遺聲征戍五曲內有司馬將軍歌

狂風吹古月竊弄章華臺北落明星動光彩南征猛將如雲雷手中電擊倚天劍直斬長鯨海水開齊賢曰九域志章華臺在江陵府左傳楚子成章華之臺杜預云在南郡華容縣漢龔遂曰赤子盜弄陛下之兵於潢池中甘氏星經曰北落門師一星在羽林軍西南星明而角則軍安寧小暗則天下兵起謝萬曰四座皆猛將士贇曰晉載記論曰跨有全齊竊弄神器意此時必有盜弄兵於荊楚者故朝廷遣兵平之也魏文帝詩丹霞夾明月華星出雲間上天垂光彩五色一何鮮隋賀若弼曰楊素是猛將非謀將倚天

劍見前詩王粲刀銘曰陸剸犀兕水截鯨鯢

我見樓船壯心目頗似龍驤下三蜀揚兵習戰張虎旗江中白浪如銀屋

〔齊賢曰〕晉王濬為益州刺史作大船長百二十步受二千餘人以木為城起樓櫓開四門出其上皆得馳馬往來咸熙五年伐呉以濬為龍驤將軍與巴東將軍唐彬下巴蜀東西凡二十餘萬人穀梁曰出曰治兵習戰也入曰振旅習戰也周禮司常建九旗以待國事熊虎為旗鳥隼為旟龜蛇為旐〔士贇曰〕西京雜記武帝作昆明池以習水戰中有戈船樓船各數百艘爾雅釋名熊虎為旗將軍所建象其猛如熊虎也

身居玉帳臨河魁紫髯若戟冠崔嵬細柳開營揖天子始知灞上為嬰孩

〔齊賢曰〕唐藝文志有玉帳經大將軍有此河魁在九星為文曲楚辭惜誦曰冠切雲之崔嵬漢文六年匈奴大入以劉禮軍灞上徐厲軍棘門周亞夫軍細柳以備胡上自勞軍至灞上及棘門直馳入將以下騎出入迎送已而之細柳先驅至不得入軍門都尉曰軍中聞將軍之令不聞天子之詔有頃上至不得入使使持節詔將軍曰我欲勞軍亞夫乃傳言開壁門士請車騎曰將軍約軍中不得馳驅天子乃按轡徐行至中營亞夫揖曰介冑之士不拜請以軍禮見天子為動改容式車使人稱謝曰皇帝敬勞將軍成禮而去既出軍門羣臣大驚帝曰嗟乎此真將軍矣鄉者灞上棘門如兒戲耳

羌笛橫吹阿嚲迴向月樓中吹落梅將軍自起舞長劍壯士呼聲動

九垓（齊賢曰）長笛賦曰近世雙笛從羌起虞子陽詩羌笛隴頭鳴樂録橫吹胡樂也張騫自西域傳法於張安唯得摩訶兜勒一曲李延年因之更造新聲二十八解乘輿以為武樂後漢以給邊將和帝時萬人將軍得用之晉相伊善笛撰折楊柳落梅花尤盡巧妙漢高祖紀項莊請以劔舞淮南子吾與汗漫期於九垓之外（士贇曰）樂録鼓角橫吹十五曲內有梅花落注云胡笳曲也阿䩞廻亦曲名也史項羽紀項莊拔劔起舞項伯亦拔劔起舞又項王曰樊噲曰壯士也晉書祖逖與劉琨同寢中夜聞荒野雞鳴蹴琨覺曰此非惡聲也因起舞史項羽紀楚兵呼聲動天司馬相如封禪書曰上暢九垓　功成獻凱見明主丹青畫像麒麟臺（齊賢曰）周官大司樂王師大獻則令奏凱樂樂師凡軍大獻教凱歌司馬法曰得意則愷樂所以示喜也漢宣帝甘露三年思中興功臣乃圖畫其人於麒麟閣法其形貌題其官爵姓名凡十一人（士贇曰）禮樂師凡軍大獻則鼓其凱樂師有功則左執律右執鉞以先凱樂獻于社

君道曲（士贇曰）太白自註一云梁之雅歌有五篇今作一章

大君若天覆廣運無不至軒后爪牙常先太山稽如心之使臂小白鴻翼於夷吾劉葛魚水本無二土校可成牆積德為厚地（齊賢曰）禮記如天之無不覆尚書帝德廣運列子曰黃帝召天老力牧太山稽

漢贊爪牙信布貴誼策天下之執如身之使臂小白齊桓公名夷吾
管仲字劉備曰孤之有孔明如魚之有水〔士贇曰〕軒后黃帝也常先
太山稽黃帝之將相事見一卷註詩云予王之爪牙跡云鳥用爪獸
用牙以防衛巳身管子法法篇桓公曰寡人之有管仲猶飛鴻之有
羽翼也詩綿箋云築牆者捊聚壤土盛之以虆而投諸版中校者以
木爲闌義見漢書注淮南子曰地東西爲緯南北爲經山爲積德川
爲積刑高誘曰山仁萬物生
焉故爲積德詩云謂地蓋厚

結襪子〔齊賢曰〕古樂府曰結襪子大抵言感恩重而以
命相許也〔士贇曰〕樂府遺聲遊俠二十一曲中
有結
襪子

燕南壯士吳門豪筑中置鉛魚隱刀感吾恩重許君
命太山一擲輕鴻毛〔齊賢曰〕史燕世家秦滅燕荆軻之客皆
亡高漸離變姓名爲人傭保匿作於宋
久之乃出其筑與其善衣擊筑而歌客無不流涕聞於秦始皇召見
人有識者曰高漸離也始皇惜其善擊筑重赦之乃矐其目使擊筑
稍益近之高漸離乃以鉛置筑中復進得近舉筑扑秦皇帝不中於
是遂誅高漸離吳世家公子光與王僚爭國光伏甲士於窟室而謁
王僚飲使專諸置匕首於炙魚之中以進食推匕首刺王僚鈹交於
胸遂弑王僚公子光竟代立是爲吳王闔廬闔廬乃以專諸子爲卿
應劭曰筑狀似琴而大頭安絃以竹擊之西征賦筑聲厲而高奮俎
潛鉛以脫臏論衡曰漸離擧筑擊秦王中臏秦王病瘡死郭璞三蒼

觧詁曰臏膝蓋臛音黄各反【士贇曰】漢書司馬遷曰人固有一死死有重於太山或有輕於鴻毛用之所趣異也

結客少年場行

【齊賢曰】鮑明遠有結客少年場行曹植結客篇曰結客少年場報怨洛北邙【士贇曰】樂府遺聲游俠二十一曲中有結客少年場註云取曹植詩結客少年場報怨洛北邙為題始自鮑照文選李善註云氾曄後漢書曰祭遵為吏部所侵結客報之也李周翰曰言少年時結任俠之客為游樂之場終而無成故有斯作也

今太白之詩全祖此意

紫燕黄金瞳啾啾揺緑鬉平明相馳逐結客洛門東

【齊賢曰】劉邵趙都賦曰良馬則飛兎紫燕驊騮緑蛇衛轂相馬經曰成人若行千里張良傳曰平明而往【士贇曰】紫燕古駿馬名見二卷注楚辭鳴玉鑾之啾啾叔孫通傳先平明李尤馬鞍銘曰騀驁馳逐騰踊覆踐曹植詩結客少年場報怨洛北邙

少年學劍術淩轢白猿公珠袍曳錦帶匕首插吳鴻由來萬夫勇挾此生雄風

【齊賢曰】越有處女能劍術越王聘之處女將北見王道逢老翁自稱袁公曰吾聞子善劍術願一觀之處女曰惟公試之袁公即跳於竹林橋折墮地處女即接末袁公操本以刺處女女應節入三入因舉杖擊之袁公飛上樹化為白猿而去禮記居士錦帶荊軻得趙人徐夫人匕首取之百金【士贇曰】袁淑詩荊魏多壯士宛洛富少年

史荊軻傳魯句踐已聞荊軻之刺秦王私曰惜哉其不講於刺劒之術也呂氏春秋曰凌轢諸侯史記曰楚靈王以強凌轢中原珠袍凡使客皆有之亦服制如此吳鴻鉤名事見三卷注書萬夫之長宋玉賦此大王之雄風也**託交從劇孟買醉入新豐笑盡一杯酒殺人都市中**士贇曰劇孟事見三卷註漢書地理志新豐驪山在南故驪戎國秦曰驪邑高祖七年置見前楊叛兒註鮑照結客少年場失意杯酒間白刃起相讐殺人都市中似是暗用郭解客殺楊季主上書人於闕下事**羞道易水寒從令日貫虹燕丹事不立虛没秦帝宮舞陽死灰人安可與成功**齊賢曰史記荊軻曰風蕭蕭兮易水寒壯士一去兮不復還士贇曰鄒陽傳曰昔者荊軻慕燕丹之義白虹貫日太子畏之應劭曰燕太子丹質於秦始皇遇之無禮丹亡去故厚養荊軻令西刺秦王精誠感天白虹爲之貫日也如淳曰白虹兵象日爲君列士傳曰荊軻發後太子自相氣見虹貫日不徹曰吾事不成矣後聞荊軻死事不立曰吾知其然也燕丹子曰荊軻與秦舞陽入秦秦王陛戟而見燕使既鼓鐘並發武陽大恐面如死灰色荊軻剌秦皇事見前卷註可互觀之

一

長干行士贇曰樂府遺聲都邑三十四曲中有長干行長干地名也圖經長干里去上元縣五里

妾髮初覆額折花門前劇郎騎竹馬來遶床弄青梅

同居長干里兩小無嫌猜齊賢曰殷浩傳桓温語人曰少時吾與浩共騎竹馬我棄去浩輒取之故當出我下也吳都賦長干延屬注云江東謂山岡閒爲干建鄴之南有山其間平地吏民居之號爲干中有大長干小長干皆相屬韓詩考槃在干地下而廣曰干士贇曰後漢書郭伋行部到西河美稷有童兒數百各騎竹馬於道次迎拜伋問兒曹何自遠來對曰聞使君到喜故來奉迎繞戶守晉書劉毅傳毅牽衣繞牀叫左傳攜俱無猜鮑照詩曰不受外嫌猜

十四爲君婦羞顏未嘗開低頭向暗壁千喚不一迴十五始展眉願同塵與灰常存抱柱信豈上望夫臺齊賢曰望夫臺在忠州南十里士贇曰陸士衡挽歌今爲灰與塵莊子盜跖篇云尾生與女子期於梁下女子不來水至不去抱橋柱而死

十六君遠行瞿塘灧澦堆五月不可觸猿聲天上哀齊賢曰右樂府曰灧澦大如服瞿塘不可觸灧澦在夔州西南二百步今夔移治去二里許士贇曰圖經瞿塘峽在夔州東一里舊名西陵峽瞿塘乃三峽之門兩崖對峙中貫一江望之如門灧澦堆在瞿塘峽蜀江之心水經注曰白帝城西有孤石冬出二十餘丈夏没名灧澦堆土人云灧澦大如象瞿塘不可上灧澦大如馬瞿塘不可下人以此爲水候蓋五月水漲時不可行船也荆州記曰漁者歌曰巴東三峽巫峽長猿鳴三聲淚沾裳

門前遲行跡一一生綠苔苔深不能掃落葉秋

風早八月胡蝶來雙飛西園草感此傷妾心坐愁紅顏老〔齊賢曰〕張景陽詩曰房櫳無行跡庭草萋以綠青苔依空牆蜘蛛網四壁〔士贇曰〕謝莊月賦綠苔生閣淮南子一葉落而天下知秋漢武帝詞秋風起兮白雲飛草木黃落兮鴈南歸陸機詩落葉後秋衰鮑照詩別葉早辭風張景陽詩借問此何時胡蝶飛南園鮑照詩人生亦有命安能行歎復坐愁早晚下三巴預將書報家相迎不道遠直至長風沙〔齊賢曰〕渝州記閬白二水東西流三曲如巴字是爲三巴又劉璋以墊江以上爲巴郡江州至臨江爲永寧郡朐忍至魚復爲固固郡後更以永寧爲巴郡固陵爲巴東徙龐義爲巴西太守謂之三巴長風沙隸池州蓋江行地名也

其二〔士贇曰〕宋山谷先生黃魯直云太白集中長干行二篇妾髮初覆額眞太白作也憶妾深閨裏李益尚書作也所謂癡妬尚書李十郎者也詞意亦清麗可喜亂之太白詩中亦不甚遠大儒曾子固刊定亦不能別也大白豪放人中鳳凰麒麟譬如生富貴人雖醉著瞋暗啽囈作無義語終不作寒乞聲耳今太白詩中謬入他人作者略有十之二三欲刪正者當用吾言考之今按啽囈字出列子註云夢寐中語也啽吾南切囈音詁

憶妾深閨裏煙塵不曾識嫁與長干人沙頭候風色

五月南風興思君下巴陵八月西風起想君發揚子〔齊賢曰〕九域志岳州巴陵郡治巴陵縣洞庭與岷江會于岳陽樓前東下鄂渚以趨于揚子揚子縣眞州所治舊為揚州永貞縣〔士贇曰〕巴陵岳州之治也潯江記云羿屠巴蛇於洞庭其骨若陵故謂之巴陵鮑照詩九月寒陰合悲風斷君腸圖經揚子江在眞州揚子縣南與鎭江分界去來悲如何見少離別多湘潭幾日到妾夢越風波昨夜狂風度吹折江頭樹淼淼暗無邊行人在何處〔齊賢曰〕湘潭縣在潭州南九十里〔士贇曰〕陶潛詩去來何依依楚辭悲莫悲兮生別離選詩會少別日多寰宇記湘潭湘鄉湘原爲三湘在今潭州郭璞江賦察之無象尋之無邊謝靈運詩搔首訪行人陶淵明詩今復在何處好乘浮雲驄佳期蘭渚東鴛鴦綠蒲上翡翠錦屏中自憐十五餘顏色桃花紅那作商人婦愁水復愁風〔齊賢曰〕漢渥洼馬樂章曰籋浮雲晻上馳謝靈運詩美人遊不還佳期何由敦曹植詩朝發鸞臺夕宿蘭渚公孫乘月賦鶤雞舞於蘭渚古樂府文彩雙鴛鴦說文翡赤雀翠青雀也古詩今爲蕩子婦〔士贇曰〕虞世南史略北齊盧士深妻崔義林之女有才學春日以桃花靧面呪曰取紅花取白雪與兒洗面作光悅取白雪取紅花與兒洗面作光華取雪白取花紅與兒洗面作顏容

古朗月行（齊賢曰）鮑照朗月行曰朗月出東山（士贇曰）樂府遺聲時景二十五曲中有明月篇及明月子亦曰朗月子

小時不識月　呼作白玉盤　又疑瑤臺鏡　飛在白雲端（齊賢曰）應劭漢官儀曰封禪壇有白玉盤離騷曰望瑤臺之偃蹇兮見有娀之佚女吳兢解題曰何當大刀頭破鏡飛上天（士贇曰）陸機詩北徵瑤臺女京房云曰似彈丸月似鏡體

仙人垂兩足　桂樹作團團　白兎擣藥成　問言誰與餐（齊賢曰）仙人吳剛斫桂樹毎斫輙合（士贇曰）太平御覽虞喜安論俗傳月中仙人桂樹今視其初生見仙人之足漸已成形桂樹後生焉傳玄擬天問月中何有白兎擣藥

蟾蜍蝕圓影　大明夜已殘　羿昔落九烏　天人清且安（齊賢曰）淮南子曰堯時十日並出堯命羿仰射十日中其九日日中九烏皆死（士贇曰）蟾蜍蝕月見一卷註海賦大明鑠轡於金樞之穴翔鷁駭逸於扶桑之津李善曰大明月也言月將夕也周易曰縣象著明莫大乎日月楊雄羽獵賦天清日晏

陰精此淪惑　去去不足觀（齊賢曰）春秋感精符曰月者陰之精（士贇曰）張衡靈憲月者陰精之宗積而成獸象兎考靈曜曰月爲陰精曹植詩去去不復道論語其餘不足觀

憂來其如何　悽愴摧心肝（齊賢曰）顔延年詩悽愴山陽賦（士贇曰）曹植詩憂來無方也已

人莫我知詩云夜如何其東坡詩惻愴心哀傷歐陽建詩痛酷摧心肝古歌曰大憂摧人肺肝心按此詩借月以引興日君象月后象蓋爲安祿山之叛兆於貴妃而作也玄宗自天寶後内嬖貴妃妃復私祿山傾動天下祿山叛帝幸蜀至馬嵬陳玄禮等以天下計誅國忠國忠死兵不解帝使力士問故荅曰禍本尚在不得已與妃訣引去縊祠下此即所謂蟾蜍食圓影大明夜已殘也至於羿昔落九烏天人清且安蓋天無二日民無二王之義謂時無能誅祿山之人掃清國步也陰精此淪惑去去不足觀者謂貴妃以謠亂召禍言之恥也固不足觀矣然天下由此而亂乃白之所深憂而心肝爲之摧也其忠憤之意溢於辭外亦哀而不傷者歟

上之回

士贇曰漢帝元封初因至雍遂通回中道後數遊幸焉其歌稱帝遊石闕望諸國月支臣匈奴服蓋誇時事也魏曰克官渡言曹公破袁紹於官渡也吳曰烏林言周瑜破魏武於烏林也晉曰宣輔政言宣帝之業也梁曰道亡言東昏失道義師起樊鄧也北齊曰珍關隴言神武遣侯莫陳悅誅賀拔岳定關隴也後周曰平竇泰言太祖討平竇泰也

三十六離宮樓臺與天通閣道步行月美人愁煙空齊賢曰西都賦離宮別館三十六所上林賦離宮別館彌山跨谷士贇曰漢郊祀志曰武帝作通天之臺淮南子曰甬道相連高誘註曰甬道飛閣複道也鮑照詩璇題納行月

恩疎寵不及桃李傷春風淫樂意何

極金輿向回中〔齊賢曰〕書周淫于樂史記始皇巡隴西北地出雞頭山過回中應劭曰回中在安定高平孟康曰回中在北地史匈奴傳使騎兵入燒回中宮〔士贇曰〕史武帝元封四年通回中道巡之史正義曰括地志云秦回中宮在岐州雍縣西四十里七啓情放意蕩淫樂未終史記爲之金輿總衡以繁其飾萬乘出黃道千旗揚彩虹前軍細柳北後騎甘泉東〔齊賢曰〕天子曰萬乘日行黃道人君動法於日也楚辭建彩虹以招指沈休文詩標峯綵虹外劉向思古曰襄虹旗於玉門細柳在長安西北甘泉在馮翊雲陽縣史記始皇作信宮渭南自信宮道通驪山作甘泉前殿築甬道自咸陽屬之梁簡文上之回云前旆拂回中後車隅桂宮〔士贇曰〕萬乘見一卷註前漢天文志日有中道中道者黃道也日君象故天子所行之道亦曰黃道王沈賦曳招搖之脩旗若虵虹之垂天史匈奴傳孝文時匈奴大入上郡雲中殺掠乃置三將軍軍長安西細柳渭北棘門霸上以備胡胡騎入代句注邊烽火通於甘泉長安又候騎至甘泉注云正義曰括地志云雲陽也秦之林光宮漢之甘泉在雍州雲陽西北八十里秦始皇作甘泉宮去長安三百里望見長安秦皇帝以來祭天之處豈問渭川老寧邀襄野童但慕瑤池宴歸來樂未窮〔齊賢曰〕渭川老呂望也望釣于磻溪在今鳳翔郡縣莊子曰黃帝將見大隗于具茨山至襄城之野七聖皆迷遇牧馬童子問塗周穆王乘八駿升崑崙之丘遂賓于西王母觴于瑤池之上觀日之所入一日行萬里乃嘆曰予一人不盈于德而諧于樂後世其追數吾過乎穆王幾神人哉此窮

終身之樂猶百年乃殂也以爲登假焉（士贇曰）此詩言秦皇漢武之幸回中者不過溺志於神仙之事而已豈知求賢哉時明皇亦好神仙其諷諫之作歟

獨不見（士贇曰）樂府遺聲怨思二十五曲中有獨不見

白馬誰家子黃龍邊塞兒（齊賢曰）曹子建詩曰白馬飾金羈連翩西北馳借問誰家子幽并游俠兒契丹有黃龍府（士贇曰）唐書傳室韋契丹別種東胡之北蓋丁零之苗裔也地據黃龍北傍𤇾越河直京師東北七千里東黑水靺鞨西突厥南契丹北瀕海又地理志契丹州十七府一註曰唐萬歲通天元年以乙室活部落置信州僑治范陽境縣一黃龍天山三丈雪豈是遠行時（齊賢曰）漢西域傳天山冬夏常有雪（士贇曰）史匈奴傳擊右賢王於天山正義曰在伊州西河舊事曰白山即天山祁連恐非也唐兵志唐初兵之戍邊者大曰軍小曰守捉曰城曰鎮而總之者曰道閔內道赤水大斗白亭豆盧墨離建康寧寇玉門伊吾天山軍十烏城等守捉十四此自武德至天寶以前邊防之制其軍城鎮守捉皆有使而道有大將一人曰大總管已而更曰大都督春蕙忽秋草莎雞鳴西池風摧寒梭響月入霜閨悲（齊賢曰）詩六月莎雞振羽陳翥曰即今紡緯促織也其鳴聲切類紡緯或謂紡緯青加促織而大則促織紡緯不同也謝惠連詩霄月皓中閨（士贇曰）選古詩傷彼蕙蘭花將隨秋草萎憶與君別年種桃

齊蛾眉桃今百餘尺花落成枯枝終然獨不見流淚空自知（齊賢曰）詩螓首蛾眉詩終然永歎（士贇曰）晉書桓溫自江陵北伐行經金城見少爲瑯琊時所種柳皆已十圍慨然曰木猶如此人何以堪太白亦此意也潘岳笙賦歌曰棗下纂纂朱實離離宛其死矣化爲枯枝人生不能行樂死何以虛謚爲謝朓詩故心人不見

白紵辭（士贇曰）白紵歌有白紵舞白鳧歌有白鳧舞並吳人之歌舞也吳地出紵又江鄉水國自多鳧鷺故興其所見以寓意焉始則田野之作後乃大樂氏用焉其音入清商調故清商七曲有子夜者即白紵也在吳歌爲白紵在雅歌爲子夜梁武令沈約更制其辭焉古辭云白紵白質如輕雲色似銀制以爲袍餘作巾袍以光軀巾拂塵右白紵與子夜一曲也在吳爲白紵在晉爲子夜故梁武本白紵而爲子夜四時歌後之爲此歌者曰白紵則一曲曰子夜則四曲今取白紵於白紵取四時歌於子夜其實一也

揚清歌發皓齒北方佳人東鄰子且吟白紵停綠水長袖拂面爲君起（齊賢曰）曹子建詩誰爲發皓齒李延年歌曰北方有佳人宋玉登徒子好色賦序曰天下之佳人莫如楚國楚國之麗者莫如臣里臣里之美者莫如臣東家之子晉俳歌曰皎皎白緒節節爲雙唐禮樂志曰白紵吳舞淮南子

曰手會渌水之趨高誘曰渌水古詩西京賦奮長袖之颯纚蜀都賦紆長袖而屢舞〔士贇曰〕陸機詩洪崖揚清歌呂氏春秋韓子曰長袖善舞古白紵辭皆此句法恐是一體

寒雲夜捲霜海空胡風吹天飄塞鴻玉顏滿堂樂未終館娃日落歌吹濛〔齊賢曰〕陸士衡樂府玉顏侔瓊蕤方言曰吳有館娃宮謝元暉詩再遠館娃宮〔士贇曰〕顏延年集胡風南笑古詩燕趙多佳人美者顏如玉宋玉神女賦苞溫潤之玉顏楚辭蒲堂兮美人阮籍詩娛樂未終極白日忽蹉跎郡縣志靈巖山在平江府城西二十四里吳王之別苑在焉有館娃宮琴臺響屧廊西施洞太白此詞全篇句意閒架並是擬鮑明遠者今錄鮑辭于后可參看之朱脣動素袖舉洛陽少年邯鄲女古稱綠水今白紵催弦急管為君舞窮秋九月荷葉黃北風驅鴈天雨霜夜長酒多樂未央杜少陵所謂俊逸鮑參軍者其此之謂歟

其二

月寒江清夜沉沉美人一笑千黃金〔齊賢曰〕鮑照白紵曲曰千金顧笑買芳年〔士贇曰〕鮑照白紵辭絃悲管清月將入東漢崔駰傳回眸百萬一笑千金**垂羅舞縠揚哀音郢中白雪且莫吟**〔齊賢曰〕七啓曰被輕縠之纖羅〔士贇曰〕鮑照詩羽悅垂霧羅詩大序亡國之音哀以思陸機詩曰歲貌色斯升哀音承顏作陽春白雪事見二卷註**子夜吳歌動君心動君心冀君賞**

願作天池雙鴛鴦一朝飛去青雲上【齊賢曰晉志子夜造此歌莊子南溟者天池謝靈運詩託身青雲上【士贇曰】子夜吳歌見題注樂記樂者心之動也卽范雎傳須賈曰不意君能自致於青雲之上】

其三

吳刀剪綵縫舞衣明粧麗服奪春暉揚眉轉袖若雪飛傾城獨立世所稀【齊賢曰古今注吳大帝有寶刀三一曰百鍊二曰青犢三曰漏影長安有俠邪曰麗服鮮芳春短歌曰蘋以春暉【士贇曰】鮑照白紵舞歌辭吳刀楚製爲佩褘列子𢧵眥揚眉而望之傾城獨立見前註】激楚結風醉忘歸高堂月落燭已微玉釵掛纓君莫違【齊賢曰枚乘七發激楚之結風上林賦激楚結風七命曰激楚迴流風結飛燕外傳趙后手抽紫玉九鶵釵爲趙昭儀簪髻【士贇曰】楚詞宮庭震驚發激楚王逸註曰激楚清聲也成公綏嘯賦收激楚之哀荒節北里之奇溢鮑照白紵辭車高馬煩客忘歸陸機詩置酒高堂悲歌臨觴按此三篇句意字面皆與明遠者相出入豈此曲體製當如是邪抑擬之而作也會有知言者矣】

鳴鴈行【士贇曰樂府遺聲鳥獸二十一曲中有鳴鴈行】

胡鴈鳴辭燕山昨發委羽朝度關【齊賢曰後漢書燕然山去塞三千餘里淮南子

曰燭龍在鴈門北蔽于委羽之山不見日鴈門關在代州鴈門縣鴈門鄉（士贇曰）謝靈運詩噭噭雲中鴈舉翮自委羽淮南子曰北方曰積冰曰委羽高誘曰委羽山名也在北極之陰不見日也漢書鴈門郡有樓煩縣邊塞故曰關江淹詩乃至鴈門關

一一銜蘆枝南飛散落天地間連行接翼往復還（齊賢曰）淮南子曰鴈銜蘆而翔以避矰繳蜀都賦假鴈銜蘆劉淵林註曰銜蘆以禦矰繳令不得截其翼（士贇曰）說文岱山高峻鳥飛不越惟有一缺門鴈來往向此缺中過人號曰鴈門山出鷹鴈過鷹多捉而食之鴈欲過皆相待兩兩相隨口中銜蘆一枝然後過缺中鷹見蘆懼之不敢捉古詩銜蘆過代山嶺直望鸑鷟洲

客居煙波寄湘吳凌霜觸雪毛體枯畏逢矰繳驚相呼聞弦虛墜良可吁君更彈射何爲乎（齊賢曰）周禮矰矢也鄭康成曰結繳於矢謂之矰矰高也說文曰繳生絲縷也之若反西都賦矰繳相纏應德璉曰胡鴈鳴雲中音響一何哀問子遊何鄉戢翼正徘徊言我塞門來將就衡陽棲往春翔北土今冬客南淮遠行蒙霜雪毛羽日摧頹戰國策有鴈從南方來更羸虛發而鴈下桂陽郡有白鶴峯于城樓上或彈之鶴以瓜攫板成書曰城郭是人民非三百甲子一來歸吾是蘇公君彈何爲（士贇曰）戰國策更羸與魏王處於廡下有鴈雌雄飛東方更羸虛發而鴈下魏王曰射可至此乎更羸曰其飛徐其鳴悲徐其瘡痛也鳴悲者久失羣也故痛未息驚心未去故聞弦音而下崔豹古今注鴈自河北渡江南瘦瘠能高飛不畏矰繳江南沃饒每至還河北體肥不能高飛恐爲

虞人所獲常銜長蘆可數言以防矰繳矰音曾繳音酌周禮毋得春夏探卵弾射飛鳥按此詩其太白遭讒避禍而作觀其辭亦可哀矣

妾薄命

〔士贇曰〕樂府佳題四十七曲中有妾薄命亦曰惟日月曹植有妾薄命篇其事出於漢書許后傳曰奈何妾薄命端溺竟寧前今太白則爲漢武廢台陳皇后而作末章詩句則有所感焉也

漢帝寵阿嬌貯之黄金屋咳唾落九天隨風生珠玉〔齊賢曰〕王逸註天問曰東方皥天東南陽天南方赤天西南朱天西方成天西北幽天北方玄天東北變天中央鈞天〔士贇曰〕阿嬌陳皇后小名事見前註後漢趙壹歌曰勢家多所宜咳唾自成珠被褐懷金玉蘭蕙化爲芻寵極愛還歇妬深情却踈長門一步地不肯暫迴車〔士贇曰〕漢陳皇后傳后擅寵驕貴聞衛子夫得幸幾死者數焉後罷退歸長門宮長門賦奉虚令以望誠兮期城南之離宮脩薄具以自設兮君曾不肯乎幸臨雷隱隱而響起兮聲象君之車音雨落不上天水覆難再收君情與妾意各自東西流〔齊賢曰〕後漢何苗謂兄進曰覆水不收宜深思之〔士贇曰〕陳琳檄呉將校曰雨絶于天王粲詩曰一別如雨濟曰如雨之降不還雲中也鮑照詩寫水置平地各自東西南北流人生亦有命安能行歎復坐愁昔日芙蓉花今成斷根草以色事他人能得幾時好〔齊賢曰〕王逸註楚辭芙蓉蓮華也説苑曰安陵

纏寵於楚共王乙謂纏曰以財事人者財盡則交絶以色事人者華落則愛衰子安得長被幸乎士贇曰陶潛詩曰昔爲三春蕖今作秋蓮房意出於此特易其字耳漢書李夫人曰我以容貌之好得[illegible]於上夫以色事人者色衰而愛弛愛弛則恩絶毛詩他人是[illegible]詩豈無一時好不久當如何太白之詩其旨出於國風往往寄[illegible]遠欲言時事則借古喻今此詩雖言漢武之事而意則實在於[illegible]王后也二后事迹前後一轍雖各以無子巫蠱厭勝廢然究其所[illegible]衛子夫武惠妃爭寵有以激之也陳后之廢相如作長門賦王后之廢王諲作翠羽帳賦冀以諷帝而夫婦之天卒莫能回太白此詩其作於翠羽帳賦之後乎不然何以有雨落不上天水覆難再收君情與妾意各自東西流之語哉辭意悽斷讀之令人感歎

幽州胡馬客歌

幽州胡馬客緑眼虎皮冠齊賢曰尚書流共工于幽州九域志幽州九域志幽州大都督范陽盧龍兩城節度士贇曰唐書地理志幽州范陽郡本涿郡天寶元年更名笑拂兩隻箭萬人不可干彎弓若轉月白鴈落雲端雙雙掉鞭行遊獵向樓蘭齊賢曰樓蘭國後改爲鄯善治杅泥城去長安六千一百里士贇曰蜀志張飛雄壯威猛萬人之敵也文匈奴傳士能彎弓盡爲甲騎謝元暉詩雲端楚山見漢書鄯善國名樓蘭去長安六千一百里出門不顧後報國死何

雖天驕五單于狼戾好兇殘[齊賢曰]匈奴傳單于遺漢書曰胡者天之驕子神爵中呼韓邪單于使人告右賢貴人令殺右賢王都隆奇與右賢王共立日逐王爲屠耆單于發兵擊呼韓邪呼韓邪敗走屠耆信讒殺右賢王父子於是呼揭王恐畔去自立爲呼揭單于右奧鞬王聞之自立爲車犁單于烏籍都尉亦自立爲烏籍單于凡五單于[士贇曰]古詩遊子不顧返史太史公曰非死者難言處死若難也天驕見一卷註漢宣帝紀三年詔匈奴分爲五單于更相攻擊書取彼凶殘歐陽堅石詩念皆搆凶殘牛馬散北海割鮮若虎餐[齊賢曰]漢書匈奴徙蘇武北海上無人處使牧羝蜀都賦曰割芳鮮飲清醑子虛賦割鮮染輪[士贇曰]漢匈奴傳匈奴居于北邊隨草畜牧而轉移其畜之所多則馬牛羊史匈奴傳單于大怒留郭吉不歸遷之北海上正義曰北海即上海也割鮮見一卷註雖居燕支山不道朔雪寒婦女馬上笑顏如頳玉盤[齊賢曰]驃騎將軍將萬騎出隴西過焉支山千餘里藝文類聚曰漢明帝宴群臣大官進櫻桃以赤瑛盤賜羣臣月下視之盤與桃同色群臣皆笑是空盤[士贇曰]燕支山是契丹之境按唐書地理志契丹州十七府一註云威州本遼州武德二年以內稽部落置初治燕支城史記正義曰焉音煙括地志云焉支山一名刪丹山在刪州刪丹縣東南五十里西河故事云祁連燕支二山在張掖酒泉二界上東西二百餘里北百里有松栢五木美水草冬溫夏涼宜畜牧養匈奴失二山乃歌曰亡我祁連山使我六畜不蕃息失我燕支山使我婦女無顏色古詩燕趙多佳人美者顏如玉翻飛射

鳥獸花月醉雕鞍齊賢曰詩翩飛維鳥旄頭四光芒爭戰若蜂攢齊賢曰天官書旄頭胡星也蜂攢猶蜂之聚叢也士贇曰史天官書昴曰旄頭胡星也正義曰昴一星為旄頭胡星六星明與大星等大水且至其兵大起動搖若跳躍者胡兵大起一星不見皆憂兵之象也選任彥昇集序曰昴宿垂芒白刃灑赤血

流沙為之丹名將古誰是疲兵良可嘆齊賢曰尚書餘波入于流沙班固曰張掖居延澤乃古流沙魏大武分四道出西域一自玉門流沙西行至鄯善一自玉門度流沙北行至車師自鄯善西至且末七百里而遙且末國有大流沙數百里則流沙非一地矣士贇曰揚子或問名將曰輿尸血刃皆所不為也隋宇文欣嘗謂所親曰自古名將惟韓白衛霍為美談徐敬業詩數奇良可嘆陸機詩春遊良可嘆何時天狼滅父子得閑安齊賢曰甘氏星經曰狼一星芒角動憂兵起色青黑赤兵起楚詞舉長矢兮射天狼士贇曰史天官書參東有大星曰狼狼角變色多盜賊下有四星曰弧直狼正義曰狼一星參東南為野將主侵掠占非其處則人相食色黃白而明吉赤角兵起金木火守亦如之弧九星在狼東南天之弓也以伐叛懷遠又主備賊之知姦邪者弧矢向狼動移多盜明大變色亦如之矢不直狼又多盜引滿則天下盡兵也楚辭天地四方多賊姦些像設君室靜閒安些

分類補註李太白詩卷之四

缺損・不鮮明箇所一覧

序例

五　2　稱首古。
　　7　專意。於。此。間
六　1　庭。以求聞所未聞。或。
　　　　從。師
　　6　自擇焉。
七　2　惜其博。
　　6　刪去者。
　　7　亦。引用焉因取其本。。
八　1　擇其善。者。存之註。
　　　　類。此者
　　6　從容於。
九　2　乃欲以意。
　　6　發明之增。
　　7　俾箋註者。
一〇　1　百。千焉與杜註等顧。
　　　　不。美。歟。
　　2　至元。

序

一一　3　九世孫蟬。聯。
　　4　姓與名。然自
　　10　王公趨。風。列。
　　11　盧。黃。門云陳拾遺橫。
　　　　制。
　　12　至今朝。詩。體。尚。有梁
　　　　陳宮。
一二　1　遏。而不行
　　2　造化歟。天寶中皇祖
　　　　下。
　　3　賜食。御
　　9　公之不得意。天。
一三　4　存者皆得。之
　　10　書頌。等
　　11　號。曰
一四　9　賞名花。對。
一五　4　沈香亭。北倚。
一六　1　之甚矣。……官卒爲。
　　2　白。眥有……郭子。

目錄

四七　1　龍。標遥。寄。
五四　3　歸。鳴。皐山
六六　6　對酒。憶。賀監

卷之一

七四　5左　假精靈鱗。神。
七七　1右　蟻。行磨上。
七八　12左　投。竿東海……已。而
　　　　大
七九　1右　驚。揚而奮鬐
八一　1右　五。山之根
八三　1右　玄牝。之門
八四　12左　將軍指。揮
八六　5左　其。事
　　6右　而。歌
　　6左　壯。士
九六　12左　波。指太清
九八　9左　拯。率。土之塗炭
一一六　11左　而不。知。
一一七　6左　諸王耕五。推。
一一八　1左　選。巫咸兮……開。天
　　　　庭兮
　　7左　行於天下。
一二〇　1左　岑崟嵒嶷。
一二五　11左　鳥獸腨。膚
一二六　1左　地理。志
一三二　1左　伐。大宛國
　　2右　馬汗。出
一三四　7左　白駕切。
　　8右　士。狛。九約
一三五　12左　因名。其。弓
一三六　1左　快。而有力
一三七　11左　木末。擭。
一三八　1左　超。洞。壑。越。峻。崖
一四〇　1左　積而。成。獸。

一四一　10左　則麒。麟。至
12右　彼。二。童。子。
12左　雄止陳倉化爲石。雌
如楚止。南陽
一四二　1右　呂尙。蓋。嘗窮困年。老。
矣以漁。釣
1左　所獲。非龍。非。彲
一四三　12右　如安。然也。孟。子。草。
12　六。宮斥其珠。玉
一四四　1右　焚。錦。繡珠玉。於。前殿
又木。贊
1左　庭珠。玉之玩。戒。其。奢
也
一四五　10右　予病少痊。
10左　六合。之外
12右　首稱。天
12　使罔。象。慢玄珠。於赤
水
一四六　1右　黃帝遊。乎赤水。之。北。
登乎。崐崘之丘。……
遺。其。
1左　玄。珠使知。索。之而。不。
得……不得。乃
2右　使罔。象
2左　以得。之

卷之二

一五一　12右　清和之正聲。
12左　離騷蓋。自怨。生也梁。
蕭。統
一五二　1　開。流蕩無。垠
一五三　12　蟾蜍薄太清蝕此瑤。
臺月
一五四　1右　按。唐。書王。皇后久。無。
子
一五五　12　沈嘆終永。夕感我涕。
沾衣
一五六　1右　眞德秀。文章正。宗云
按。唐書
一五七　12左　還過。吳。從江。乘渡並。
海。
一五八　12右　從其。子
一五九　12左　銜。丹書
一六四　5右　蘆。一枝

一六七　1右　一。作百。鳥
一六八　1右　哀。帝時丁傅
一六九　12左　今其人在。是
一七〇　1右　然後。知。君。非。天。下。賢。
公子。也
一七三　12左　莊子恬淡。
一七九　12左　經延。平。津
一八〇　1右　各長。數。丈
一八二　1右　以送之。湛
2左　楚王。不與
一八四　1右　以萱。草花。爲
一八六　1右　雪。會。稽之
一八七　2右　中山人漢。儀。鳳。
2左　殿上忽一。人乘。
3右　衛叔卿。帝曰
3左　謝靈運詩高揖。九。
5左　答曰我中山
8左　駕鴻乘。紫煙
9左　老子曰恍。恍
10　流血塗野草。
11左　伏屍。百萬
12左　塗。中原……豺。狼。當
路衢李善曰豺狼。以
喩。小人也

一八八　1右　出軍皆給空
一八九　12左　謝惠。連詩
一九〇　1　安得。閑
一九一　1　呑聲何。足。道。歎。息。空。
凄。然
1左・右　齊賢。
12左　今我旋止
一九二　1右　春蠶生矣。
10右　謝惠連詩團團。
12右　何爲自。
一九三　2右　艾孔梁丘據
2左　駑馬棧車。
一九八　1左　夕宴華池。陰
二〇二　1右　爲醽。淥酒
二〇四　1右　不。相害也
二〇七　11右　率兵。六萬
二〇八　12左　眞所謂驪。市。
二一〇　1右　爲其君以玉。
二一四　1　雖照。陽春輝
2右　小山上有。

二二二 12右 食我。場中之萑
12左 鳳。不藏羽
二二三 1右 振。網羅雲
1左 鮑照詩。覊。客
二二五 1 生此。艷陽質
二二六 9 力盡功不贍。
9左 曰始。
10左 秋扈竊藍。
11右 鶡鶡以九。
11左 此詩於。
二二九 12左 微子數諫。
二三三 12左 悠悠我。心。
二三四 1右 玉。篇。榛木
二三五 10右 芳。香既珍
二三六 1右 南取北越。之。地
二三七 12左 不能。自。拔者
二三九 11右 許。之辭
二四〇 1右 相然信。死。
2右 朱。結綬。
2左 父。事耳

二四五 11右 江淹。詩。
11左 夜聞。猩。猩。啼。
12 皇。穹。竊。恐。不。照。余。
二四六 1右 皇。穹。兮。嘆。息。注。天。也
……馮。怒也
1左 天問。曰。康。回。馮怒。
2右 竭忠。誠。以。事。君兮
二四七 11右 淮水絕。
11左 王氏。滅。士。贇。
12右 皇於。西。內。時。太白
12左 意。觀。之。此。詩。大。意。謂
無。……失其權。則雖
二四八 1右 聖哲。不。能。保。其。社稷
……此詩之。作
1左 在於天。寶。之。末乎
2右 朕春秋。高。
二四九 11 波。滔。天
12 九。州。始。蠶麻
12左 四嶽湯。湯
二五〇 1右 蕩蕩。懷。山襄陵
1左 陵巒。而。嶄
2右 泣。予。弗子

2左 蠶麻之驗。矣。
10右 姓號爲坎。
二五一 11左 十二小。洞
12 相鉤。連
二五二 1右 路。纔通
二五三 11右 攬衣起西。游
11左 范雎傳。
12右 臨大。抵。之稽水
二六四 12左 越絕書曰勾。踐
二七一 10右 唐。書。音義
二七四 2右 登天也。黃帝。
3右 天之闕門。
二七八 1右 大梁之黍。
1左 長五。尋
二八〇 1右 二十五家社。
1左 彈其。劍
二八一 11左 吳越成。霸
12右 禍至於此。
12左 功成。身遂
二八三 12右 勗以。丹霄之價
12左 何晏。
二八五 12右 回。曰

12左 不返。也
二八六 1右 將與其別也孔。
二八八 1右 八綺。牕
1左 羅。衣裳
二八九 12右 酒酣。
12左 日。之夕矣
二九二 2右 鬱林。郡
12右 帝思。
12左 釣。澤中帝。疑。
二九三 11右 吾見子。之心矣
二九四 1右 蒙。霜雪
2右 鮑。叔牙
2左 財。利。多自與。鮑。叔
7右 隨。而飛
7左 操。世言
二九五 11右 言。不盡意
11左 身殞沉。黃泥
二九六 2 金天之西。
二九七 12右 幎。於六合
12左 河。洲多沙塵
二九九 11 北斗戾。
12左 不騫不。崩

三〇〇 1右 上雲樂。
1左 千萬歲。
2 夷。則。格上
2右 唐禮樂。志
7右 楚辭注鏗撞也
7左 子有鐘鼓。
8左 蓋。出江左
9右 自到江南
12右 朝從。上下
三〇一 7 爲。臣
11右 天問曰……厓內爲。
隩
11左 注曰日。乘車
12右 羲和御之。……天問
曰。
12左 曜靈安。藏
三〇二 1右 出於東方。
1左 晉傅玄。……梁王安。
在哉
2 終。古不息……久徘。
徊
三〇三 11右 至盛也。亦。未至。……

豈合步騎言乎。
11左 票姚校尉
12右 票姚校尉……冠軍。
侯
12左 師古曰……荀悅漢。
紀
三〇四 1右 去病。……音。飄。搖。不
當其。
1左 限。於韻……見。第五
卷
2左 末句下註。
3右 上林賦。
3左 精而鍊之
三〇五 3右 野人之用
4左 草生。紫色
7左 後三句
11 北風號怒。天上來。
11右 蔽。于委羽
11左 無足。
12右 太陰。……八。紘
12左 八極。……天問曰。
三〇六 1右 燭龍何照。……暝。爲

夜
1左 呼爲夏。……西。北
2右 故有龍。銜。
2左 天。門。也
2 軒。轅。臺
三〇七 7左 求賞王曰
10左 業。詩
11右 金。鞍。陳孔璋。牋。……
辛延年。
11左 江淹。別賦
12右 李尤。七嘆。
12左 莫若。益野
三〇八 1右 吳王書。
1左 曰臣之劍。……天下
無。敵
2左 深藏若。虛
三〇九 1右 請如。姬

卷之四

三一一 7右 幾萬。里。
7左 霍去病。
10右 降。匈奴

10左 往擊。之
11右 城。步兵未盡。到。……
徐廣。注
11左 龍駒鼻。
12右 隋。西域傳……括地。
志
12左 定襄縣。……名。曰白
登
三一二 1左 平城。……攻。破之
2左 天子之兵。
2 苦顏。
3右 流戍龍。陰
4右 悲嘆。有餘哀
三一三 3右 如浮。花
6左 抱鐵。柱。
12右 幽冥錄。……畢聚。焉。
12左 非。王鷹之儔……毛
群。羽族
三一四 1右 此鷹。……鮮白。
1左 鷹見之……血洒如。
雨
2右 衆。莫能知

三一五　7右　博物志。
7左　女姪。遊東海
12右　喪亂。以來
三一六　1左　穿三泉下。
2左　三分。天下
3右　霍光。
6右　其宮。室
6左　失火。燒。
三一八　6左　奇。禽
7　雙。燕離
三一九　9左　崑崙山上。
6右　遭責。時也
6左　不得。再見
三二〇　6左　客。建成侯所
7右　置酒。
7左　問。曰
三二一　6右　故人。號爲巣父。
7右　洗。其耳
三二四　2左　止于樊
6左　齊桓。公

三二七　10左　淚下霑襟。
三三四　2右　三危。山
2左　海州。
三四二　12　將。軍
三四四　11右　炙魚。之中
三四七　4右　繞床。字
三四八　9右　雖。醉。着
9左　唫。囓中。
10左　吾南切囓。
三四九　4右　與。鎭江
8　驄。佳期
三五〇　12右　顏延。年。詩。
12左　士。賛。曰
三五一　4右　民。無二王
三五二　2右　回中宮。
2左　秦。回中宮
三五三　11右　莎雞振羽。
12左　蘭。蕙。花
三五四　2左　所。種柳
三五五　10左　崔駰。傳。

11右　纖。羅
11左　亡國之旨。
三五六　2左　史。范雎傳……君能
自致。
三五七　4右　候。鴈
10左　蘇。公
11右　與魏王。……更嬴。虛
發
11左　其瘡。痛也
12左　江。南。沃饒
三五八　1右　常銜長蘆。可數寸。
2左　妾薄命。篇。……漢書
許。后。
3右　竟寧。前。
3左　所感。寓也
三五九　1左　今作。
2右　容貌之好。得。幸。
2左　他人是。愉。陶。潛。
3右　往往寄。興。深。
3左　實在於。明。皇。

4右　王。后也……究其所
原。實。
4左　王后。之。
11右　樓。蘭。國……杅泥城。
去長安。……一百里
士。
11左　史。匈奴傳
12右　雲端。
12左　去長安。六。千。一百里
三六〇　1　狼戾。好兇殘
2右　都隆。奇。因
2左　單于。發兵。……呼韓
邪。敗。走。屠者……王
父。
三六一　3右　呼揭。單。于
5右　張掖。
11右　天地四方。
11左　君室。

古典研究會叢書　漢籍之部　第三十三巻

分類補註李太白詩（一）

平成十七年七月二十五日　發行

原本所藏　尊經閣文庫

解題　芳村弘道

出版　古典研究會

發行者　石坂叡志

印刷　モリモト印刷株式會社

發行　汲古書院

〒102-0072 東京都千代田區飯田橋二―五―四
電話　〇三（三二六五）九七六四
FAX　〇三（三二二二）一八四五

第三期二回配本　

ISBN4-7629-1191-7 C3398

古典研究會叢書　漢籍之部

第一期

1〜3	毛詩鄭箋（靜嘉堂文庫所藏）	各13252円
4 5	論語集解（東洋文庫・醍醐寺所藏）	未刊
6	吳　書（靜嘉堂文庫所藏）	15750円
7 8	五行大義（穗久邇文庫所藏）	各14700円
9〜15	群書治要（宮內廳書陵部所藏）	各13650円
16	東坡集（內閣文庫所藏）	12600円

第二期

17〜28	國寶史記（國立歷史民俗博物館所藏）	各16800円
29〜31	國寶後漢書（國立歷史民俗博物館所藏）	各16800円

第三期

32	王右丞文集（靜嘉堂文庫所藏）	未刊
33〜35	分類補註李太白詩（尊經閣文庫所藏）	各13650円
36 37	李太白文集（靜嘉堂文庫所藏）	未刊
38	昌黎先生集（靜嘉堂文庫所藏）	未刊
39	韓集擧正（大倉文化財團所藏）	13650円
40〜42	白氏六帖事類集（靜嘉堂文庫所藏）	未刊